司南
乾坤卷
下
側側輕寒

目錄

第三卷

乾坤

第九章 今是昨非

因為梁鷺的攪局，一頓團圓宴終究食不知味。

阿南喝完酒吃了幾塊雁肉，便與朱聿恆趕緊走人。

韋杭之已從城中調了馬車過來，也送來了急件。

「阿琰你好忙啊。」阿南跟他上了車，見他在顛簸馬車內還要審閱公文，又同情又佩服。

「這公文，妳也會有興趣的。」朱聿恆說著，將它展示在她面前。「敦煌這邊的來往信件全部調查過了，妳看。」

阿南目光一掃，頓時愕然，失聲問：「詛咒卓壽慘死、並且預言他會天打雷劈的信，居然是……苗永望寄來的？」

朱聿恆確定道：「是他沒錯。」

「可卓壽死的時候，苗永望已經在應天被方碧眠殺害了啊！當時還把綺霞捲入冤獄，差點沒命呢！」阿南又看了許久，才肯定道：「看來，苗永望確實知曉了青蓮宗內部大事，所以他們連綺霞都不放過，就是怕苗永望生前對她透露過一星半點的內容。」

「嗯，而卓壽很可能也是死於相同的原因之下——因為他看到了苗永望生前給他寫的信，那信裡，吐露了一些極為重要的事情。」

阿南鬱悶道：「可惜啊，信已經被卓壽燒了……真是的，這麼重要的東西，他怎麼不好好保存，把證據留下來？」

朱聿恆無奈搖頭，鋪開案上那本手劄：「目前來看，我們需要詳查三處青蓮找出陣法，而關竅處，得著落在青蓮宗身上。」

「對，當年傅靈焰既然在西北這邊出沒，那麼青蓮宗應該有線索。」阿南抬起手，做了個緊握的手勢。「咱們現在要做的，就是揪緊梁家人。這家人不但與青蓮宗關係匪淺，而且每個人都古古怪怪的！」

馬車微微顛簸，朱聿恆的聲音也帶上了波動：「每個人？」

「梁壘是青蓮宗的人，梁輝被劉五的妻子指認為凶手，唐月娘在外面有男人……」

朱聿恆無奈瞧著她：「這也能算嫌疑？」

「馬馬虎虎先算吧，至於梁鷺……你當時和楚元知在裡屋，所以沒看到她發瘋。」阿南說著，提起收衣服時的情形，還有些鬱悶：「簡直不可理喻！」

朱聿恆抿脣點頭，默然沉思。

「不過還好咱們今天也有收穫，這頓飯沒白吃，在梁家找到了線索。你看，傅靈焰當年在大漠中尋找過從天而降的青蓮，又用羅盤定位……」

「嗯，看到雷公墨時，我亦有這個想法。」朱聿恆自然與她心意相通。「從天而降，又用羅盤尋找，那麼我們是否可以猜測，她要找的，或許是顆隕星？」

「錯不了，羅盤就是我本家呀，司南。」阿南笑著，施施然道：「萬磁拜北斗，金鐵司南極。若有自天而降的隕星，不管周邊地勢如何，都會影響到附近的羅盤與磁鐵。所以六十年前傅靈焰手持羅盤尋找的，很有可能是一顆從天而降的隕星！」

朱聿恆默然頷首，又看著手箚上「青蓮」二字，思忖道：「而這青蓮盛綻的意思，難道是指隕星自天降落之時，衝擊融化周圍沙土，所以它的周圍遍布雷公墨，就如青蓮一般拱衛周邊？」

「那這青蓮豈不是矮墩墩陷在地裡？和之前兩朵比也太遜色了。」

探討沒有結果，馬車內一時陷入沉默。

阿南揉著手，朱聿恆解著岐中易。金屬撞擊的輕微聲音與轔轔碌碌的車輪聲混合，在車內的似有若無的冷香中，不約而同的，他們兩人同時開口，吐出三個字——

「魔鬼城！」

阿南握住了雙手，朱聿恆停下了岐中易，兩人相視一笑。

「肯定是魔鬼城！這附近的沙漠之中，唯有那邊怪石嶙峋林立，才可能讓當年那塊隕星墜落之際，將周圍一圈石頭瞬間燒成青蓮模樣！」

朱聿恆贊同：「傳說魔鬼城內日夜厲聲呼嘯，鬼怪橫行，無人敢進內探看。所以，這麼多年未曾有人察覺裡面隱藏的青蓮，也屬合理。」

「可如果是這樣的話，難道我們之前尋找到的兩朵青蓮，都是假的嗎？我總覺得，這三朵青蓮都弄得那麼古怪，不像只是拿來虛晃一槍的東西。」阿南目光燦亮，道：「就算是障眼法，這也定是熟悉山河社稷圖、知曉青蓮盛綻處的人才能弄出來的法門，咱們就從這三朵青蓮同時推進偵查，趕在你身上的山河社稷圖發作之前，把它給破了，我倒要看看，沒有了青蚨玉的應聲震動，你身上的毒瓔怎麼發作！」

她如此開心，喜悅也彷彿染上了朱聿恆的心頭，讓他垂眼望著她，唇角微揚：「若真能雲破日出，也不枉妳這一路來辛勞探索。」

「不敢不敢，大家都很努力。」阿南笑道。

前方驛館已到。阿南跳下馬車，抬頭看向天邊。

日色西斜，暮雲沉沉，看起來十分普通的一個冬日黃昏。

面前無數事情千頭萬緒，阿南卻轉頭朝朱聿恆眨眨眼，說：「阿琰，幫我找隻鷹吧。」

朱聿恆略覺詫異：「鷹？」

「雕也可以。」阿南笑道：「我要去打個獵，夜獵。」

朱聿恆將梁家桌面縫隙中撮出的灰土交給楚元知，讓他仔細查驗，又命人尋了隻剽壯的獵鷹，親自給阿南送去。

阿南已收拾了深色緊身短打，換好快靴。

朱聿恆便教她這隻鷹的口令，用皮套上的哨子即可吹出長短不一的控制哨聲。

阿南一邊記著，一邊俐落挽好頭髮，將黑色臂環上金色的花紋與絢麗的寶石遮住，一身青黑似要融入窗外漸沉的黑暗中。

他打量她的裝扮，又看看外面只剩了最後一絲餘光的落日，問：「不如明日我陪妳去？」

「你身上血脈剛發作，今晚好好休息吧。」阿南紮緊袖口，戴上皮套，抬手攬過那隻鷹。「再說了，你這個大忙人，陪我一次便要多抽時間忙碌擠壓的事務，我哪兒忍心呢。」

「可妳昨日也剛手腳舊傷復發，不如還是休息吧。」

「我就痛了那一下，早就好啦。再說了，一個人才有利於隱藏身形，兩個人牽牽扯扯的麻煩多了。」

隱藏身形，朱聿恆一聽便知道她今夜必定有大事：「據我所知，這種鷹的夜視能力並不太好，不如換一隻更適合夜獵的？」

「不必，我需要的不是牠的眼睛，牠飛得低點更好。」

朱聿恆忍不住問：「此番夜獵，獵物是什麼？」

「你猜？」阿南笑著抬手，輕彈臂上老鷹的喙，被牠嫌棄地啄了一下。她飛快縮手，避過一劫，哈哈笑出來：「和咱們在島上養的那隻虎頭海雕還真像。」

「不需要夜視的話，難道是要利用牠的嗅覺？」朱聿恆略一思忖，當即想到了司鷲那瓶味道怪異的解藥，頓時了然。「方碧眠被司鷲那幾支帶麻藥的鋼針射傷後，自然要敷那種怪味的藥在身上。」

「而鳥類對那種味道最是敏感，尤其是鷹隼。」阿南笑道：「不然的話，你以為我怎麼會輕易放過她？畢竟，咱們的馬隨時可以換，可方碧眠不能換條胳膊呀，你說對不對？」

朱聿恆察覺到了阿南狡黠笑容背後的意味：「妳確定他們今晚會有動靜？」

「梁家人聚得這麼齊，梁鷺都跑回來了，再加上方碧眠也趕到了此處，我估計著，青蓮宗肯定是有什麼大事要做。」阿南朝他眨眨眼，捋捋臂上傲然站立的鷹。「阿琰，你派去的人一而再再而三地跟蹤不成，這下，就算對方組織再怎麼嚴密，行蹤再怎麼詭譎，我也非得摸它個清清楚楚不可！」

開。

聽她這般說，朱聿恆也知道自己攔不住她，便取了一捲地圖，在她面前攤

這是一張敦煌及周邊的地圖。朱聿恆的手劃過敦煌，指向城外一片起伏的丘陵沙丘。

「這是二十年前聖上登基之初的地圖。沙漠少人行經，我估計地勢雖有變化，但絕對不會太多。以目前偵察來看，城西沙丘處是青蓮宗眾經常出沒消失的地方。」

「好，天亮之前我就回來。」阿南收好地圖，朝他一笑，揚起臂上蒼鷹。「明早我想喝南瓜小米粥，加點枸杞加點紅棗，要熱熱的剛好入口那種。」

天色暗了下來，空中遍布陰翳，天光黯淡。

阿南出了城，繞過梁家居住的村落，揮臂讓鷹飛入空中，在下風之處聞嗅氣息。

在她低低的哨聲中，鷹飛得極低，斜斜掠過黑暗的荒原，一路向丘陵中間而去。

黃土乾燥硬實，茫茫荒漠之中無水無木，城外百姓常於丘陵之上挖土成洞，以供居住，稱之為窯洞。

阿南一路隨鷹而去，想起大家說敦煌不遠處有千佛洞，便是人們依山鑿窟，

在其間雕塑彩繪，供奉神佛，看來與此地民風倒是相洽。

藉著微光對照地圖，只見周圍丘陵盤踞，正如萬獸拱衛，中間是不小的一片平地。

以黑暗遮掩自己的身形，她潛向平地深處。

地面硬實，黃土顯露，在這塊平地一角，顯露出下沉的方形院圍。院落四周的土壁之上，開出整齊的高大門洞。

阿南輕輕一吹哨子，示意臂上的鷹飛往高空，自己潛近這個地下院落。

院落的通道開在地面上，入口處亮著燈，將進出之人的面容照得清楚。

阿南一眼便看見了方碧眠，她騎馬而來，這邊的人顯然都與她熟悉，立馬迎了上去。

隨即，阿南一眼掃到了與她一同前來的人，心口不覺一震。

竺星河。

他竟會親自陪方碧眠來青蓮宗，甚至，還帶了幾個最得力的兄弟來。

剛拒絕了回到海客中間，她居然在此處猝不及防與他們碰面。

竺星河從不屑隱在黑暗中，因此依舊穿著慣常的白衣，從馬上躍下，如雲氣初起水面，姿態優雅俐落。

黑暗中的阿南心口微亂。是回去，還是繼續待在這裡？

但見海客們已經被迎入通道，她咬一咬脣，藉著眾人注意力被引走之時，流光勾住上端磚沿，身軀疾翻，在黑暗中無聲無息便躍入了下沉的方院。

青蓮宗內機關自然嚴密，她不敢落地，半空中身形一蕩，撲向窯洞磚砌的門框上方，身形貼住土牆，藉著突出牆面的小小磚頭，蜷於其上。

她一身青黑，隱藏在簷下黑暗角落中，縱然有人向上打望，也很難察覺到這塊黑暗中存在不一樣的顏色。

竺星河與方碧眠在眾人的指引下緩步進入這個庭院。他們被迎入前方正屋，雖舉目掃了周圍一眼，卻根本未曾注意到離他們不到五尺的牆上，貼著一條身影。

一群人進內，只聽得屋內話語隱隱，氣氛熱絡。等了不久，大約是要談正事了，屋內人陸續退出，帶上了門，在院中靜靜守候。

阿南極輕微地在門洞上方挪動身體，向著中間的正屋挪去。

幸好眾人為了防護，個個面朝院中而立，並無任何人關注後方牆上。

她挪到正屋門洞之上，將耳朵貼在上面，可惜土壁厚實，她竟什麼也沒聽到。

她不動聲色，從臂環中彈出一柄小刀，嵌進了門洞磚縫內。按住上面的花紋，輕微的喀一聲，小刀脫離了臂環，一動不動扎在土層之中。

阿南別過頭，用牙齒銜住小刀。

輕微的震動從刀尖上傳來，聲響直接叩擊她的齒骨，傳遞到她的耳中，將窯洞內的聲音極為清晰地傳遞了過來。

「……屆時若那人到敦煌，我們該如何處理？若不來的話，又如何安排為好？」

阿南聽到這聲音，不覺眉頭微皺——這人聲音古怪，既聽不出男女，也辨不出老幼，機械古板一字一頓，尤其她順著刀尖直接震動耳鼓而聽，更是令人感覺難受不已。

還沒等她思索他們所說的「那人」是誰，只聽方碧眠輕輕柔柔道：「依我看來，對方率兵或以十萬計，咱們絕無正面對抗的能力，如今唯一可用之計，只有出奇制勝，擒賊擒王，才有機會。」

那難聽聲音欣慰道：「妳在外歷練一番，確實長進不少，不知竺公子這邊，是何打算？」

竺星河聲音清冷一如往常，由刀尖傳遞到阿南耳中，更顯出一份冷意：「方姑娘此話亦甚合吾意。此番山東舉事不成，我等退避至此，正是朝廷力量薄弱處，相信聯手刺殺那人，絕非難事。」

阿南猶疑不定，聽出他們在商議的，應當是謀刺一個大人物——而即將巡視西北的大人物，則非當今皇帝莫屬了。

方碧眠含恨道：「可惜當日薊公公功虧一簣，未能在奉天殿將那人燒死，否則朝廷大亂，正是咱們的大好機會，何至於讓朝廷剿得兄弟們七零八落，撤退至此！」

那難聽聲音道：「不妨，局勢雖不盡如人意，但我們主力兄弟還在，只要保住根本，何必計較一時一地得失？」

「宗主說的是。」方碧眠應了，然後又道：「不過咱們撤到這邊也非壞事。肅州正是朝廷勢力薄弱處，如今我們已有莫大助力，青蓮宗直上青雲之日可期了！」

阿南凝注精神，正想聽聽青蓮宗逃竄至此，還能有什麼莫大助力，卻聽青蓮宗主那難聽的聲音嘿然冷笑，打斷了方碧眠的話：「先不提那些。竺公子，我只問你，我宗在山東蟄伏經營二十年，終於趁黃河大災之機，殺官員煽動民變、劫災糧充作糧餉，才攻下了莒州、即墨兩地。可朝廷勢大，我們近萬教眾僅守了月餘便被擊潰。而你們海客勢力主要在海上，幾批人陸續回歸總數也不過千兒八百。如今朝廷還在大力查封你們的永泰行，不知有何底氣，敢教乾坤換主？」

「我們公子爺的身分，你們不必知曉。」竺星河身邊的魏樂安代答：「但只要那人駕崩了，朝野自會有許多人擁戴公子爺上位。」

安靜的窯洞中，有個女孩子笑了出來，那聲音阿南卻熟悉，正是梁鷺。「開什麼玩笑，你以為自己是皇太孫？」

方碧眠輕輕笑了笑，窯洞內其他人也都不說話。

梁鷺不知，但青蓮宗主顯然一下便知道了竺星河的身分。片刻，那難聽的聲音又響了起來：「那我也得知道，你們有多少籌碼？」

魏樂安道：「足以起事。」

「聽說公子在海外是四海之主，想必富可敵國。只是前段時間永泰似乎被查封了，折損夠大嗎？能撐多久軍餉？」

竺星河聲音冷淡道：「只要一擊即中，並不需要長期。」

「好，那便再說說兵馬之事。山東加上我們西北這邊一群兄弟，你覺得足以匹敵西巡的隊伍？」

「這個大可以放心，屆時北邊自有人拖住西巡部隊。」竺星河貌似隨意道：「青蓮宗的助力，未必不是我的助力。」

竺星河這淡淡話語，卻讓阿南胸口陡震——

所以，他們與北元那邊亦有了聯絡。

等到皇帝西巡之日，北元與青蓮宗內應外合。只要皇帝一死，西北群龍無首，而朝中邯王必然與太子相爭，自然也顧不上此處了。

屆時天下動盪，無論最後是太子還是邯王繼位，朝中人心都會不穩，而此時，他的機會便出現了。

只要局勢許可，公子便能據西北而籠絡舊臣，正式豎起復辟大旗，出師有名。

可是……這一切的基礎，建立在邀請北元揮戈南下，踐踏中原大地之上。

被當今聖上五度擊潰的北元，如今受困沙漠，狀如困獸。一旦得到這般機會，自然大肆侵虐，不但邊關百姓，怕是連中原、甚至南方，都會遭到鐵蹄血洗。

而公子，將會藉由這淪落的半壁江山，踏著血光迎來他復仇的希望，登上本應屬於他的那個寶座，實現當年在懸崖之上聲嘶力竭發下的誓願。

許是沙漠晝夜溫差太大，刺骨的夜風讓她打了個冷戰，只覺骨髓中冒出森森寒氣。

窯洞內的人，也都沉默了下來。許久，青蓮宗主才道：「若是如此，我們又有何好處呢？」

魏樂安慢悠悠道：「你身為宗主，如何連這點長遠眼光都沒有？貴宗在山東被朝廷剿得七零八落，只能退避到西北朝廷力量薄弱處，早已岌岌可危。可一旦有了從龍之功，那可是千年萬代蔭庇子孫。當年追隨太祖皇帝的許多兄弟，在亂世中都是走投無路的窮人，只因跟對了主子，如今封公封侯，永世享爵的有多少！」

「真沒想到，我們一夥窮弟兄，竟然能做當年呂不韋的生意了！」青蓮宗主嘶啞笑道：「既然如此，不瞞你們說，我這邊正有幾個安排，足以為你們的大事添磚加瓦。」

見他如此提議，魏樂安又是一笑：「哦？難道說你們也有所籌策？」

些。」

梁鷺冷笑了一聲，緩緩道：「總之，比你們的籌劃更深遠些，準備更充足

眾人顯然都在揣摩她的話中之意，而青蓮宗主慢悠悠開了口，問：「你們可知道，說話這位是誰？」

梁輝的女兒，梁壘的雙生姊姊，月牙閣的歌伎呀。

阿南在心裡這樣想著，但屋內卻只見一片寂靜，不知他們是在看什麼東西，許久不見動靜。

看來，這個梁家從小被送出去的女兒，似乎沒有那麼普通呢……

阿南正思索著，聽到裡面青蓮宗主怪異的聲音再度響起：「諸位，皇帝西巡這般大事，有心人誰能不關注？實不相瞞，當年青蓮宗的傑出人物關先生，還選中了玉門關沙海中一個要害之處，設下了絕滅陣法。如今一甲子之期將至，只要一經啟動，西北邊防將化為烏有。屆時別說西巡北伐，朝廷想控制西北便難如登天了。」

阿南自然知道他所說的這個陣法，便是山河社稷圖上青蓮盛放之處。

耳聽得眾人窸窸窣窣站起身，青蓮宗主道：「走，帶你們去瞧瞧。」

阿南靜靜貼在壁上，垂眼看他們出了正屋，走入側面一間窯洞。

他們在裡面許久，她也不急躁，一直靜等著。

過了足有一刻左右，一行人才重又走了出來。

燈光下公子依舊沉靜似水，而方碧眠笑意淺淺，掩不住的春風得意。

最後出來的，應該便是那個聲音古怪的西北宗主。他身材中等，披著一件臃腫的土布衫子，斗篷罩住了他的面容，只有橫長的頭髮和胡茬子顯露在外面，彷彿站在這衣服下的不是一個人，而是一頭怪獸。

今晚一番詳談，青蓮宗與海客雙方顯然都推心置腹，談妥了大事要務。一干人等殷勤致意，將竺星河、方碧眠及他們隨行的諸人送上地面。

阿南看向人群中的司鷲與其他海客們，心裡忽然想，他們也知道嗎？

知道公子的計畫，知道他將要踏破這錦繡山河，以怎麼樣的手段實現自己的願望嗎？

如果現在，自己還在他的身邊，那自己是否也是追隨他而來的一個，又是否會堅定不移地護在他的左右，幫助他實現理想，實現他對父親……不，先皇的承諾嗎？

還未等她從紊亂情緒中掙脫，院落中已恢復安靜。

青蓮宗對此處顯然極為謹慎，等所有人退出後，站在入口處的弟子熄滅了燈火，扳下了入口處的一個扳手。

阿南一動不動地貼在壁上，只聽得頭上軋軋聲響，原本便陰暗的夜色之中，一層更深的黑暗籠罩過來。

她抬眼上望，原來這下沉庭院的地板竟是活動的，此時徐徐上升，與上方土地齊平，徹底遮蔽住了下方。

難怪此地二十年來無人發現，阿琰遣了好幾批人跟蹤也未能尋到。這窯洞都藏在土地下面，大概平時就算有人過來，也只能看見一片平整荒地，無法發現任何痕跡吧。

阿南在徹底閉鎖的黑暗中靜靜等了一會兒。機括停止，周邊並無任何聲響。她打開了自己的火摺子，照亮這伸手不見五指的地下，翻到上方，檢查了一下。

這是木箱夯土一塊塊拼搭而成，以減輕下方的活動支撐，雖然很厚實，但阿南一看這種上下機括心中便有了底。

她放心地落地，踏著下方的支撐木條而行，很快便到了他們後來進入的那個窯洞之前。

大門緊閉，但阿南這個賊祖宗，天底下哪有擋得住她的鎖。

臂環內的小鉤子探進鎖芯，她的指尖感受著上面傳來的細微震顫，緩緩調整著鉤子的深淺力道。

直到輕微的「喀答」一聲響起，手下的鎖應聲而落，被她一把抓住，握在掌中。

她側過身子，將門緩緩推開，以防備裡面的暗器機關。

並無任何動靜。於是她將手中的鎖貼在地上，一路向前滾去，再側耳傾聽。

黑暗中聲音清晰響起，磚地下面沒有東西被觸動。

流光牽著火摺子直射入內，在室內轉了一圈，瞬間照出了裡面的樣子。

看來是一間書房模樣，空間不大，陳設頗為整潔。貼牆放著儲物架，後面是書案和供桌，桌上甚至還陳設著一束絹製青蓮，供在磚牆之前。

阿南將飛回的火摺子抓住，握在手中，閃身進內，向著磚牆謹慎走去。

那磚牆磨得平整，以各式珠貝螺鈿鑲嵌，在整面牆拼出一朵巨大的青蓮，在火摺映照之下，珠光輝煌，迷人眼目。

阿南只瞧了一眼，便低頭看向腳下。

只見腳下青磚也拼成了一朵青蓮，這圖案讓她想到了沉在渤海和東海水底的水城房屋，那些屋子的地面磚塊，也俱如這般拼成青蓮模樣。

隨即，她抬眼看向供在桌上的青蓮，眼前似又忽然閃過北元王女殞身的那個綠洲。

她被燒焦於青蓮之中，就如遭天火所焚的罪人。

而她如今，也正踩在青蓮之中，不偏不倚，正要踏向正中間那一處。

長年累月生活在危機之中的本能，讓她向前的腳步立即一偏，隨即，身體下意識地拔地而起，足尖一點，身影落在了供桌之上。

青蓮晃晃悠悠震顫了一下。

由地磚拼湊成的青蓮，那些原本嚴密合攏排列的青磚，不知何時已經無聲無息綻放，磚縫挪移，下面一層青煙蔓延開來。

阿南捂住口鼻立於供桌之上，查看下方那層毒煙。

幸好它們沉滯凝重，雖然隨著室內氣流而緩緩滌蕩，但短時間內，應該並不會向上蒸騰。

阿南知道這是混合了朱砂銀汞的毒霧，若她此時還在地上，它們便會黏附於她的身上，從毛孔中鑽入，過不了幾日，她的雙腳皮膚將寸寸潰爛破裂，血肉消融，直至最後爛得只剩森森白骨。

而現在，她不能在室內多活動了。

因為，她行動的氣流必將帶動沉在下方的這些毒煙，它們會隨著她的動作向上升騰飛捲，只要氣流中摻雜了一絲毒氣，都將如疽附骨，緩慢地侵襲至她的全身，直至最後將她全身血肉徹底吞噬。

阿南放緩了呼吸，也盡量讓自己的動作輕慢一些，徐徐在供桌上蹲下，然後竭力彈跳向對面書桌。

氣流翻湧，下面的毒煙驟然如潮水般在桌下翻滾起來。

所幸供桌與書桌尚高，那些湧動的毒煙並未觸及站在上面的她。

但，毒煙消融蔓延的速度，肉眼可見地在飛快增加，那毒煙的顏色漸漸與上方透明的空氣交融，就如漲潮的水，在不斷向上侵蝕。

阿南知道這些毒煙怕什麼——丹砂銀汞都是怕火的東西，只需要一把火，她便能將它們付之一炬。

可是，這屋內藏著山河社稷圖的祕密，他們一直孜孜以求的青蓮盛綻之處，應該就在其中。

距離阿琰身上第五條血脈發作已經迫在眉睫，而陣法具體所在又實在毫無頭緒。如果現在便將這間書房付之一炬，那他們又要去哪兒尋找陣法所在之處，拔除阿琰身上的毒刺呢？

她低頭看了看那不斷上湧的毒煙，咬一咬牙，俯身趴在書桌上，盡量輕緩地拉開抽屜。

裡面果然是一箚紙，阿南大喜，抬手將其抓起一看，卻又有些失望。

這是幾封陳舊的信件，紙張黃脆，一碰便散落了些許紙屑，近期沒有動過的痕跡。

很顯然，這並不是那個西北宗主邀請竺星河與方碧眠看的東西。

但阿南瞥到上面火焰青蓮標記，還是下意識將它揣進了懷中，再翻下一個抽屜。

下個抽屜中，放的是一些帳目冊子，多是教中捐獻數目與支出帳目，清晰板正，整整齊齊，甚至讓阿南覺得有些熟悉。

但她此時心急如焚，也顧不上細看了，見這書桌抽屜中並無他物，便站起身看向對面的櫃子。

這間窯洞並不大，除了書桌抽屜，能儲物的就是那個櫃子。此時櫃子下部的腿已經全部浸在了毒煙之中，阿南估算了一下自己與櫃子之間，尚有丈餘距離，而櫃子上方是光禿禿的窯洞頂，並無任何依憑，流光根本無處借力。

地下滿是毒煙，她自然不能自尋死路，從毒煙中走過去。

目光打量旁邊的儲物架，阿南估算著將它拉過來墊腳的可能性。

但，拖架子倒下，固然可以墊腳，那倒下的巨大氣流也會高高激起，到時候必然一室毒氣紊亂，她必死無疑。

阿南低頭看看正在不斷上湧的毒煙，感覺自己後背一片微涼——是冷汗已經滲了出來。

她深吸兩口氣，強自鎮定下來。

抬手勾住儲物架一角，她定了定神，然後手猛然一勾一放，那貼牆而立的架子往外挪了六、七寸之後，正要向外傾倒，但那力道又陡然鬆脫，它晃了兩晃，反而因為慣性而向後仰倒過去，斜斜靠在了牆壁之上。

這一下雖然有些許動靜，但畢竟幾寸的挪移，毒煙並未被過多激起，架子下方的毒煙只緩緩一漾，便也就恢復了平靜。

阿南緩緩鬆了口氣，流光再度扎入毒煙之中，勾住了儲物架的腿，將它緩緩地往前拖拽。

上頭斜靠住牆壁的儲物架，在她的拉扯下，緩緩地順牆滑下，慢慢地，一寸一寸地抵在牆上向下滑倒。

洞壁被架子上端的稜角刮出一道深深的劃痕，而架子也順著土壁，在她的盡力拉扯之下，寸寸挪移著。

在刺耳的木頭與地磚的悠長刮擦聲中，最終，儲物架與地面越來越近，直至最終一下，徹底躺平，倒在了毒霧之中。

幸好，為了防止東西從另一邊掉落，架子的後方嚴嚴實實釘了一層木板。不然的話，上面的東西掉落，必然激起毒霧蔓延，場面一發不可收拾。

阿南來不及噓一口氣，眼看毒霧已堪堪要淹沒儲物架，若再猶豫片刻，她可能連這個下腳處也沒了，便立即控制身體，盡量以最輕最緩的姿勢，落在架子上，然後慢慢踩著它，走向櫃子。

時間緊迫，她抬手在櫃子上迅速叩擊，確定了機括之後，也沒功夫慢慢破解了，臂環上小刀彈出，直接從櫃門外用力捅入，卡住機括，然後一手肘砸向櫃門拼接處。

砰然聲中，櫃門榫接處被破壞，整扇門掉了下來。

櫃門帶動裡面的機括喀喀轉著，但機括中心早已被她破壞，徒勞運轉著。

阿南飛快擊潰最脆弱的楨桿相接處，卸了機關，然後高舉火摺，看向櫃子內部。

如她所料，裡面是文書檔案，一封封堆疊，類目繁多，但整齊得令人咂舌，幾乎每一張冊頁都疊得嚴絲合縫，不會有分毫區別。

阿南一眼掃過，試圖尋找那裡面剛剛被人翻動過的痕跡。但沒有。那個宗主一絲不苟得可怕，即使剛剛用過的東西，他也原封不動歸類排列，沒有留下任何痕跡。

下方的毒煙蔓延，漸漸已經沒過了儲物架。

阿南抓起上面一堆冊頁，墊在自己的腳下，繼續在櫃子內搜尋。

手飛快地翻過一頁頁裝訂好的冊子，歷年來去的人物、青蓮宗勢力的變化、與各地來往聯絡的依憑……

這是按照年分歸類的卷宗。她立即越過了所有卷宗，手指迅速挪移到最下面，將最下面的東西翻出。

看起來很普通的一本小冊子，封面空無一物，只是紙張與她揣在懷中的信件一般古舊。

腳下墊的冊頁太多，已經搖搖欲墜。而毒煙漫上來，就要舔舐她的腳底。

阿南已來不及細看，只匆匆翻了一翻。

裡面的墨跡早已黯淡，只有某一處覆蓋著灰黃的痕跡，她指甲一刮，尚有殘存粉跡。

這熟悉的灰黃胭脂，是傅靈焰之前曾在幾處地圖上留下過的痕跡。

她將它塞進懷中，然後抓起櫃子中幾本書，用火摺點燃，丟向腳下毒霧。

豔紅火苗舔舐之處，那青綠色的毒霧頓時被火苗捲進去，轟然爆燃。

火勢瀰漫，地上的儲物架、冊頁乃至櫃子四腳，全都轟然起火。

火光瀰漫於地面，映照得一室亮堂如畫。

阿南按住蒙面巾，堵住口鼻，盯著下方大火。直等下面那幽青的顏色被徹底被火焰席捲洗滌，焰色變為橙紅，她才吁了一口氣，俐落地從櫃子中鑽出，直躍向地上正在燃燒的儲物架。

清脆的碎裂聲響起，被火燒透了構件的架子哪禁得起她這半空躍下的踩踏，頓時破裂。

阿南才不管地上的火苗，流光勾住門框上方突出的磚簷，身形如燕疾點而出。

耳聽得嘩啦一聲，她身後的櫃子因為她躍出的勢頭，向著地上重重傾倒，裡面所有一切頓時被火舌迅速舔舐，化為烏有。

阿南鑽出門洞，向前急撲，踩著支撐地面的柱子立即竄到了最上方。

窯洞內的火舌轟然蔓延，彷彿追逐著她一般，向著前方噴出，席捲了下方支撐地面的木柱。

那活動的地面全靠木柱支撐，柱子雖然經過防腐處理，卻怎能防得住如此大火，只聽得嗶剝聲響，重重結構、四面八方穿插交錯的木頭飛快被火焰吞噬，轉眼已經開始起火。

下方的火苗向上飛竄，阿南心中暗暗叫苦，只能盡力往方院斜對面挪去，在交錯的木柱之間匆忙鑽到離火苗最遠的地方，然後立即向上貼近機關，查看相接處。

她之前所料沒錯，這些厚實的地面由槓桿錯構而成，只要尋找到連接所有部件的中心點，將其一舉擊破，所有支撐力便會於瞬間消解，地面將會整片垮塌。

火勢洶湧，已直向她這邊湧來。阿南正在加緊摸索查看之際，忽聽得轟然聲動，地面隱約一震。

原來是上面把守的人聽到了下方動靜，急急地打開了通道，衝進來查看火勢。

阿南立即將身貼附在角落之中，等待他們將地面下降。

果然，一看見院中全是火焰，有人頓時大喊：「快把地面降下來，火焰被隔絕封閉後，火勢自然會滅掉！」

幾個人有驚叫的有提桶的，更有衝去撳扳機關的，大火之中嚷成一團。

只聽得「軋軋」聲響，地面微微一震，顯然是有人扳動了機關，地面正要緩緩下降。

然後，才下降了數寸，忽聽有人厲聲道：「不許降，升上去！」

那聲音古板死硬，正是青蓮宗主趕到了。

青蓮宗眾愣了愣，立即聽命，反手拉上了扳手。

阿南眼睜睜看著那原本已經下降打開了一條縫隙的地面，又徐徐上升，將她逃生之路堵死。

她鬱悶地將身體貼在角落中，耳聽得宗主腳步聲直衝那個充作書房的窯洞而去，在門口略一瞧，便大聲道：「封鎖通道，守好機關！敢闖進這裡，就算對方是隻老鼠，也絕跑不掉！」

阿南心下冷哼，暗道：你困得住老鼠，可困不住你姑奶奶呀！

一回頭，她的手便搭上了那些木柱，目光在各處縱橫相接的槓桿中逡巡游移，迅速掃過一個個機竅。

火焰獵獵燃燒。荒漠之中缺水，但沙土並不缺，青蓮眾弟子以水桶麻袋從上方迅速運送沙土下來，撲於火上。

沙塵與火焰在不大的方院中逼迫相爭，書房的火焰此時已經被撲滅，而火焰正沿著支撐柱子及構件，向著阿南藏身處漸漸蔓延。

後方的弟子們鏟起沙土，向著烈火揚去，離她越來越近。

阿南不管不顧，彷彿並沒有察覺到身處烈火與青蓮宗的包圍之中。她伏在縱橫的支柱之中，手指順著一根根交錯的槓桿滑過。

撲火的青蓮宗眾越來越近，火勢被逼到了最角落，直至貼得太近，煙塵之中，阿南只覺得肩上陡然一動，是一鍬飛揚的沙土簌簌落在了她身上。

她回頭瞥了一眼，煙塵的另一邊，隱約出現了一個揮鍬的青蓮宗弟子身影，已經離她不足十尺。

她彷彿毫無所覺，逕自回過頭去，手下重重一握，已經按住了眾槓匯總的那一節。

她以臂環在上面重重一擊，精鋼相擊聲立即傳遍了整個地下，令所有人都立即注意向了這邊。

青蓮宗主最為敏銳，毫不遲疑，一手抓過一名弟子手中的長刀，大步向著這邊而來。

阿南卻毫不理會，只略一思忖，設計機關的人也知道這裡是最重要的關竅，自然會用最堅硬的東西來製造，絕不會讓人有可乘之機。

不過，縱然對方用的是精鋼，那又如何，這槓桿不過指頭粗細，再怎麼千錘百煉，終究還是扛不下重力一擊。

往後瞥了一眼，阿南看見那個宗主已經持刀大步而來。

她已經貼在了最角落之中，沒有地方更沒時間躲避，於是便不加理會，身子逕自後仰，抓住後方一根橫柱，腰身一挺，縱身躍起，雙足狠狠向著那根精鋼槓桿蹬去。

再強韌的精鋼，也在這猛然的撞擊下扭曲變形。所有連接的橫梁豎柱瞬間因為這正中間的受力點崩潰而轟然倒下。

柱子歪斜，沉重的地面失去支撐，沙沙作響中，上面的沙土不停滲漏而下。

一擊奏效，阿南立即加重腳下力量，迅速狠命連踹。

持刀向她衝來的青蓮宗主眼見地面劇震，自己無法在片刻之間接近對方，當機立斷將手中厚背刀向她狠擲過去。

阿南的右腳正在猛擊楨桿處，只聽「喀」的一聲悶響傳來，中心關節已被卸掉。

可此時那柄重刀已穿過縱橫的楨桿，直抵她的胸口。她的身體被後方一根橫桿頂住，避無可避，唯有抬起右臂，將臂環擋在自己的面前，硬生生擋下這一擊。

「噹」的一聲，她手臂劇震，精鋼的臂環雖未被擊毀，可畢竟無法消弭那凶猛力道，整條右臂頓時劇痛酸麻。

後方青蓮宗弟子大呼「宗主小心！」，上方沉重的地面徹底坍塌，轟然聲響中，向著下方撲頭蓋臉倒塌下來。

阿南抬手抓住頭頂橫楨，卻第一次未能將自己提縱起來——她的右臂已經失去了力量。

狠狠吸一口氣，她左臂發力，勉強上躍前撲，讓自己緊貼在門洞之上，以頭上的屋簷遮蔽自己的身體。

被撐住的地面徹底垮塌，最後一瞬，阿南只看見青蓮宗主的身影被揚起的巨大塵沙瞬間淹沒。

不過她已沒時間也沒力氣幸災樂禍了。地面下塌，混亂之中上方天空顯露，雖然外面依舊是黑夜，但那些微天光也讓她感覺比困在下方火光煙塵中要好上千百倍。

她從藏身處躍出，踩著坍塌堆疊的土箱直撲地面。右臂雖然酸麻，但她以雙足左臂配合，終於拚命躍出了這個下沉院落，向著山谷之外狂奔而去。

把守谷口的弟子聽到下面巨響，又看到有人衝出，立即上前阻攔。

阿南手中流光倏地來去，慘叫聲中人影跌落。

面前一片黑暗，她的手臂又無法控制，也不知道自己傷到了多少人，只知道迅猛衝出一條血路，搶過一匹離自己最近的馬，翻身而上，向外疾馳。

今夜正是月底，天空無星無月，一片陰翳。

她勉力向前馳騁出足有一、二里，後方陡遭突變的青蓮宗眾才倉促集結，縱馬向她追來。

她催促馬匹，不管不顧只是前衝。

後方風聲疾響，有人放了箭矢，向她背心而來。

阿南一撥馬頭，迅速轉變了方向，以免被對方瞄準。

箭尖擦過她的肩頭，落向了前方，深深扎入沙地之中。

沙丘平原，黑暗之中，阿南身體剛一偏，卻聽到耳邊風聲響起，一縷極為熟悉的風聲在她的耳畔微震。

隨即，一抹淡淡的銀白幽光，如同月光般在她眼角餘光中渲染開，籠罩了她的左肩。

春風。

她無比熟悉的銀色蒹葭，只因這是她親手替他所製。

形似蘆葦的管身之上，透露雕鏤出無數詭奇的空洞，與血脈的行走正好可以形成六瓣對沖。

在春風入體之際，被帶進去的氣流會在瞬間將對方體內的鮮血壓迫爆裂，綻開朵朵六瓣血花，就如春風催趁百花盛開，任其開謝。

那時她將自己親手製作的這個利器送給他，心裡想著，這世上，沒有人比公子更適合它了，因為他與它都是這般溫潤而美麗。

而他也將它取名為「春風」，並且以它震懾了四海眾匪。

春風伴流光，光華映海月。

如今卻在這荒漠風沙之中，無際暗夜之刻，他的春風襲向她的心口，轉瞬便要在她的身上，開出最為淒厲的殷紅花朵。

這倉促交錯的一瞬間，阿南猛然揮臂，臂環中的小鉤子陡然彈出，在春風上一滑而過。

鉤子插入春風上的鏤雕，在她折腰揮臂之際，將他那必中的一刺帶得略略偏了一寸。

僅只一寸，但已足夠她避開。

春風刺入她的衣襟，劃破她胸前肌膚，在她心口留下了一道血痕，並未如他所料刺入她的心臟，成為致命一擊。

她的小鉤子迅疾縮回，鬆開了他的春風。

他的春風也因為這一瞬緩滯，再無第二次出手的機會。

電光石火生死交錯，無星無月的黑暗之中，她沒有出聲，他亦沒有追趕。

馬蹄聲起落，轉瞬間她已越過海客們，奔赴遙遙前方。

眾人似是不敢相信公子居然會有一擊落空的時候，怔了怔後，莊叔才哼了一聲，怒道：「他奶奶的！」拍馬便要追上去。

「莊叔。」竺星河略略提高了聲音，聲音冷漠：「別追了，我們走。」

司鷲嘟囔道：「對啊，反正人家是衝著青蓮宗來的，關我們什麼事……」

方碧眠在旁邊道：「司鷲你這話就欠妥啦，咱們現在是一家人了。這人鬼鬼祟祟，不知道窺探到什麼，就這樣逃掉了，後患無窮呀！」

司鷲聽她這麼一說，頓時心下一驚，忙問：「那……公子，您看？」

竺星河沒說話，只看著那黑影遠去的方向沉默片刻。

後方已經傳來急促蹄聲，是青蓮宗眾已經追了上去。

他頓了頓，手中春風緩緩收回扳指中：「過去瞧瞧。」

第十章　故國舊夢

後方馬蹄聲起落急促，阿南胯下這匹馬並不神駿，也不耐久馳，耳聽得身後追兵越來越近，她無奈緊了緊馬韁繩，狠狠一拍馬身，催促牠再快一些。

天邊一線淺青，黎明將至，遠方即將翻出魚肚白。

後方追兵即將追上，已呈現扇形之勢散開，要對她形成包抄之勢。

心口被春風刺傷之處傳來微癢的刺痛，傷口不深，卻讓阿南越生凶悍之意。

她冷笑一聲，心道來吧來吧，你們知不知道這個陣勢，正適合我的流光圓轉使力，一波帶走？

可惜，甩手之際，她才想起自己的右臂已經無法使力，更別提準確操控了。

緊了緊手上臂環，她自馬上轉身回頭，卻看見了跟隨在青蓮宗後方的另一撥人。

當中的人一身瑩白錦衣，坐於馬上的身形頎長清雋，在黑暗中隱約顯現。

阿南自然知道他們如今已是一條船上的同夥，可心下還是難免一慟，原本打算力戰的那口氣便洩了。

縱然她可以扛下青蓮宗眾的攻擊，可她沒有信心在此時此刻，力抗春風。狠狠一咬牙，她撥轉馬頭，繼續向前馳去。

耳邊風聲急亂，冬日凌晨的風既狂且冷，自她臉畔迅疾擦過，如同亂刀。

前方已近郊區農莊，她的馬已徹底力竭。她再度催趁之際，只聽得一聲悲嘶，後方的箭矢已經深深扎入馬臀。

原本便已精疲力竭的馬匹因為傷痛而陡然人立起來，馬上的阿南當機立斷地縱身躍起，脫離了馬身。

亂箭齊發，馬匹轟然倒下，身後青蓮宗眾縱馬直衝而上，向著她圍攻。

阿南在地上打了個滾站起身，以馬匹遮蔽住箭矢，盯著當先向自己躍來的那個騎手，目光在黑暗中似發著獸類般的亮光。

轉瞬之間，鐵蹄已經貼近，向著她重重踏下。

而阿南將身一矮，手中流光疾射，從馬上騎手眼前劃過。

哀鳴聲頓時在荒野上響徹，那騎手捂住淌血的眼睛，因為雙眼劇痛而慘叫。

阿南揪住馬轡頭，縱身斜飛而上，一腳將他狠狠從馬上蹬下。

可惜她的右臂在緊要時刻失了力，讓她橫踢的腳差了毫釐，那騎手身體雖摔下，腳卻還卡在馬鐙之上，被驚馬在地上倒掛拖行，慘叫聲更甚。

兩個人的體重大大拖慢了馬匹速度，阿南臂環中小刀彈出，抬手斬了馬鐙，任由那人掉落於地，縱馬拚命前奔。

誰知馬匹跑了兩步，便趔趄倒地。原來那人十分凶悍，在墜馬之際，便將手中的刀直插入了自己馬匹的腹中。

阿南無奈之下，只能再度棄馬。可這一回她再想要搶奪馬匹，已經來不及了。

後方的眾人已經圍攏上來，甚至連一直緊隨於後的海客們也已經到來，將她包圍於其中。

阿南撥轉馬頭，目光在逐漸收縮的包圍圈上掃過，尋找著突圍之處。

天空忽有長長的鷹唳傳來，依稀朦朧的晨光中，她看見俾飛於野的那隻蒼鷹。

她立即撮口而呼，招呼牠下來。

蒼鷹直撲而下，遙遙向她飛來。

周圍的人不知她要幹什麼，但料想有隻老鷹過來肯定棘手，當下不再遲疑，所有馬匹向著她圍攏奔來，手中弓箭上弦，眼看便要亂箭齊發。

阿南舉起臂環，竭力控制自己手臂麻木的顫抖，環顧周圍那些即將將她圈攏抵殺的騎手們，心中忽然升起一個念頭——

這個時候，阿琰的日月，可比她的流光好用多了。

一線流光，究竟能不能殺滅這數十全力進擊的虎狼之眾呢？

就在她揚眉振手，臂環中的流光要激射而出之際，黑暗的荒野之上，忽然綻放開盛大的光華。

日月照臨，不可逼視。

那光華自阿南的身後而來。第一層光華先行抵達，那射向她的亂箭在微光牽引下全部失了準頭，散亂地釘於地上。

隨即，第二波光華直射而出，圍攻她的所有人瞬間落於馬下。

解決了箭矢的第一波光華再度催趁，化為第三波光華。氣流嗡嗡震動間，原本斬殺了一輪之後已經受到阻礙而跌宕的第二波利刃被氣流裹挾，再度協同共振飛旋，繞著阿南的身軀旋轉飛舞，只聽得哀叫聲連連，周邊搭弓的十數人亦墜落馬下。

此時，對方才看清從黑暗中疾馳而來的人，與阿南一般的黑衣，胯下剽悍黑馬快捷無倫。

他隱藏在黑暗中，追逐的馬蹄隱藏了他的馬蹄聲，以至於眾人都不知道他何時欺近到來。

唯有阿南，知道操控這華光熾盛的武器的人是誰。

她心口波動過一陣巨大的歡喜，向著他奔去。

他於馬上俯身，緊握住她的手。

藉著他向上提攜的力量，她飛身上馬，落於他的身前。而他也無比自然地一手挽轡繩，一手自她腰前攬過，將她護於自己懷中。

阿南來不及緩口氣，便急急側頭問他：「你怎麼過來了，又怎麼知道我在這裡的？」

他示意了一下空中鷹影，低低道：「妳至今不回，我想青蓮宗根基深厚，沒那麼好闖，有些擔心。」

「確實，我錯估了形勢。」原本只想來打探青蓮宗底細的她，未曾想過，她昔日的兄弟竟然已經與青蓮宗聯手，站在了徹底的對立面。

強敵壓陣，他們來不及細述，匆匆數語便看向面前局勢。

前一批人已經落馬，後方的騎手不甘收勢，眾馬依舊暴烈，向他們疾衝而去。

而他帶著阿南撥轉馬頭，直視著面前山崩海嘯般的攻勢，略一揚眉。

在青蓮宗如潮攻勢的後方，竺星河勒馬靜靜站在黑暗之中，冷冷地看著他們。

對面馬上的阿南拚殺這一路，已經力竭疲憊，唯有一手抓住轡繩借力，坐直身軀。

而朱聿恆的左臂緊緊地從她的腰間橫過，將她牢牢抱在懷中，只用右手操控，手中武器流光激蕩，肆意縱橫，如一輪嗜血的妖異光華，在荒野暗夜中陡然升起，驟開驟謝，無比迅捷。

圓轉的鋒利光華，自他們周身傾瀉而出，一波波射向周邊。

距離他們最近的人先被第一波斬落，隨後第二波緊隨其上，最後是第三波光華一轉即逝，收割了最後殘存的幾個青蓮宗眾。

跟在後面的海客們，沒想到黑暗之中居然隱藏著這般華美又可怕的武器。就在他們被這三輪光華驚得無法動彈，以為已經到了殺戮終止之時，卻沒想到第二、三波弧光隱隱奏鳴，驅動第一波光華迢遞而來，化為第四波斬殺之力，已經來到了他們面前。

灼眼的華光已經帶上了粉色，那是利刃上面殘留的血跡，讓刃光都變了色。但，就在這一往無前的光芒向海客們飛旋而去之際，朱聿恆的手腕，被阿南抬手握住了。

他的手微滯，感覺到阿南緊握他手腕的力道，目光不由在竺星河的臉上停了停，手下日月光華刹住了前行之勢。

手腕一抖，天蠶絲微顫，帶動珠玉琢成的薄刃甩脫了血珠，迅疾回歸於他手中的蓮萼之中，靜靜垂於他的腰畔，不見半絲血腥之氣。

只有地上呻吟打滾的青蓮宗眾，彰示著他剛剛舉手投足間斬殺了多少人。

朱聿恆低頭貼了一貼阿南略顯凌亂的鬢髮，目光定在不遠處竺星河的身上，那裡面分明寫著些挑釁意味。

竺星河收緊了右手，春風隱藏於銀色扳指之內，在此時此刻荒漠的夜風中，觸感尤為冰冷。

阿南移開目光，一夜的疲倦似乎都湧了上來。她靠在馬上，低低對朱聿恆道：「阿琰，我們走吧。」

「好。」

天邊曙光初露，空中蒼鷹疾飛，於他們周身盤旋。周圍驚馬傷者，混亂不堪，但已經不值得他關注。

他擁著阿南撥轉馬頭，拋下一地死傷，向著後方的敦煌絕塵而去。

等他們去得遠了，方碧眠跳下馬，趕緊去查看地上眾人的傷勢。

司鷲看得心驚肉跳，喃喃自語：「這……這人用的什麼武器啊，太可怕了！」

馮勝、莊叔等人縱橫海上多年，什麼大風大浪沒有見過，此時的聲調也是微變：「幸好咱們沒有與青蓮宗一起進撲，要是與這人起了爭執，今日能不能全身而退，還存有疑問。」

方碧眠望著地上哀叫的同袍們，淚流不止地咬緊顫抖的雙唇，目露恨意。

「這兩人，究竟是什麼來歷啊……」司鷲兀自心有餘悸。

竺星河神情冰冷，翻身上馬，示意海客們離開。

方碧眠看看他的神色，含恨道：「尤其是潛入青蓮宗內部的那個人，我看她那般身手，絕不在南姑娘之下，至少……差不離。」

竺星河聽若不聞，沒有搭理。

而司鷲聽她這般說，則立刻反駁道：「怎麼可能！阿南肯定比她更厲害！她要是在這裡的話，哪容得對方這麼囂張！」

莊叔嘆道：「可南姑娘怎麼還沒回來啊？司鷲，你上次不是說和公子一起找到她了嗎？」

「找是找到了，可、可莊叔你不知道，阿南她變了……」司鷲騎馬跟隨眾人往回走，沮喪道：「她眼睜睜看那個混蛋把我摔了兩次，就是不肯回頭！」

莊叔深深皺眉，而前頭的馮勝聽到，立即回頭嚷嚷了出來：「不能！不可能！南姑娘上次與我們分別，就是為了咱們捨生殿後，說她為了榮華富貴背叛兄弟，我馮勝第一個不相信！」

司鷲急道：「馮叔，難道我會騙你？她不但翻臉不認公子，而且還把方姑娘都打傷了呢，方姑娘現在還敷著藥！」

竺星河沒說話，只望著天邊逐漸亮起的魚肚白，神情沉鬱。

方碧眠嘆了口氣，道：「算了，我這點傷不算什麼，能讓南姑娘出口氣就好。我看她如今遍身羅綺，金玉加身，日子過得也挺好。」

司鷲搖頭道：「阿南不是這樣的人！她在海上時，我總見她拿珠寶玉器與海上商人換大馬士革的鋼刀、泰西的水銀鏡、綏沙蘭的座鐘，她以前從不在意珠寶錦繡的！」

莊叔附和：「我也信南姑娘，她定是另有苦衷。」

方碧眠默然垂頭，不再說話。

司霖冷冷道：「近朱者赤，近墨者黑，再說她平日就是最愛臭美的性子，漂亮衣服穿著，貴重首飾戴著，又有一堆英俊男人哄著捧著，可不就本性暴露，迷了心竅麼？」

司鷲又氣又急，眼巴巴看著竺星河，期望他能給個準話。

眾人的目光也都在竺星河身上，請他拿主意：「公子爺，您是最瞭解阿南的，您看，她真的會一夜之間性情大變，拋下我們兄弟轉投敵營嗎？」

在眾人的議論聲中，莊叔張了張嘴，欲言又止。

他忽然想起在阿南隻身殿後護送他們離去的那一夜，他正得了孫兒，一群人飲酒之際，他還酒後失言，催促公子娶了阿南，然後便發生了那一場尷尬……

他抬眼看看馮勝，馮勝顯然也想到了那一節，似要說話，莊叔趕緊拉住他，搖搖頭示意別說話。

「不論如何……」竺星河終於開了口，聲音清淡而堅定，並無猶疑：「我信阿南。就算她因為種種原因而離開，也不至於轉投敵陣，對我們這些昔日兄弟動手。」

「公子爺說得對！」馮勝與莊叔等人心頭石頭落了地，立即附和。

「再說了，阿南不肯回來也未必是壞事。」竺星河淡淡道：「她個性，確實是執拗了些。」

眾人都想起阿南在分開前一直力圖阻止他們與青蓮宗合作，方碧眠作為青蓮宗的要人，更是被她幫助官府擒拿下獄，青蓮宗眾付出巨大犧牲才將她救出，若是阿南回到海客這邊，怕是青蓮宗那邊也有意見。

「便讓她在外間多玩幾天吧，或許，她能因此深入瞭解朝廷內幕，也未必不是好事。」

公子既然發了話，眾人也便不再爭議。

已近敦煌，路邊人家院中，一棵虎蹄梅正在吐蕊，在這風沙灰黃的大漠中，竭力擴散自己的馥郁香氣。

從樹下經過之時，晨風中一、兩簇金黃的花枝掠過他的耳畔，將香氣沾染在了他的髮間與衣襟上。

竺星河閉上眼睛，在馬上仰頭聞嗅這些熹微晨光中的氤氳香氣。

他想起與阿南重逢時她身上的香氣，以及剛才與那個刺客擦肩交手之際，那種相同的氣息。

那黑暗交錯的一瞬間，不需看也不需聽，他便知道，那是阿南。

只是，她身上已沾染上了屬於朱聿恆的特有氣息。

不是沉檀龍麝的香氣，只如冷冽嚴冬中影影綽綽一枝寒梅在朝陽中初綻。在與朱聿恆的數次交鋒中，竺星河留下了深刻的記憶。

如今，他們穿著一式的衣服，身上薰染著一樣的香氣，策馬揚鞭而去，將他丟在風沙之中，甚至，她不曾回過一次頭。

——十四年前的暴風雨中向他伸過來的那雙手；五年前隻身躍上他的船頭說「我出師了，以後你趕不走我啦！」的那條身影；屍山血海之中相抵拚殺互為依靠的那片脊背；無數次從必死的困境中掙扎相扶而出，她揚頭對他露出的粲然笑顏……

當時以為能永遠延續下去的一切，原本在他面前鮮明灼亮，此時卻被那香氣如火焰捲過，全都成了褪色的灰燼，慘淡粉碎。

不過……那又如何呢？

他睜開眼，從這片刻的迷亂中抽身而出，抬手緩緩撣去衣上的落花，神情依舊平靜。

等朱聿恆死了，她自然便回來了。

兜兜轉轉一個小小波折，不可能改變早已註定的結局。

被阿琰抱在懷中馳回，阿南才發現後方侍衛們正在拚命趕來。

想來是阿琰看到鷹撲後太過焦急，所騎的馬又太過神駿，將所有人遠遠甩在了後面，才在千鈞一髮之際趕了過來。

再度對上韋杭之幽怨譴責的眼神，阿南心虛又無奈。可凌晨刺骨的寒風中，阿琰的懷抱溫暖得過分，再說她也實在沒力氣掙開阿琰自己回去了。

乾脆，她自暴自棄地靠在皇太孫殿下懷中，任由他們敞開了看。

反正女海匪行走江湖多年，比任何人臉皮都要更厚。

回到敦煌，阿南第一件事便是將懷中的東西掏出來，一股腦塞給朱聿恆，然後撲入浴桶，將自己全身的沙土塵灰徹底洗去。

一夜廝殺，疲憊交加。她有些虛弱地舉起右臂看。

被厚重砍刀擊打過的手腕已高高隆起，腫脹不堪，不知有沒有傷及筋骨。

她按住疼痛顫抖的手，浸在熱水中，低頭看向自己胸前的痕跡。

春風刺過，她心口一道殷紅的血痕，在水中隱隱作痛，甚至壓過了右臂的傷勢。

她眼前又浮現出遙遙坐在對面馬背上的竺星河。

被黑暗吞沒的荒漠邊際，他在深不見底的暗夜之中，籌劃著傾覆天下的計謀，決絕一如當年他在斷崖上許下的悲慟誓言。

她答應過阿琰，會盡全力幫他。可，誰能想到挽救阿琰性命，與破壞公子的大計，竟會以如此方式，糾纏在了一處。

她深深吸著氣，狠狠將自己的頭埋入了水中。

水聲讓她的雙耳嗡嗡作響，這是血脈在她體內行走的聲音，她活著的證據。

她還活著，公子也活著。可那些春風綺麗、流光颯遝的日子，那些他們並肩而戰的過往，早已死去了。

如今存活於世的他們，是背道而馳的春風流光，再也無法相伴。

披著溼漉漉的頭髮起身，阿南扯過毛巾胡亂擦了幾下。太過疲憊，散髮披於肩頭也懶得再弄。

外面傳來食物的香氣，阿南感覺自己餓極了，連睡意都無法抵過飢餓。她走到外間，果然看見桌上已經擺下了各式餐點。

她想喝的南瓜粥燉得溫溫熱熱的，灑了飽滿的紅棗與枸杞，在冬日晨曦中冒著騰騰熱氣。桌上還有西北的麵食，搓魚子、釀皮子，重油重鹽，最適合疲乏虛脫的她。

來不及與對面的朱聿恆打招呼，她喝了兩口粥，抓過桌上的筷子就吃，將嘴裡塞滿滿。

朱聿恆抬手給她盛了一碗羊肉湯推過去，見她頭髮還在滴水，便起身拿起旁邊的布巾，將她那頭長髮包住。

她頭髮既濃且長，坐著的時候垂垂及地。他拉了把凳子過來，將它們置於膝上，慢慢用毛巾揉搓吸乾。

宿昔不梳頭，絲髮披兩肩。

手指穿過她的萬縷青絲，觸感細軟卻又令他指尖微微麻癢。年幼時讀過的子夜歌，隱約浮現在他的腦海之中。

他抬眼看向阿南，她亦有些驚訝，略略回頭看他。

他避開阿南詫異的目光，嗓音略帶低澀：「別著涼了，還有很多事等著我們呢。」

阿南「嗯」了一聲，便回頭繼續用膳去了。

而他在她身後，透過她半溼的髮絲凝望著她。

微揚的下巴與修長的脖頸是一條優美的弧線，而這條弧線又延伸成更令人心動的肩頸線條，向下延伸至細韌的腰肢。

披在她身上的衣衫被她的頭髮濡溼，貼在她的背上，將她的軀體勾勒得纖毫畢現，卻偏偏有一綹碎髮，蜿蜒於她的領口，如在指引他的目光向下探尋。

他的心口猛跳起來，目光逃避地游移，卻看見了她衣袖下滑，露出腫脹瘀紫的手腕。

「妳的手怎麼了？」他抬手輕握住她的手掌，看向那傷處。

阿南將筷子換到左手吃著，道：「陰溝裡翻船，被青蓮宗主砸的。不然的話也不需要你來救我了。」

朱聿恆看了滿不在乎的她一眼，拉開抽屜取出藥瓶，將藥酒倒在她的傷處，抬手幫她將瘀血揉開。

阿南風捲殘雲將桌上東西吃了大半，才緩過一口氣來，擱下筷子看著朱聿恆。

而他抬眼望著她，低聲責備道：「說了多少次，不許妳再這般衝動了。」

看著他眼中盛滿的擔憂，阿南沒來由心虛，含糊道：「我哪知道他們也會來呢？本來以為只是跟蹤方碧眠，去打探陣法而已……」

朱聿恆望著她，似是想問海客與青蓮宗們所商議的事情，但最終還是罷了，沉默地替她放下袖子，蓋好藥瓶。

阿南活動著手腕，問：「不想問我昨晚聽到了什麼嗎？」

「想。」朱聿恆坦誠道：「但我說過，不會讓妳為難。妳若不方便說，我便不會問。」

阿南靜靜望了他片刻，望著他坦蕩赤誠的雙眼，心道：你可知道，有人正商議殺你的祖父，挑撥你的父叔，分裂這王朝天下——

而這群人，是她曾經浴血奮戰生死與共的朋友。

往日恩，今日義，讓她心口春風的傷又火辣辣地痛了起來，彷彿要將她胸口灼燒出一個黑洞。

可她沒辦法開口。出賣昔日的朋友給如今的朋友這種事，她無法想像也不可能去做。

不敢再看朱聿恆，她逃避般轉開頭，抬手將半乾的頭髮草草挽了個髻，定了定神，道：「重要的是，我帶回來的東西……你看到了嗎？是否有用？」

「看了，很有用，我可能已經尋出陣法的地點。」朱聿恆洗淨手，坐在她對面，將那些陳舊的卷宗翻開。

阿南湊過去與他一起看著那本冊子，問：「是傅靈焰留下的吧？」

「是。」他將它攤在她的面前，指向其中地圖道：「妳看，這便是鬼域。」

阿南知道自己找對了，這就是青蓮宗主帶竺星河與方碧眠看的，關於傅靈焰留下的那個可以滅絕西北防線的陣法所在。

冊子上是無數條黑線，互相連通，蔓延勾連，最終匯聚成一個巨大的骷髏頭圖案，兩個標記點在骷髏頭正中，正如一對灰敗眼睛。

那標記由陳舊的胭脂繪成，當年必定是鮮紅奪目，十分顯眼，可如今早已黯淡，與灰黃的書冊相差彷彿。

阿南皺眉問：「這是……地下通道？」

「對，共有三個入口，正在鬼頭的眉心和雙耳部位，而這眼睛，似是地下所在，目前我尚不知道是什麼意思。」朱聿恆在鬼頭上繪出標記，道：「地下的通道與地面的不同，是上下縱橫且相互穿插的，因此路線難尋。」

阿南喝著粥，聽他詳細講解其中的路線。

玉門關這邊的地下道，由生活於此的人們世世代代陸續挖掘而成，千百年來水文環境變遷，穿井的路線也多有變化，不斷廢棄舊的，又不斷挖掘新的。

「根據這張圖來看，六十年前傅靈焰借率眾北伐之際，利用當地人力將地下礦道、水道、天然洞穴連接，設下了這個玉門陣。」朱聿恆指向面前礦場，說道：「眉心，位於魔鬼城處；雙耳，一邊是礦場入口，一邊是王女死亡之處。只是……」

這紙上無數條細線，有直有彎，有長有短，有的似斷頭路卻又在另一邊向前延伸，有的一個拐彎後與另外的相接，複雜至極。

阿南此時疲憊至極，也懶得去詳細看路徑，只指著雙耳交會處的一個黑點，問：「這個，你覺得是什麼？」

「這裡屬於鬼面的鼻部，凡人皆仰賴呼吸生存，我看，應該是一個重要的控制點。」

「這樣，對地下通道最為熟悉的人，應當是探勘礦脈的老工頭們。你去礦場多找幾個，先把路線給理出來。」阿南揉了揉自己腫脹的手，道：「我得躺一會兒，真的有點累。」

「好，我先去布置，妳好好休息。」

朱聿恆出去安排，而阿南倚在榻上，又忍不住抄起下面的那幾封信箚看了看。

這是六十年前的信件，紙張黃脆，甚至因為她揣在懷中活動激烈，導致信封都殘破了。

她撫平信封上的火焰青蓮標記，將它拆開。

果不其然，這是當年傅靈焰所寫的信。

「長河日落，沙陵浴血。紅日西沉，一如彈丸。風沙漠漠，割肉如刀。靜夜深長，唯念思君。」

阿南攤開信，開頭便是這沒頭沒尾的幾句話。

她有些詫異，把後面的信紙翻出來看了看，確定沒有收信人名諱也沒有寄信人落款，便又看了下去。

「郎君見字如面，靈焰玉門關外事務已畢，不日將歸君身畔。回程之際，立於沙丘之上縱目望遠，眼見千山萬壑俱為君容，思君切切，亟待振雙翅而越萬里山闕，不必夜夜夢裡相見……」

阿南略感錯愕，又覺得心口一陣微甜——這被收藏在青蓮宗要地的，居然是當年傅靈焰寫給她心上人的情信。

看信上語句，顯然與對方相愛至深，正在魂牽夢縈之際。

「奇怪……」

朱聿恆回到屋內，聽她看著信件自言自語，便走過來問：「怎麼了？」

「傅靈焰的情書啊，你說怎麼會在那裡呢？」阿南將信件展示給他看。

他坐到她旁邊，低頭與她一起看信，說道：「兩個可能。一是傅靈焰當年因故沒寄出信，放在了這邊；二是收信的人便是青蓮宗內的人，對方將這封信保存了下來。」

「對哦，這麼說收信的人應該是……」

「龍鳳皇帝韓凌兒吧。」朱聿恆淡淡道：「所以她不寫抬頭稱呼也不寫落款，是希望他只是自己的『郎君』，而不是要持禮守規的那個『陛下』。」

阿南贊成地點頭，看向下一頁。

「昨日破頭潘自南而來，已具告我北伐之事。郎君謀略既妥，靈焰自當鼎力相助。唯我身分於軍中頗為不宜，當另尋一名分，以供號令軍士之用。」

看到這裡時，阿南與朱聿恆都是心口微動，兩人不覺對望一眼，都看到彼此眼中那個呼之欲出的名字。

阿南迫不及待，立即翻看下頁，看她後面所寫究竟如何。

「思及當日與君相識，入宮之際拆『機關』中的首字為姓，自此擁有第二身分。不若如今便以第二字為姓，藉此為郎君馳騁，定蒼茫河海、萬里江山。」

阿南盯著「機關」二字看了許久，又緩緩抬頭，看向朱聿恆。

朱聿恆亦在此時轉頭看向她，兩人同看信箋，相距極近，此時一同轉頭，臉頰差點相貼。

默默挪開了些許距離，阿南輕咳一聲，然後才指了指上面的字跡，道：

「機、關……」

朱聿恆點頭：「當年傅靈焰在宮中，身分是姬貴妃。」

「如今她的第二個身分，姓關……突如其來地出現於軍中，無人知曉她任何過往。」

「關先生。」朱聿恆肯定道：「除了他之外，又作何人想？」

關先生，生年不詳，籍貫不詳，親朋不詳，生平不詳……

他就像是一個突然出現在韓宋朝的絕世殺神，從龍鳳三年開始，率領中路軍北上伐元，自元大都一直打到上都，憑著九玄陣法縱橫山海，所向披靡。

直到六年後他在軍中被殺，就此隕落，屍骨無尋，人生近乎傳說。

阿南摩挲著這陳舊的紙張，心下頗有感慨：「仔細想來，傅靈焰與關先生的關係，我們確實早該察覺。」

朱聿恆示意韋杭之進來，道：「我讓人查找一下檔案，看看是否能為我們的猜測作為佐證吧。」

關先生當年北伐之時，敦煌作為西北重鎮，亦是要地之一。雖然時移世易，但他既然於此大放光彩，必然會留下種種痕跡。

在浩如煙海的卷帙中，文書們尋到了一本《韓宋北伐實錄》呈上。這是當時中路軍隨軍僉書所錄，詳細記錄關先生與破頭潘這路北伐的行軍進程，關先生作為中軍統領，自然有多處出現。

他們坐在一起，將所有內容翻了一遍，從龍鳳三年關先生忽然被委以重任出征，到最後驟然去世，六年間所有輝煌綻放殆盡，最終消散不見。

一遍翻完，他們商議了一下，將關先生歷年來加官進爵受賞賜的紀錄，按照年月日，整理了出來。

「妳看這裡。」阿南右手不便，因此朱聿恆抬手幫她按住書頁，示意她看自己關注的那幾行。「關先生北伐的六年裡，每年七月初，都會發生一些事情。」

「七月初？」阿南眼睛掃了下去。「初六嗎？」

她記得那幅龍鳳皇帝御筆的畫像上寫著，七月初六所繪。

不過並不是。第一年是龍鳳三年七月初九，韓凌兒親自出城送別三路大軍，與關先生執手依依惜別。

「三路大軍北伐，其他二路大概都是按規行事，唯獨對待關先生，似乎不一般呢。」阿南點評著，又翻到第二年的七月。

龍鳳四年七月初五，關先生轉戰晉甯，皇帝賞賜馳送至軍營。

「七月初五，第二天就是七月初六了。」阿南抬眼看向朱聿恆。「拙巧閣內傳靈焰那副畫像……你還記得嗎？」

朱聿恆點頭：「七月初六，應該便是傅靈焰的生辰。」

她滿意地衝他一笑，又繼續看下去：「龍鳳五年，關先生攻克遼陽，任遼陽行省平章事。七月初，因元軍圍攻汴京，他拋下遼陽潛行回軍，救護龍鳳帝退守安慶。」

「這也使得龍鳳六年關先生瘋狂反擊元軍，橫掃北漠，攻克大寧，又再取上都。而那年七月初，朝廷的賞賜又千里迢迢送到了上都，和之前一樣，無人知曉韓淩兒特意給關先生送來的，究竟是什麼東西。」

至龍鳳七年六月，罕察帖木兒反撲義軍，圍攻益都，關先生將其軍引於渤海，設陣將其一舉擊殺。

「渤海。」阿南若有所思地點著這個地方，又道：「聽說當時北元岌岌可危，罕察帖木兒是南拒義軍的唯一希望？」

朱聿恆於此自然比她更為瞭解：「是，蒙元當時全靠他一力支撐。我曾聽老臣回憶，本朝太祖聞聽他的死訊後，對左右喜形於色道：『天下無人矣！』」

至此元廷再無人可力挽狂瀾，敗勢已成。那年七月初，龍鳳皇帝親赴山東，為關先生慶功。

直至九月，兩人分別後，關先生二渡碧江，連克朔、撫、安三州。誰知就在這勢如破竹之時，關先生卻在年底一病不起，他派人知照龍鳳帝，並於正月被襲殺於王京，屍骨無存。

「三個月，一個橫空出世的戰神，就此消失了。」阿南將書冊合上，托腮若有所思地望著他。「真是令人措手不及。」

朱聿恆望著面前眉眼氤氳倦怠的阿南，遙想著當年驚才絕豔的「關先生」，緩緩道：「可是，她別無選擇。」

「是啊，畢竟三月還能遮掩，四五月就要顯懷，在軍中要如何遮掩得住呢？」阿南嘆了口氣，掰著手指道：「而按照時間來推斷的話，當時腹中這個孩子，定然就是六十年前被傅靈焰帶著輾轉尋醫的那一個了。」

傅靈焰於軍中所懷，並藉死遁而生下的孩子，最終卻遭山河社稷圖纏身，成為朱聿恆的前車之鑑。

這個結論，讓兩個人都陷入沉默。

傅靈焰苦苦追尋孩子的生路，最終帶著孩子渡海求生。而六十年後，同樣身中怪病的朱聿恆，身上血脈崩潰的時間，卻與她在各地設下的機關陣法嚴絲合縫。

她放棄了關先生與姬貴妃的身分，離開了宮闈，遠離了權力紛爭，帶著孩子奔波於大江南北，遍尋名醫，希望能救治自己的孩子。

而就在她尋醫的途中，韓宋朝表面上進入全盛時期，北元一蹶不振節節敗退，下屬諸王迅速光復南方。但輝煌表象下，是韓凌兒無力節制各路藩王，諸王為擴充地盤而陷入混戰，直至各股勢力最終合併為三支大勢。

難以節制諸王的韓凌兒，在利用諸王相爭來平衡勢力的同時，催促傅靈焰盡快回歸。

他們翻過了韓凌兒給傅靈焰寫的信件——其實嚴格說來，更像是詔書。詔姬貴妃回朝，勿使金冊玉寶蒙塵，椒房蘭閨空置。

傅靈焰確實回去了，還與韓凌兒有了第二個孩子，但孩子尚在腹中，她便隻身離開了皇宮，再未回歸。

亂世紛爭終有停息之日，而當本朝太祖於鄱陽湖擊潰其餘諸王主力之後，龍勢已成，再難遏制。

韓凌兒被部將迎往應天，等待他的是應天郊外那座由傅靈焰親自選址構想、居於瀑布之畔宛若仙閣的行宮。

船行至長江入海口之時，韓凌兒曾短暫停靠傅靈焰創建的拙巧閣，在那座四季花開錦繡的東風入律樓閣之下，尋訪當初那條身影。

然而，那裡只留下了他曾為傅靈焰繪製過的畫像。

傅靈焰早已離開了故土，乘槎歸於海上，再不回還。

龍鳳皇帝只拿到了她寫給他的最後隻字片語，一封訣別信。

阿南將最後一封信拆開，看著上面的第一句，神情疑惑黯然。

十年光陰，離合聚散。傅靈焰的筆跡未變，行文口吻也未變，只是當年繾綣溫柔的離愁別恨，全都已轉成了決絕去意。

「今番留信，與君永訣。舟楫南渡，浮槎於海。千山沉沉，萬壑澹澹。千秋萬載，永不復來。」

當年這段轟轟烈烈的相愛，改變了千萬人的命運，也決定了山河與王朝的起落。可最終，只落得她隻身離去，與他恩斷義絕。

韓凌兒最終未能見到傅靈焰精心為他設計的行宮。

他的船尚未到達應天，便因風暴而傾覆。眾將士為這位不幸的皇帝痛哭一場後，新帝順理成章登基，勵精圖治，開創了全新的蓬勃王朝。

「為什麼呢……」

一夜睏意襲來，阿南靠在榻上睡去時，手中兀自握著那封訣別信。

傅靈焰並未透露什麼，可她依舊能從這幾行字中看到失望、怨恨與決絕。

阿南迷迷糊糊合上眼，任由那頁發黃信箋飄落在自己的心口。她抬手按著這古舊薄透的紙張，想知道韓凌兒究竟做了什麼，會讓當年那般愛他的傅靈焰消磨掉了所有感情，轉身離他而去。

「對她不好嗎……」

不可能不好。他年年記得她的生辰，滿懷愛意為她繪像、替她親手製作笛子，簡直就像是一對民間的痴戀男女。

是當初有了嫌隙而離開嗎？

可韓凌兒有需要，她還是帶著孩子回來了，他們的感情並無變化，還多了一個女兒——也就是傅准的母親。

是相隔太遠生疏了嗎？

可看訣別信裡的感情，絕非是淡了或者變了。

這裡面，肯定有什麼外人所不知道的緣由，導致了傅靈焰如此狠心決裂。

六十年前，她在大江南北設下這些陣法，是為了對抗入侵的外族，收復中華。因此在北伐成功之後，她便關閉了這些殺陣，此後她攜子遠遁海外，應該是沒有回來過。

那麼，是誰利用這一甲子循環之期興風作浪，又是誰、以何種手法，將阿琰的性命牽繫在她留下的陣法之中呢？

睏倦讓阿南在思索中沉沉睡去，可即使進入了夢鄉，她依舊無法擺脫雜亂思緒。

在夢裡，她眼前縱橫來去盡是虛妄的幻影。

她眼前出現了年幼時曾遇到過的，慈祥對她微笑的白髮老婆婆，她努力想看清她年輕時的模樣，卻發現她並不是畫像上的樣子，而是幻化成了傅准的模樣。

她還看見傅靈焰握著自己的手，問：阿南，妳會重蹈我的覆轍嗎？

阿南想問是什麼覆轍，回頭卻看見阿琰溫柔的容顏。他手中珠玉鮮花粲然鮮明，可比它們更為動人的，是他凝望她時那爍爍眸光。

正在心底欣喜間，她腳下忽然一鬆，眼睜睜看著傅靈焰不斷向下跌落。她急忙抬手想抓住她，可千山萬水，層巒疊嶂，失重墜落的人忽然變成了阿南她自己。

她心裡忽然明白過來，這是從三千階跌落的自己，再也採擷不到心中的星辰。

痛苦絕望讓她驟然醒轉，坐起時看見窗外已是午後。身上海棠百蝶緙絲被溫暖柔軟，顯然是睡著後朱聿恆幫她蓋上的。

她捂住雙眼，夢裡的一切還沉沉壓在心口，難以釋懷。

她怎麼會與傅靈焰合二為一呢……真是怪事。

許久，阿南才緩過一口氣，穿好衣服推門出去，看見門外輪值的廖素亭。

「南姑娘，妳起來啦！提督大人臨時有事出去了，妳要是找他的話稍微等等，很快應該也就回來了。」

廖素亭性子活潑，與韋杭之的風格完全不一樣，阿南與他混得很熟，也不顧忌什麼，隨手抄起桌上一盤核桃餅，端過來與他一起站在屋簷下吃著。

抬頭看看天氣，日頭已西斜，她問：「他什麼時候走的？」

「未時，接到飛鴿傳書，殿下吩咐了事情便出發了，好像挺急的。」

阿南算算時間，心下思忖著，難道前去探索魔鬼城的人發現了陣法入口？可如果是這樣的話，阿琰應該會等她睡醒了再一起過去，不應該一個人匆匆出發啊？

「他帶了多少人過去？」

「沒幾個，就諸葛提督、墨先生、傅閣主他們。」

「唔……」她啃完一個核桃餅又捏起一個，尋思著那就更不像是去破陣的樣子了。

飛鴿傳書，這麼著急，難道說，是那邊出事了？

正在思忖著，卻見驛館門房朝他們招手示意。廖素亭起身走到門口，馬上又轉回來了，對阿南說：「阿晏來了。」

「來找殿下嗎？他不在呢……」

「他指明了來找妳的。」

阿南錯愕中，把手中核桃餅都給捏碎了：「找我？」

拍去身上的碎餅屑，阿南趕緊跑到門口一看，身穿喪服等在驛站門口的人，可不正是卓晏麼！

看見她出來，卓晏立即迎了上來，望著阿南雙唇張了張，似要說什麼，卻又不便當著眾人的面提起。

阿南見狀，示意他與自己一起到裡面去。剛跨過門檻，她腦中一閃念，帶著他走到了楚元知的住處。

「阿晏，你過來是有什麼事嗎？卞叔可還好？」帶著卓晏與楚元知到屋內坐下，阿南心懷鬼胎地給他們斟茶，搜腸刮肚思索怎麼把話題引過去——甚至她還朝楚元知使了個眼色，表示實在不行，騙也要騙得卓晏同意開棺才好。

楚元知自然記得阿南和他商量給他爹開棺驗屍的事情，可看著披麻戴孝神情低落的卓晏，他欲言又止，實在開不了口。

在阿南眼色的慫恿下，楚元知終於輕咳一聲，正要開口，誰知卓晏卻神思不屬地抬眼看阿南，先開了口：「阿南，楚先生……我今日過來，是有個不情之請……」

阿南立即拍胸脯道：「阿晏你有什麼事儘管說，能幫的我們一定盡力！」

「此事……委實有點難以啟齒，尤其是我身為人子，我知道……實在是不孝之至……」卓晏艱難地說著，一字字從喉口擠出，嗓音都顯得嘶啞：「我、我聽義莊的人說你們去驗過北元王女的屍身，所以想請你們，也驗一驗我爹的屍身。」

楚元知顫抖的手一錯，茶碗直接就打翻了。

阿南也是目瞪口呆，一時無言。

「我知道蓋棺定論，入土為安，萬萬不該有這樣的想法。可……可我爹即將安葬，近日卻還是風言風語，說我爹生前肯定是做了極大的惡事，才導致被天打雷劈而死……我絕不能容忍別人這樣說我爹！我爹之死，其中蹊蹺甚多，是以就算冒天下之大不韙，我也想請朝廷徹查此案，還我爹一個清白！」

「阿晏，你既然這樣想，那我們肯定為你盡力，絕不辜負你的期望！」阿南一拍桌子，大聲道：「是非曲直，我們一定還你爹一個公道！」

楚元知在旁邊嘴角抽了抽，但阿南一個眼神瞟過來，他立即重重點頭，大力附和：「南姑娘說得對！此事，我們義不容辭！」

阿南以權壓人，借了敦煌最資深的兩位仵作過來，楚元知熟知雷火，自然也列席在旁。

卞存安作為「未亡人」，在靈堂與他們相見，垂淚拜託，哭得暈厥。

堂上僧侶道士念了九九八十一遍往生咒，符水遍灑，金磬輕擊，香煙繚繞中眾人開啟棺木，將裡面卓壽的屍身顯露出來。

兩個仵作上前，將卓壽的壽衣解開，露出屍身，報告著屍身狀態，在卷宗上記錄著。

而阿南走到棺木旁看了卓壽遺體一眼，與楚元知交換了一個眼神——一模一樣。

卓壽與北元王女，一男一女，一個城南一個城北，可是那被焚燒得焦黑的屍身，一般無二。

楚元知精通雷火痕跡，一邊聽他們驗屍，一邊檢查屍身痕跡。

卓壽遺體顯示，火焰自他左肋開始燒起。太過熾烈的火焰迅速洞穿了他的腰腹，使他在生前捂著腹部失去意識後活活燒死，就連死後都維持著這般姿勢。

阿南著重看了看左肋的痕跡，可除了些許燒焦的砂石痕跡外，並無任何異狀。

楚元知抬手在卓壽左肋燒得焦脆之處，撚著那些焦土痕跡：「南姑娘，妳說怎麼卓司倉與……的手上，都沾染了沙土啊？」

阿南知道他口中省略掉的，是指王女。她仔細看著楚元知指尖的沙土痕跡，湊近他低低問：「你還記得，殿下之前交給你的那撮沙土嗎？」

她指的，就是他們從梁家的柴房工具桌縫隙中，彈出來的一點點灰跡。

楚元知恍然，也壓低了聲音：「對，就是那東西！」

阿南給他使了個眼色，做了個包東西的手勢。

楚元知會意，默然點了點頭，湊近了卓壽的傷口，慎重緩慢地重新審視起來。

「說起來，這麼多年了，我驗過無數屍首，刀傷槍傷，溺斃焚燒，卻還沒見過被雷擊而死的屍身呢。」年紀較輕的仵作說道。

比較老成的仵作則道：「我在永州倒是見過一例雷擊昏迷者，那人僥倖未死，只是身上被擊出了怪異花紋，就如雷電從他頭上生根一般，從臉至胸全是密密麻麻的紫色根鬚紋樣，好不詭異！」

楚元知解釋：「雷電之力，擊於表面一點，深入內裡萬千，身上留下的疤痕正是表明了雷電之力的進擊之法，一觸則瞬間走遍全身，無可挽救。」

另一個仵作問：「然而，看卓司倉的死狀，似是在雷擊之後還保存有意識，以至於手捂雷擊之處倒下，而不是一般被雷擊者那般直挺挺倒下？」

「對，沒有痕跡而被燒死，一般來說，是天雷擊中其他東西，焚燒之後引燃了他全身。這樣的話，雖然也因雷擊而死，但卻是間接的，因此而並未直接失去意識。」

阿南若有所思道：「可我看過當時現場，卓司倉所在的地方一片荒蕪，別說周圍有什麼易燃物了，就連一棵樹一根草都沒有，沙漠之中哪來的東西引燃？」

楚元知亦是疑惑不已：「而且，卓司倉當時的衣服已經徹底溼透，不是周圍的草木，又有什麼東西能在他身上燒起來呢……」

雖然尚有謎團，但屍身既已驗完，幾人見再無所獲，便做好紀錄，準備閉棺。

卓晏見壽衣被解開後還沒理好，忙示意他們停一下，自己彎腰伸手入棺內，將焦黑遺骸所穿的壽衣細細整理好。

活人右衽，而死者所穿的壽衣則是左衽，畢竟陰陽有別。

卓晏強自控制雙手的輕微顫抖，將壽衣的左衽壓到右衽之上，悉心壓平，再以細帶繫好。

阿南看著那左衽衣襟，心中忽然一動，一直卡在心口的那件小事升上心頭，讓她不由揚了揚眉。

驗屍已畢，在聲聲超度經文中，一行人抬棺出城，送至城外擇好的墓地。

卓壽重罪流放，落葉歸根已成奢望。這地方又並無什麼親友，只有街上老人幫忙找了抬棺的「八仙」和吹打班子，廖素亭攙扶著卞存安，卓晏懷抱靈位，送到城外好生安葬。

墓旁已搭了簡陋茅屋，封好墓土後，卓晏留下結廬守墓。

阿南走出幾步，回頭看看坐在墓前的卓晏，有些擔憂地問廖素亭：「這麼冷的天氣，阿晏要守多久啊？」

「看情況吧，少則七七四十九天，最長的三年也有。」廖素亭道：「主要是擔心新墳下葬，會有不法之徒來掘墓偷盜，畢竟死者怎麼都會有套壽衣，拿去當鋪也能換幾個錢。」

阿南眺望周圍荒野：「這衣食不周的，阿晏在這兒能撐得住嗎？」

卞存安抹淚道：「我隔天去送一次東西，陪陪阿晏，也看看永年。」

阿南看卞存安那病懨懨的模樣，給卓晏搬送東西估計夠嗆，便道：「這個交給我，我幫阿晏辦了。」

同來送葬的諸葛嘉在旁冷冷道：「照我說，燒成骨灰算了，不用買墳地不用守，以後殿下要是允他父子落葉歸根，帶回去也方便。」

而且，反正卓壽那遺體，再燒一把也沒什麼區別了。

「理是這個理，但你這個人，說話絕情冷性的，總讓人聽著難受。」阿南橫了他一眼，向他伸出手。「給我搞點銀子，二、三十兩就行。」

諸葛嘉臉都綠了：「這一路妳都向我借多少錢了！」

阿南一副小人得志的模樣：「又不向你借，我向神機營支取的。要查驗殿下給的權杖嗎？」

諸葛嘉咬牙切齒：「進城再說！誰出門帶這麼多錢？」

等進城拿了銀子，阿南便去街上買了一堆日用的大件小件，外加一條十斤的棉被，然後直奔城內最大的米麵店。

把銀子往櫃檯上一丟，她吩咐掌櫃的簽個契：「每五天給我送一袋米麵去郊外，搭點時蔬雞蛋什麼，記得風雨無阻。先送三個月，這些銀子算預付，多退少補。」

掌櫃的一看白花花的銀子，樂得合不攏嘴，忙不迭答應了。

阿南指了個身強力壯的夥計，讓他扛起東西跟自己先跑一趟，熟悉一下路徑。

沿著荒道往卓壽墓前走，拐過個大土堆子時，忽然有個小孩慌慌張張從後方跑出來，差點和阿南撞個滿懷。

眼看他就要摔個屁股蹲，阿南趕緊扶住他。一看這髒兮兮的小孩，破舊褲腳下一雙凍得滿是血口子的光腿，臉上還帶著鞭抽的血痕，正是當日被官兵抽打驅趕，然後被梁壘救了的災民孩子。

她將他放下，問：「荒郊野外的，你跑這麼快幹麼？」

「前面……有個人快死了！」小孩嚇得不輕，指著卓壽的墓說道：「我看他撲通一下就摔倒了，和、和我爹一樣！」

阿南心下一驚，趕緊三步併作兩步，趕到卓壽墓前一看，空蕩蕩的，並無任何人在。

她又立即鑽到茅廬內看去，才鬆了一口氣。

只見卓晏已經被一個婦人扶到了床上，對方掐著他的人中，正在低聲輕喚他：「卓少爺？」

聽到阿南進來的聲音，她回頭看來，彼此都是愕然。

「梁舅媽？」阿南見對方竟是唐月娘，不由詫異，忙打了聲招呼。

唐月娘忙道：「南姑娘，我路過這裡，看到卓少暈倒在墓前了，所以扶他進來了。」

阿南過去看了看，還好卓晏只是悲傷過度一時昏厥，應無大礙。

「沒事，休息一下吃點東西就好了，還好舅媽熱心。」阿南示意夥計把東西放下，見唐月娘伸手探著卓晏額頭，便問：「舅媽認識阿晏？」

唐月娘應了一聲：「之前卓少來過礦場，見過幾面。」

阿南燒了點水，唐月娘用杓子舀著水，餵卓晏先喝兩口。

卓晏意識不清，嘴脣只下意識蠕動著，而唐月娘的動作輕柔又妥貼，將他下巴捏開後略傾半口水，耐心地等待他吞嚥下去後，再給他餵半口水，不緊不慢。

阿南見她這般細緻，也放下了心，在旁邊坐下後，一抬眼看見他們的側面，心口忽然微微一動。

這冬日陽光斜照進窗內，卓晏和唐月娘額頭眼鼻的輪廓被同一縷日光照亮，依稀竟有些相似。

阿南覺得心裡有些古怪。唐月娘餵卓晏喝了半碗水，放下手道：「我給卓少煮點粥吧。」

可卓晏昏迷中吐著模糊的囈語，手下意識地緊抓著她的衣袖，不肯放開。

唐月娘想要掰開他的手，可低頭聽到他的聲音，身體忽然僵住了。

他叫的，反反覆覆是「爹、娘」兩個字。

唐月娘頓了頓，默然將他的手掖入被子。誰知卓晏不知做了什麼噩夢，猛地掙起，唐月娘猝不及防，身體一歪，肩膀撞在後方牆上，失聲痛叫了出來。

阿南忙伸手去扶她，對卓晏責怪道：「阿晏，你看你把舅媽都撞倒了。」

卓晏茫然坐起，看著唐月娘，迷迷糊糊不知道發生了什麼。

唐月娘忙捂住肩部，擺手道：「不妨事不妨事……」

「還說沒事，妳看妳都流血了。」阿南想查看下她的傷勢，唐月娘已撫住肩頭起身，強笑解釋：「沒事沒事，剛撞上床沿了，揉幾下就好。」

「要不，我給妳找個大夫瞧瞧？」

「不用不用，我們鄉下人，受點傷有什麼大不了。」她說著，見卓晏已經無事，便安慰了幾句，匆匆離開了。

目送她離開，阿南問卓晏：「你和梁舅媽認識？」

卓晏有些迷惘，想了想才知道她說的是唐月娘：「梁嬸子嗎？我們見過幾次面。」

阿南若有所思地看著他，他見她有探究之意，便努力又想了想：「有幾次我去礦場辦事沒來得及吃飯，她借廚房給我做過兩次，她做的羊肉滷子麵，味道挺好的。」

見他再搜刮不出其他印象，阿南便道：「這倒是，我也去她家蹭過飯，至今念念不忘。」

叮囑卓晏好好照顧自己後，阿南帶著廖素亭離開，一出門便低聲對他道：「找兩個俐落點的兄弟，好好盯著唐月娘。」

「怎麼，她有問題？」

阿南揉著自己右臂的青腫處，道：「嗯，我昨日去梁家蹭飯時，她還手腳俐落呢。我不信阿晏這個草棚能撞出這麼重的傷來。」

廖素亭立即道：「反正咱們人手足，乾脆也叫幾個人去礦場，包管她全家插翅難飛！」

阿南與他相視一笑：「那最好不過了。」到了城郊，阿南又想起一事，對廖素亭一招手，打馬如飛拐去了北元的使者們被軟禁之處。

她懷揣三大營令信，自然是來去自如，守衛還親自陪她進內。

她卻並不召集人過來問話，只在院中轉了一圈，見簷下晒著幾件婆子們的衣服，上手摸了摸有件青布褂子已經乾了，便取了下來。

旁邊正要過來收衣服的幾個婦人面面相覷，又不敢上來拿，只能站著看。

阿南拿著衣服，問她們：「這衣服是妳們的吧？」

有個老婦人點了點頭，遲疑道：「這……是我的。」

「好像已經晒乾了，我幫妳疊好吧。」

說著，她便十分熟練地將衣袖攏在衣襟前，門襟朝下折好，背面朝上，疊成整齊方正的一件，然後遞給對面的婆子。

卻見對面的婆子臉色都變了，慌忙抓過衣服，一句話都不說，先把衣服抖散了，然後將衣襟朝上，衣袖反折，重新疊了一遍，緊抱在懷中，似是怕阿南再搶去了。

阿南打量著那衣服，問：「怎麼了，是我疊得不好嗎？我覺得挺整齊的呀。」

阿婆瞪了她一眼，一臉敢怒不敢言的表情。

阿南卻朝她笑了，從懷中掏出塊碎銀子遞給她，道：「抱歉啊，大娘，我不太懂妳們北元的規矩。是我這樣疊衣服有什麼不對嗎？」

婆子看著她手中的銀子，遲疑著不敢去接，旁邊的守衛喝了一聲：「問妳話，妳就從實回答！」

婆子唬了一跳，抖抖索索道：「是，我們北元的人，疊衣服可不能這樣疊……這衣襟向下折衣服，是指穿衣的人……已經死了！這是給死人整理遺物呢！」

阿南「啊」了一聲，忙將手中的銀子塞到她手中，說：「對不住對不住，我可真不知道是這樣的意思。大娘，這銀子您拿去買點紅布香燭去去晦氣，真是對不住了！」

那婆子雖然感覺自己觸了霉頭，但掂了掂她給的銀子，又覺得不虧，臉色也好看了起來。

阿南看向周圍的人，見之前做主答話的婦人正在人群中，便示意她隨自己到旁邊屋內坐下，問：「阿娘，前次驗屍時，我看王女身上的首飾大都還在身上？」

婦人神情愁苦，憔悴不堪，顯然王女失蹤、她又被軟禁在異鄉，一直寢食難安：「那必定是在身上的。只是王女死得悽慘，我們當時也沒去點數過她的首飾……怎麼，難道王女的東西，在義莊被人偷盜走了？」

阿南沒有回答，只將那個金翅鳥頸飾拿出來，展示在她的面前：「近日有人撿到了這個東西，我看這金翅鳥的紋樣，似屬於你們北元王族。」

「正是！這東西是王女的頸飾啊！」婦人一下子便認了出來，忙道：「王女出事那天，她正戴著這個！」

「確是她的頸飾？」

「是的，我們北元的項圈，時興緊套於脖上。這金翅鳥正懸掛在鎖骨正中，領口鈕結之處。」婦人肯定道：「不信姑娘看一看，左邊翅膀上的綠松石紋路，依稀像朵五瓣花。」

阿南仔細查看，果然與她說的一樣。

她滿意地收好金翅鳥，道：「好，放心等待消息吧，相信你們很快便能得到自由，回歸北元了。」

阿南心情不錯，一路哼著小曲回驛站。路過果子店時，還下馬買了各式糖果點心。

廖素亭幫她拎著大包小包，笑問：「南姑娘今日挺開心？」

阿南眉開眼笑道：「可不是麼，我心底幾個大疑團，現在已經解了大半，連帶著也扯出了後面諸多內幕，現在啊……」

她雀躍地想，真想趕緊和阿琰分享自己的發現呢。

然而回到驛館，阿琰還沒回來。她在屋內無聊轉著圈，感覺心中有無數話要講，卻沒法和阿琰湊一起盡情聊個夠，快憋壞了。

最終她也只能拎著糖果去廂房，找了正在查驗物證的楚元知：「今天麻煩楚先生啦，來，給你的謝禮。」

「啊，不用不用！我如今是神機營在編職官，朝廷差遣何須客氣。」楚元知口中推辭著，一邊早已飛快洗乾淨了手，摸出幾條裹滿糖霜的山楂糖嘗了嘗味道，眼睛瞇了起來。「甜蜜微酸，璧兒肯定愛吃，那就多謝南姑娘了。」

阿南看破不說破，只笑著朝他一伸手：「給我。」

沉浸在甜食中的楚元知怔了一下，才省悟過來，立刻從桌上拿出一個紙包遞給她。

阿南小心翼翼地打開紙包，見裡面果然是卓壽遺體上刮下的一小撮焦砂，便問：「這東西，和王女身上的相同嗎？」

「應該相同。」

「和殿下給你的那包呢？」

「這個對比過了，確實相同。」

「是什麼東西，你知道嗎？」阿南將它放遠一點，端詳著問：「不會和葛稚雅那個即燃蠟燒過後一樣，有毒吧？」

「怎麼可能，如今是西北寒冬，而即燃蠟要高溫才能燃燒，那東西在這邊沒用。」楚元知示意她盡可湊上去細細觀察。「這個是煅燒後的石頭，類似石灰。」

阿南有些失望：「只是普通石灰？」

「類似。」楚元知往嘴巴裡塞著山楂糖，含糊道：「感覺比一般的石灰石疏鬆些，或許是煤塊煅燒後再燃燒後剩下的。」

「煤塊……卓壽和王女在身上揣煤塊幹麼？」阿南百思不得其解，最後只能將東西包好還給他，道：「要不，反正時間還早，咱們再去一趟義莊，看看王女的屍身？」

楚元知看看她又看看手中的山楂糖，臉上不由浮起「兩斤糖買我東奔西走」的委屈模樣。

「不讓你白跑，待會兒我買十斤、八斤松子糖謝妳！」

「不用不用，璧兒的臉傷能恢復，都得感謝你。再說糖吃多了又牙疼……」楚元知下意識捂了捂腮幫子，苦著臉道：「有個兩、三斤也夠了。」

阿南噗哧一笑：「走吧！」

這回過去，義莊的老頭已認得他們了，立刻便將他們帶去了王女屍體前。

趁著楚元知刮取王女頸部和手上的砂灰，阿南取出金翅鳥，在王女的項圈上比了比。

項圈微有變形，下方的金鍊連接處也對上了，證明金翅鳥確是從上面扯下來的無疑。

楚元知詫異問：「王女全身上下比這值錢的珠寶多得是，怎麼只有這東西丟失了？」

阿南撓著下巴道：「是啊，我也是不得其解。」

畢竟，北元王女與瑙日布，走入坳地之後，只有十數息的時間。

因為是冬天，王女內外穿著好幾層錦緞，若說她們兩人憑這十數息的時間把裡外衣服換了個遍，那是絕不可能的事情。

那……瑙日布扯掉這個金翅鳥，又偽裝跳井自盡，究竟是為什麼呢？

阿南慢慢地打馬往回走，一路坐在馬上沉吟，卻終究想不明白。

前方已到驛館，楚元知忽然下馬，快步走向門口。

阿南抬頭一看，原來金璧兒正站在門口張望，神情十分惶急。

「妳怎麼站在風口？多冷啊。」楚元知將手中的糖遞給她，捏了捏她的衣服，看看薄厚。

「唉，顧不上了。」金璧兒惶急地拉著他的衣袖，對阿南道：「南姑娘，讓元知陪我去一趟礦上吧，我大舅他家裡……出了點事。」

「喔……」阿南心裡琢磨著，也確實該出事。

畢竟，昨晚梁鷺就在青蓮宗聚會中，而今日唐月娘也有傷在身。

如今他們一家是否知道自己已洩漏行蹤，又準備如何應對呢？

阿南又忽然想起，昨晚情況太過緊急，她印象有些模糊——她和阿琰對付的那群青蓮宗教眾中，有沒有梁壘呢？

於是下意識的，她便脫口而出：「梁壘怎麼樣，受傷了嗎？」

金璧兒含淚錯愕看著她：「梁壘？他沒事啊，是舅母出事了。」

阿南訕笑著，看看黃昏天色又有些詫異：「舅媽？可我下午還看見她了呢！」

「就是剛剛來報的消息。」金璧兒眼圈一紅，眼淚撲簌簌就掉了下來。「如今他們一家人都下落不明了……」

「一家人？下落不明？」阿南眨眨眼，心道不得了不得了，她剛察覺了唐月娘的可疑之處，對方便做出應對了？

這般迅速冷靜的反應，令阿南一時十分佩服——她才僅僅去軟禁北元的院落走了走、給楚元知買了點糖、又跑了趟義莊，他們居然已全家遁逃？

「素亭，你快去找輛車。」阿南立即便道：「好歹我也蹭過舅媽幾頓飯，她出事了我得去瞧瞧。金姊姊，咱們一起走吧！」

阿南陪金璧兒坐車，楚元知和廖素亭騎馬，四人一起趕往礦區。

在車上，金璧兒一邊抹淚，一邊對阿南講述了事情的來龍去脈。

「舅母今日出去一趟，不知做錯了什麼事，一回來便被舅舅打了一頓。礦上人見舅母被打得奪門而出，趕緊過來勸架，誰知一錯眼，她人就不見了！」

阿南沒想到唐月娘居然遭遇家暴，眨了眨眼追問：「可妳說，梁家全家都不見了？」

「眾人在附近沒找到舅母的蹤影，後來……在礦道入口找到了一只鞋，被人認出是舅母的！」金璧兒含淚道：「南姑娘，我聽礦上的人說，其他地方的女人想不開了會投河，而礦場那邊沒河沒江的，有人想不開就鑽地下去，迷在裡面，永遠也不會出來了！」

畢竟，大部分地下礦脈曲折複雜，而且很可能充斥瘴癘之氣，而且此時礦道內又正在澇塞之時，不熟悉的人進去隨時會被坍塌的礦道埋葬，從此再也不會在世間出現。

「這麼說……」阿南若有所思道：「為了搜尋唐月娘，梁老伯和梁壘都下去了？」

金璧兒點頭：「是，如今他們三人全下了地道，至今未見出來。礦上人心下都是不安，因此趕緊過來跟我們說了這事。」

阿南正沉吟著，騾車停下，已經到了礦場。

幾人匆匆進入礦場內，見幾個男人正站在棚下，口沫橫飛道：「別說了，必定是那野男人的事兒發了！我看啊，梁輝這個忘八是當定了！」

金璧兒迷茫地過去，正想詢問一下有沒有消息，誰知對方一看見他們，立即便散了，個個似怕被揪住詢問。

阿南料想是唐月娘塞銀子給男人的事洩漏了，正要找人打聽，一眼便看見了劉五老婆。
她手裡拎著些雜物，正抹著眼淚往外走，想是來這邊收拾亡夫遺物。
阿南忙拉住她，慰問了下她丈夫的身後事，又打聽是怎麼回事。
那婦人本就與梁家有仇，一聽她提起梁家，當下咬牙切齒道：「姑娘，我上次說什麼來著，我男人明明看見唐月娘給外面的野男人塞錢了，可大家都不信，說她看起來像個賢良婦人……現在妳看吧，礦上那幾個在山東就與他們老相識出來證實了，她和梁輝居然是半路夫妻！妳說這能有個真心誠意嗎？」
阿南心道：妳好像也是二婚啊……不過人家現在跟自己說要緊事呢，她趕緊抓住重點詢問：「唐月娘還有前夫？可她看來約莫四旬，而兒子梁壘都十七、八了，看來她的第一段婚姻該是很短了？」
「可不咋的，怪道之前有人說唐月娘有點順天周邊口音，妳想那地兒兵匪那麼多，肯定是日子過不下去了唄，才改嫁去了外地！」婦人說著，往四下看了看，神神祕祕地又湊到她耳畔，說道：「聽說唐月娘一直沒提過之前那家人的事兒，大家就猜測啊，窮人家好不容易娶個老婆，就算丈夫死了也是婆家幹活的勞力啊，一個大活人跑了不得虧彩禮？唐月娘指定是自己跑的！可前面那個與唐月娘才是明媒正娶，梁輝倒是後來的，到時那家告個官鬧個事什麼的，我看他們啊，一家子吃不了兜著走！」
廖素亭聽得津津有味，甚至摸出了一把瓜子給阿南，誰知阿南卻出了神，非但沒注意他的瓜子，反而在沉思中皺緊了眉頭。

等劉五的老婆走遠，廖素亭抬手在她面前揮了揮：「南姑娘？」

阿南一抬手，興奮得差點將他手中的瓜子給飛撒出去：「二婚！前面那家人會來鬧事！對啊！我怎麼沒想到呢？」

廖素亭握緊瓜子，嘴角抽了抽：「南姑娘，妳這很有點幸災樂禍的模樣啊……」

「這不叫幸災樂禍，這叫天助我也！」阿南顧不上與他解釋，轉頭就向礦道大步走去，反覆朝內探頭看，臉上的表情，似乎想將他們全家都從裡面拖出來。

「南姑娘，妳說……咱們可怎麼辦呢？」金璧兒走到她身後詢問，滿懷憂慮的聲音將她從興奮中拉了回來。

對哦，梁家是金璧兒的舅家，這事兒處理起來，可能還有些難辦……

抬頭見天色已入夜，阿南正與楚元知商議是不是先送金璧兒回驛館，一抬頭間，看見一彪人馬自沙漠中而來。

燈籠火把亮如白晝，照亮了這群衣甲鮮亮的整肅隊伍。

被簇擁於其中的人玄衣緊束，原本神情凝肅，但在看見她時，那眉梢唇角輕輕一揚，流露出難掩的溫柔。

阿南只覺心口一陣激動，立即朝著他奔了過去。

一日不見如隔三秋，阿琰，他可知道她憋了多少話要和他分享啊！

第十一章　幽冥九泉

礦場所有老工匠被連夜召集，燈火挑得通明，一群老匠人湊在一起，將各自多年來對於礦中地勢的記憶拼湊到一起，繪出地下詳細地圖。

地下與地面不同。從上方入口而下，同一個地方可能有無數上下通道層疊，而上面的通道又可能與下面的相連，或者無數條通道縱橫交錯，或者上面的通道越過下方數條道路，又與下下方的通道相連……

阿南看眾人各自比劃地下那些錯綜複雜的道路，一邊吵鬧爭執，感覺腦袋嗡嗡作響。

轉頭悄悄瞥了朱聿恆一眼，卻見他神色沉靜邊聽邊畫，在眾人七嘴八舌的描述中迅速理出了一張地圖，赫然是從骷髏頭的嘴巴與雙耳處進入眼睛的路徑。

「照影鬼域中……」阿南不由得喃喃著，又分外佩服地看著他。「這麼複雜的路線，你居然理得出來？」

「其實這與妳替我做的『初闢鴻蒙』道理相同，都是四面八方屈伸延展的結構，考慮其中勾連交錯的力道即可。」他朝她解釋，一邊毫不影響地傾聽眾人言語，將通道補充完全。

等遺走了老工匠們，剩下他們幾人面對地圖才發現，組成「鬼域」的道路上，出現了一小塊突兀留白，便是「鼻部」到「眼部」的中間一小段。

「毫無疑問，此處便是陣法中心，為防止有人誤闖陣法，布置了防護措施。」墨長澤研究著地圖，問朱聿恆：「不知入口在何處？」

「一共有三處入口。」朱聿恆首先指向骷髏嘴巴處。「此處便是魔鬼城入口，但那邊剛遞送了飛鴿書來，派去的幾隊人馬折損了大半。」

阿南不由詫異，問：「魔鬼城不是風蝕的岩層嗎，機關如何設置？」

「對方手段十分高明，機關借地勢而設，魔鬼城中巨石堆疊險如累卵，大隊士兵腳步聲引發了地面震動，下方通道頓時崩塌堵塞，巨石牢牢卡住了入口，十天半月怕是難以清理出來。」

「十天半月？可如今已經是月底了……」阿南脫口而出。畢竟，阿琰身上的山河社稷圖，隨時會在下月初發作。

朱聿恆點頭，神情凝重地塗掉了骷髏頭眉心處：「因此，魔鬼城入口一時半會兒是進不去了。」

「那，左右雙耳的通道呢？」

朱聿恆指著左耳，道：「這是綠洲處的木青蓮，兩丈許深處尋到了早年打出的空洞，但其間已被人填充了上水石，形成青蓮形狀。」

其他人不知道上水石用處，但阿南去過實地，一聽便知道。

這種石頭上水保水效果最好，足可提取綠洲下的水脈，綠洲之中那些蓬勃生長的草木便是生長於其上。而周邊的植被沒有充足水分，自然生長得沒有青蓮圖案中的那麼旺盛。

「清理上水石，怕是也要許多時間？」

「不只，石頭還被數十年來的地下根鬚緊緊糾纏盤繞，怕是比那邊更難清理。」

「也就是說，咱們現在唯一可進入的通道，就是這條……」阿南指向右耳。「地下礦場通道？」

「恐怕，這是唯一一條路了。」朱聿恆說著，取過筆在空白處花上了幾條形似三瓣青蓮的道路，道：「另外，這是傅閣主提供的手箚中拿到的一份小地圖，道路如同蓮花，我估計，或許是用在這片空白處。」

突如其來被點名，一直坐在角落裡輕撫吉祥天的傅准終於抬頭看向了他。雀羽映著燈火，連帶他的蒼白面容也帶了些華光：「提督大人才智超群，南姑娘冰雪聰明，應當分析無誤。」

而阿南不懷好意地朝他一揚嘴角：「這陣法情況詭異，這樣吧，墨先生坐鎮地面，傅閣主和我一起下去，另外咱們再找幾個老礦工做幫手，先下去探一探。」

此言一出，朱聿恆頓時睫毛微微一跳，目光轉向了她。

而傅准臉都青了，捂著自己的胸口嬌弱咳嗽：「南姑娘，妳說真的？在下本就心肺脆弱，萬一折損在那種暗無天日、悶不透風的地方，拙巧閣的弟兄們可怎麼辦？」

「放心吧，好人才不長命，你這種人怕什麼！」

見她心硬如鐵，傅准幽怨地托起肩上的吉祥天，想要交給身旁的薛澄光，略一思索又轉而遞給了他身旁的薛瀅光，說道：「女孩子總細心些，瀅堂主，替我打理好吉祥天。」

薛瀅光應了一聲，挽過孔雀搭在臂上，柔聲道：「地下氣流汙濁，閣主身子骨不佳，請務必小心。」

傅准搖頭嘆息，回頭看向阿南，一臉「妳都不疼我」的委屈模樣。

阿南記得薛瀅光是薛澄光的雙胞胎妹妹，他們同任拙巧閣坎水堂主，擅長的並不是地下工夫，心下有個詫異一轉，傅准怎麼帶他們來大漠了？

「為何要擅作主張，由妳帶傅准下地道？」

一群人各自去準備，朱聿恆叫住阿南，沉聲問她。

阿南不答反問：「不然，你準備怎麼安排？」

「妳有傷在身，理應好好靜養。」朱聿恆握住她的右臂查看，見昨日的藥有奇效，上面瘀腫已散了不少，才略略放下心來，道：「此次破陣，讓傅准擔主，墨先生為副。傅准與青蓮宗淵源頗深，這陣法他應能手到擒來，而墨先生敦厚可靠，若傅准有異心，他可從旁掣肘，以作制約。」

「道理是這個道理，但傅准在玉門關調查那麼多日，為什麼非但毫無進展，好不容易找到個地下水道，還差點讓我葬身其中？」阿南抱臂冷笑道：「他下陣後將其他人引入岔道甚至死路都有可能，墨先生這種老實人，哪是他的對手？」

朱聿恆知道她分析得沒錯，道：「好，那我親自帶隊下去。」

「以你的能力，箝制住傅准自然可以，但，怎麼從他身上挖出自己想要的東西來？如今九玄門傳承基本就在他身上，對這個青蓮陣法，他必定知道得比我們通透，只是不肯吐露！若是任由他將時間拖過去，很快就要到月初，山河社稷圖隨時發作，到時青蓮陣法摧毀西北，我們這一趟豈不是又白來一趟？」

說到這，阿南抬眼朝他一笑：「阿琰，這世上最瞭解他、有信心能跟他鬥一鬥的人，你覺得是誰？」

朱聿恆抿脣望著她的笑靨片刻，沉聲反對：「可、妳這是與虎同行，實在太冒險了。」

「形勢如此，不入虎穴焉得虎子？」阿南毫不猶豫道：「你可是重任在肩的皇太孫，不許意氣用事。聽我的，我負責地下陣法，你掌握上面的局勢。如今正是緊要關頭，你……一切當謹慎為上。」

她沒有明說，但朱聿恆已心下洞明。青蓮宗要借聖上西巡生事，既然竺星河與他們有牽扯，怕是海客們也介入了其中，所以阿南難以啟齒。

但，在如此艱難的抉擇下，她依舊還是暗示了他。

「好，我知道了。」他點一點頭，心下升起淡淡暖意。「阿南，多謝妳提醒我。」

見他應了，阿南也不多說，抬手按住那張地圖，道：「此次下陣，擺在我面前有三大難題。一是一團亂麻的地下礦道；二是如何從傅准身上挖出祕密，第三，若三個出口都有人把守，那麼梁家三人很可能潛伏在裡面！」

「梁家？」

「對，你還記得梁鷺因為金璧兒幫忙收衣服而暴跳失態嗎？」

她曾對他提過的事情，他自然牢記：「妳發現原委了？」

「我始終有些介意，梁鷺在青蓮宗總壇當時拿出來安定海客的東西是什麼……直到今天我看到阿晏整理他父親的壽衣，才忽然想到，地方不同，衣飾上也各有各的習俗，梁鷺那邊的習俗，很可能在疊衣服上有禁忌。」

朱聿恆贊成她的看法：「梁家號稱她被送給唱花鼓戲的夫妻，但江南沒有這種習氣。」

「於是我就想，梁家說她被送給花鼓夫妻，證明是假的；進而會不會她這個女兒都是假的，根本不是梁壘的雙生姊姊？那麼她從哪兒來，又為什麼會與這家人湊到一起呢……」

「北元。」朱聿恆神情微斂，思忖道。

「對，所以我跑去了北元使者隊的下榻處試探。果不其然，她們在疊袍子時，前襟必定要向上放置的。如果前襟向下收衣服的話，那便表示是去世之人的遺物！」

朱聿恆手指在桌面輕彈著，思忖道：「一個北元的女子，冒充青蓮宗教徒的女兒，混入了為迎接聖駕而準備的隊伍中……看來，他們所謀甚大。」

「然後我也確定了，梁鷺當時拿出來安定人心的東西，想必是，她北元身分的證明——而且應該是個舉足輕重的身分。」

「難道說……」兩人相望一眼，有個猜測已呼之欲出。

片刻沉默後，阿南收緊十指，做了個擒拿的手勢：「我們是不是應該，立刻去抓捕梁鷺？」

朱聿恆抬手要喚人進來，但略一思忖，卻又停下了，說：「不急。」

阿南錯愕地睜大眼看他。

他沉吟抬手，點著那幅骷髏地圖，道：「原本，這是敵暗我明的形勢，但如今線索漸明，局勢已逆轉為敵明我暗。對我們來說，暫時維持這樣的情況，比突然打破好。」

阿南不敢置信：「好不容易發現對方馬腳了，你卻打算按兵不動？」

而朱聿恆卻壓低聲音，輕聲道：「聖上此次西巡，微服繞了一點路，如今已過祁連山了。」

阿南大吃一驚：「真的來了？這麼快？」

「聖上率隊行軍歷來講究兵貴神速，幾次北伐皆是如此。籌措糧草或許要兩、三年時間，但攻伐凱旋不過兩、三月，他是一國之君，怎麼可能在外與異族一直纏鬥。」

「祁連山到這邊，再扣除鴿子的行程，這麼說過不了幾天就到了。馬允知心心念念的馬屁，這下終於可以拍上了。」阿南口中說著，心下卻隱隱浮過不安。

皇帝真的來了，看來，公子與青蓮宗的計畫，也會開始實施了。

如今北元、青蓮宗、海客確定聯手，下一步便是刺殺皇帝、逆亂西北的謀劃了。

她心亂如麻。公子會從中動何手腳？青蓮宗說能藉傳靈焰當年的陣法設下的刺殺計畫，又會是何手段？

而朱聿恆卻毫不知曉她內心的波濤，只道：「如今背後的逆亂勢力終於露出了馬腳，若我們如今速戰速決將梁鷺給擒了，稍不小心，這條線豈不就斷了，無法將他們一舉成擒？」

阿南聽著他瘋狂的打算，簡直想抬手摸摸他的額頭，看他是不是發燒了：

「所以……你居然打算讓聖上以身涉險？」

「我會做好萬全之策的。」朱聿恆低低道：「昨晚回來後，我立即命人去盯緊青蓮宗總壇，但那邊早已化為焦土，青蓮宗眾作鳥獸散於災民百姓中，怕是難以徹底清剿。如今梁鷺是唯一的突破口，我們正好可以暗地掌控動靜。再者說，聖上不日便將駕臨，若此時便將梁鷺抓起來，一切必將重新回到不可控的局勢，對我們來說，並無好處。」

阿南心說，阿琰你可真是個狠人啊，為了掌控局面，連你的祖父、當今聖上的安危都願意拿來當賭注？

「你做這個決定，被聖上知道了，後果會怎麼樣，你考慮過嗎？」

朱聿恆只朝她微微一笑，道：「妳放心。」

阿南卻難以放心，道：「你可知道，梁家人現在已經下礦道了！」

朱聿恆聽她把來龍去脈一說，反而更顯泰然：「那我們就更不能現在就抓捕梁鷺了。」

阿南抱臂睨著他：「說來聽聽？」

「梁家三人知道祕密可能洩漏了，必須要盡快脫離，那麼，為什麼還要在有限的時間內演一齣家暴戲，而不是直接逃離呢？」

「因為，他們還想賭一把，賭我們來不及在聖上駕臨的這一、兩天內查出真相，這樣他們的計畫還能繼續實施，不必毀於一旦！」阿南一點就透，撫著下巴若有所思。「所以，他們反藉礦場那個唐月娘有姦情的流言，順理成章製造了一起家暴，從而不動聲色地遁逃？」

「此外，這地道可能也是他們計畫的一部分，或許他們知道我們要破陣就必定得下地道，因此可能要藉此機會，在裡面興風作浪。」朱聿恆望著她，道：「阿南，妳這次……真的太冒險了。」

「說我冒險，你自己還不是連聖上都敢拿來賭一把？」阿南朝他一笑。「行了，你和墨先生上次不是配合得挺好嗎？只要你們在上方及時關注動靜，我不會有事的！」

地下通道狹窄，考慮到魔鬼城的教訓，此次下地一共安排了六人，分為三派：一是朝廷的人，阿南為首，廖素亭為副；二是拙巧閣主傅准及坤土堂主康晉鵬；此外便是最熟悉礦場的兩個老工匠。

配備好地下必需品，火摺、水壺、匕首、避毒丸……綁腿窄袖束腰短打，阿南連頭髮都盡量緊束，免得在狹窄的地方妨礙到自己的行動。

「阿琰，我去去就來！」阿南輕鬆無比，朝他揮了揮手，轉身便躍進了礦洞之中。

朱聿恆在洞口凝望著她，而她快步向前，身影很快融進了黑暗，他手中火把便再也照不見她了。

後方的人相繼跟上，魚貫而入，隨她走進幽深地下。

一鋤一鍬挖出來的礦道泥濘不堪，寬窄不一地向內延伸。有礦的地方被開採之後，會餘下較大的空洞；但沒有礦物可採的地方，甚至無法直立行走，所有人都以狼狽的彎腰姿勢往前行進。

地下悶熱無比，他們都穿著輕薄透氣的短衣。交錯處有幾個礦工往外走，個個都打赤膊，恨不得連褲子都剝了。

阿南問他們：「請問，找到梁家人了嗎？」

礦中懼陰氣，一般不讓女子進出，那人先是呸呸兩聲去晦氣，才甕聲甕氣道：「他婆娘掉下岩洞，他和兒子下去救，結果一家都沒聲息了，我們正要出去求援呢。」

阿南立即道：「你領我們過去瞧瞧。」

前方岔道口積水嚴重，他們淌著及膝的水往前，曲曲折折進了許久，到了一個用竹排與杉木支撐住的坑道口，下方便是一個天然岩洞。

「就在這裡了，下面挺深的，我們下去看了看，沒找到人。」

阿南取出地圖與兩位老礦工商量對照，確定這是他們前行途中必經之地，想著梁家三人或許在岩洞中設好了埋伏，便商議道：「我看傅閣主身子孱弱，康堂主，你先帶他慢慢緩降下去。」

康晉鵬是個實心眼，倒沒覺得不對，應了一聲便在兩人身上繫好繩索。

傅准翻了阿南一個「虎落平陽被犬欺」的白眼，只能忍辱去探路。

等他們快落地了，阿南才俐落地繫繩，與礦工們商量好緩降的節奏，對其他人一點頭：「走！」

上頭的人拉住繩索，他們以雙腳為支撐，緩慢地沿著下方石壁緩緩垂降，讓松明子照亮周身情況。

這是一條天然形成的地底裂縫，火光下銅礦金光耀眼，伴生的雲母光澤瑩潤，團團氤氳的金玉幻彩將他們周身簇擁包圍。

下了約有十來丈，他們的腳陸續落了地。下方亂石嶙峋，耳聽得叮咚聲響，似有泉水流瀉。

阿南舉高手中松明子，看見他們身處狹長的地縫中，周圍石壁溼滑，下方隱約有水流。

這次跟隨下來的兩個老匠人，略一探討便得出了一致結論，敦煌附近的河道唯有龍勒水，這水應該便是來自於其地下滲流。

「南姑娘，這條縫隙，怕是幾十年前我們師父所說的鬼道啊！」

阿南搜尋著梁家人的蹤跡，隨口問：「什麼鬼道？」

老大們眼神變得畏懼，聲音也壓得很低，像是怕驚動了地下深埋的什麼東西。「幾十年前，這裡突然黃泉倒灌，沖走了數十個礦工。等水退去之後，有幾個礦工便下到這裡，想將屍身尋回來，誰知只要進去的，就全都沒回來了……」

廖素亭一聽，頓時大驚：「幾十年都沒人進入了？那裡面豈不是很臭？幸好我帶了通犀香，來，南姑娘，傅閣主，咱們點上熏一熏……」

眼看這四人毫不在意危險，逕自點起了避邪驅毒的香丸，兩個老礦工嘴角抽搐，感覺這趟下來怕不是什麼好差事。

地下潮溼，香丸捏得很實，半天才燃起來。

阿南將它塞進火摺子懸在身上，而康晉鵬粗手粗腳的，香丸骨碌碌滾到了地下，撿起來一看已經打溼了，只能厚著臉皮又向廖素亭討了一丸：「謝了兄弟，下次我幫你煉幾顆噴火石，在香裡面嵌一小粒，遇火即著，特別好用。」

廖素亭笑道：「那也架不住掉水裡了啊。」

「怕什麼，那東西一著了火，遇水只會越燒越旺，絕對滅不了的！」

說者無心，聽者有意，阿南眉毛一揚，拉住他問：「康堂主，什麼噴火石這麼厲害啊？」

傅准在旁邊似笑非笑地瞧她一眼，問：「南姑娘對這個感興趣？」

「只要是我沒見過的，都感興趣。」阿南恭維康晉鵬道：「康堂主不愧是拙巧閣坤土堂主，對於這些礦產土石，果然見識廣博，我都不知道這東西！」

「南姑娘可折煞我了，術業有專攻，我家祖祖輩輩都是幹這個的，所以知道多些。」康晉鵬撓頭笑道：「其實也不難，只要將煤塊封在窯中乾餾，製成焦炭，再與石灰同爐煆燒，如果爐溫夠高，運氣夠好，便能得到一種遇水即燃的石頭。

如今我手頭沒有，等以後有機會製幾塊給你們瞧瞧。」

「煤塊石灰，遇水不滅……」阿南眼睛亮得比往日更為灼人，傅准望著她那模樣，忍不住捂胸輕咳：「南姑娘，妳真是江山易改本性難移，還和當年一模一樣啊。」

「少廢話。」阿南對他可溫柔不起來，轉頭引領隊伍，沿著石洞往深處行進。一路行去，岔道盤繞，通犀香緩慢燃著。

通犀香以各種礦物碎屑混合在香粉中，點燃後若遇到不潔氣體，則煙焰氣味會發生變化，從而分辨遭遇到何種瘴癘毒氣，以作示警。

但如今它只散著舒緩的香氣，並無任何異樣。

偶爾洞壁之間會有幾具森森白骨，應該便是當年被沖進來的礦工們，黑暗中看著骨殖磷火跳動，一股幽冥迢遙之感，更顯壓抑沉重。

走了約莫有十來里路，廖素亭先忍不住了，喊著「又餓又累」打破一路的死寂，從懷中取出肉乾，掰了幾塊與他們分食，竟似要把這險境搞成踏青。

幾個人邊走邊吃，阿南撕了一條嚼著，對廖素亭讚賞道：「這味道不錯呀，哪兒弄的？」

「我獵的鹿，自己下廚做的，閒著沒事我愛弄點東西磨磨牙。」廖素亭見她喜歡吃，興致勃勃道：「好吃吧？神機營沒有人不愛這口的，我靠著這東西，差點把諸葛提督那隻鷹都勾引過來了。可惜啊，就差一點點……那鷹對他真是忠心耿耿。」

阿南想起朱聿恆曾說過諸葛嘉救護那隻鷹的事情，頗感興趣，問：「那鷹現在呢？」

「北伐時為了保護諸葛提督死在混戰中了。我們都勸諸葛提督再馴一隻，畢竟阿戾那凶悍護主的模樣，誰見了不讚嘆？全靠了牠，諸葛提督每次打獵總是遙遙領先，畢竟誰的鷹犬都拚搶不過阿戾。」

阿南想起她和阿琰在海島上養的那隻虎頭海雕，不由感嘆道：「馴一隻鷹哪有那麼容易啊，不只人心複雜，萬物皆有靈。」

卻聽旁邊有人笑了一聲，慢悠悠道：「也沒這麼複雜。別說馴鷹了，只要方法得當，馴一個人也不難。」

阿南回頭一看，火把顫動的光線照亮了傅准霜雪般皎潔的面容，配上一副似笑非笑的神情，讓阿南只覺一股寒意從後背升騰而起。

而他凝視著她，拖長聲音問：「南姑娘覺得我說得對不對？」

阿南嗤之以鼻，一邊嚼著鹿肉乾，一邊轉過頭去，懶得理他。

地下大裂縫曲曲折折延伸向前，不知前路究竟多遠。

直走到腳下逐漸乾燥，泥漿漸變為沙土，他們脫離了潮溼陰森的地縫，進入了乾燥的黃土地道。

見地勢有變，阿南邊走邊摸出地圖，在幽微火光下看了看，估計前行的方向約莫是西北，如今已經行了有十數里了。

康晉鵬忽然停下腳步，低低地「噓」了一聲，問：「聽到什麼了嗎？」

眾人屏息靜氣，傾聽洞中聲音。細微風聲自他們身邊呼嘯而過，隱約帶著幾縷詭異呻吟聲響。

毛骨悚然間，阿南細聽那尖銳聲音，道：「別擔心，這聲音聽來不似人聲，更像是風吹過什麼狹窄縫隙產生的，我估計前方該有變化了。」

正說著，她拐了一個彎，手中的火把忽然明滅不定，光焰陡暗。

阿南立即抬手護住火光，警惕觀察周身。

這是一個十丈方圓的土洞，乾燥板結的黃土洞壁上，赫然呈現著一個個黑暗的洞窟，就如隻隻詭異的眼睛在盯著他們，令眾人盡覺後背發麻，極不舒服。

孔竅共有十二個，四面八方高低上下鑿在洞壁上，個個可容一人低頭通行，並無排布規律。

眾人對照地圖研究，肯定了這個洞室應該便是骷髏地圖的「鼻部」。

也就是說，這十二個洞窟，應該便是地圖上的空白處，通往「雙眼」照影陣。只是此處情形詭異，洞口又毫無標記提示，他們哪裡能迅速尋出正確路徑？

阿南不覺有些遺憾，要是阿琰在這兒就好了，他肯定能準確推斷出身處方位，說不定還能根據鼻部與眼部的連通地勢，尋找到正確路徑呢。

可惜他總是有要事在身，哪能一直與自己相伴而行呢？

阿南嘆了口氣，待要拂去這無謂的念頭時，心口忽然一跳——

獨行天下無所畏懼的司南，從什麼時候開始，想要依賴別人的力量了？

在海上縱橫之時，刀山血海驚濤駭浪中，她一人獨自闖蕩毫不遲疑，未曾妄想過任何助力。

即使那般傾慕公子，也從不奢望他會在風浪之中披荊斬棘而來，救她於危急之中。

無論身處何種境地，她的一生早已習慣了獨來獨往，一力扛起所有責任，做一柄一往無前的利刃。

可如今，利刃居然幻想著有另一柄與自己同樣鋒利的劍刃，如日月相隨般，與自己同進同退，彼此分擔？

她皺起眉，拂去自己不該有的依賴情緒，警惕地向洞窟盡頭那些幽黑的洞口靠近，駐足於洞窟之前的一根小柱子上。

這是一根雕鏤著蓮花紋的石柱，上方平托著一片其薄如紙的銅片，約莫有尺許見方，年深日久，上面落了厚厚一層灰塵。

廖素亭少年性急，抬手便將灰塵擦掉：「這銅片上面，難道有地圖線索？」

眾人心中都與他一般想法，忙一起湊到銅片之前看去。

洞內乾燥，這銅片光滑平整，並未出現鏽跡，那銅片幾乎可以照出面容，上面別說刻字，連劃痕都不見一條。

廖素亭抬手在它上面敲擊了一番，依舊是毫無所獲。這確實只是一片最普通不過的黃銅片，只是裡面不知摻雜了什麼，數十年來未曾有半分鏽跡。

他矮身觀察下方石柱，看到了上面刻的一行字，忙道：「大家快看，這裡有字。」

阿南俯身一看，赫然刻的是一句古詩——

羌笛何須怨楊柳。

她腦海中立即浮現出渤海水城的入口處，刻在石壁上的那一句「西出陽關無故人」。

渤海水下時，是綺霞用一曲《陽關三疊》抵沖了聲浪，打開了通道。難道說，這邊也需要一曲《折楊柳》？

可，就算他們找到了演奏的人，又是何種用法呢？

她轉頭看向落在最後的傅准，問：「傅閣主，你有什麼看法？」

「不好說……我的身體，不適合久待地下。」傅准抬手撫胸平緩喘息，虛弱道：「我現在耳中嗡嗡一片，根本無法思考。」

阿南翻他一個白眼，隨便選了個洞穴：「我先進去探查一下。」

洞窟並不是筆直的，走了十來步，一拐彎便見後方洞壁與下方一般，在洞窟上打出了無數條通道，不知通往何處。

阿南眉頭一皺，退出後想了想，手臂搭在斜上層洞窟借力，隨便又選個上方洞穴進入。

與之前的洞窟一般，每個洞窟都分出無數分支，也不知這地下究竟蔓延出多少地道，就如一棵看不見的巨樹深深扎入地底，根鬚一而十，十而百，不計其數。

「南姑娘，妳小心點。」下方廖素亭站起身，緊張道：「我總覺得這洞內怪怪的，妳要是迷失了就不好了。」

「怕什麼，無論何種地洞迷道，只要一直貼著左手邊走，遇到死路就依舊靠左折返，總能尋到出口的。」阿南道：「怕只怕洞內有機關陷阱。」

「這……」廖素亭正覺心驚，腳下的洞窟猛然一震，眾人的身體不由都歪了一下。

站在上方洞口的阿南更是站立不穩，差點摔了下去。

她一把扶住洞口，卻見身後洞中煙塵滾滾，正向前迅速湧來。

「護住兩位老大！」阿南對著廖素亭急吼，一側身直撲向下。

下面傅准來不及閃避，不偏不倚當了她的肉墊，胸口被撞個正著。

廖素亭與康晉鵬一人一個，拉起兩位老匠頭向後疾奔。他們剛拐過彎，後方的煙塵已從洞窟中衝出，所有的火把被捲襲的塵土撲滅，洞內徹底沉入了黑暗之中。

被阿南壓倒在地的傅准慘烈地悶哼著，而阿南才不管他，將臉緊埋在手肘中，捂住口鼻，等待面前瀰漫的塵煙呼嘯而過。

塵灰尚未散去，黑暗中阿南只覺得風聲驟起，直撲向他們。

阿南右臂有傷，臂環早已移到左臂，流光朝著風聲處一旋即收，只聽得「唔」的一聲悶哼，幾滴溫熱的血被帶回，落在了她的手背上。

阿南豈是善與之輩，對方既已受傷，她一個飛撲立即循聲衝了上前去，黑暗中下手極狠，流光上下飛旋，當即封住了洞穴上下。

只聽得嗤嗤聲不絕，來人定是在她手上受傷不輕，只可惜面前無法視物，不知道是否中了對方要害。

眼看對方節節後退，她就要將對方逼到最後一步之際，忽聽得錚的一聲，她的流光竟被卡住了，再也拉不動分毫。

她當機立斷，撤掉流光，臂環中精鋼絲網激射而出，籠罩住對面，與此同時右手二指一轉，點亮了手中火摺子。

她的火摺子由精銅折射火光，光芒強烈，瞬間照亮了洞中。

只見一條黑影一閃即逝，躍入了她之前所站的洞口，鑽入了洞窟之中。

對方身法極為俐落，雖只一瞥之下，阿南依舊可以肯定，那定是梁壘。

而她的流光與精鋼絲網，都纏在了那枚銅片與石柱上。

阿南將絲網收回，重新裝置好流光，回頭查看後方情形。

煙塵與巨響掠過，簌簌土灰撲過之後，洞內死一般的寂靜。廖素亭與康晉鵬已護著老匠頭退出去了，洞室只剩下剛剛被她當肉墊撐過的傅准。

阿南走去踢踢傅准，問：「死了沒？」

「沒。」傅准勉強從緊咬的牙關中擠出幾個字：「多謝妳……還給我留了半條命。」

阿南甩甩隱隱作痛的右臂，確定沒有加重傷勢後，撿起火把點亮，抬頭看向梁壘逃竄的那個洞穴，恨恨一咬牙：「肯定躲在那個洞裡，我進去看看！」

「南姑娘，這洞中危機重重，我又被妳砸成重傷，天大的本事也無力施展……」傅准扶著洞壁勉強站起，拉著她衣袖虛弱道：「妳可千萬別丟下我一個人。」

堂堂拙巧閣主講這種話，阿南不由得嘴角微抽：「怕什麼，你出洞拐個彎找康堂主不就行了？」

「可我沒聽到他們的聲音，難道已經走遠了？」傅准說著，摸了摸身上，面露錯愕之色，急忙低頭在地上尋找。「我的玄霜不見了。」

「丟了嗎？」阿南火把隨意照了照地上，凌亂積土薄薄的，卻十分平整，哪有瓶子的蹤跡。

傅准捂著胸口重重咳了一通，那一貫蒼白的面容潮紅一片，喘息急促：「進入地下太久，我得補玄霜了，不然……」

「是藥三分毒，少吃點也好。」阿南冷冷丟下一句，躍到上方梁壘逃竄的洞口，照了照內部。

裡面安安靜靜，印著一串腳印，看起來只是個空蕩幽深的普通黃土洞穴。

傅准回頭看向拐彎處，竟沒有出去，反而艱難地爬上來，跟上了她。

阿南也沒理他，順著腳印沿著曲折洞穴前行，很快便尋到了機關爆發之處。

陳舊機關噴射的浮土沒能蔓延到旁邊的岔洞，腳印在此消失了。火光照耀下，他們看到一朵徑圍三尺大小的蓮花鑲嵌在洞壁上，顏色烏青沉沉，不知是何金屬打製。

蓮花有三層十八片花瓣，中心是一簇銅質鎏金的花心，光芒尖銳，微微顫動，似是隨時會發射的模樣。

她立即停下了腳步，以免觸發機關，引發花蕊齊射。

「傅閣主，不如你來看看，這機關如何解除？」

傅准精力不濟地扶著胸，抬指在蓮花中心輕叩，傾聽裡面傳來的勾連震動聲，查看被帶動的青蓮瓣片。

萬世眼之下百器千具無所遁形，雖然他依舊有氣無力，但眉眼中精光微閃，立即便鎖定了機關中心：「三層蓮瓣，從內至外分別為三六九之數，這是個天地人三等均分之術。」

阿南臂環中彈出小刀，略加敲擊後迅速鎖定了機括承力處，臂環中彈出鉤子，在最周邊的一、四、七花瓣處用力一挑，只聽得軋軋聲輕微響起，原本貼在壁上盛綻的蓮花緩緩合攏，鋼鐵花瓣將中心所有的鐵針遮掩閉攏，看起來穩妥安心多了。

解決得太過簡單，又隱約聽到不知何處響起的機括聲，阿南心裡反倒升起不祥的預感。

她回頭看向傅准，卻見他還是那副死樣子，料想他絕對不會告訴自己機括牽動了何處，便立即收手，道：「走吧！」

傅准跟著她往外走：「南姑娘這是要去哪兒？」

「先和廖素亭、康堂主會合吧，這洞裡危險，大家在一起總比較安全。」阿南加快腳步道。

「南姑娘，別走這麼快……看在妳把我當肉墊的分上，拉我一把吧？」傅准氣息懨懨地追上她，有氣無力地撫著左胸。「這裡，胸口劇痛，心都快被妳弄碎了。」

阿南狠狠翻他一個白眼，強忍住與他內訌的衝動，躍下洞口。見廖素亭他們這麼久了還沒回來，她心下感覺不對，立即往通道來處走去。

出了洞室，拐到外面地道，前方曲折洞窟中並無四人的身影。

阿南臉色劇變，立即加快了腳步。

周圍是粗糙狹窄的洞壁，當時青蓮宗於此勢力並不太大，倉促下無法調動太多人手，因此只以地下裂縫粗粗加工鑿成。

路越走越窄，阿南的神情也越來越不對，走了約有兩三里，她停下了腳步：「這不是來時路。」

勉強跟著她的傅准應了一聲：「可我們這一路……沒有別的岔道吧？」

正說話間，前方突然出現了一個洞口，阿南立即快步走到洞口，向外看了看，神情頓時劇變。

傅准越過她的肩頭看了看外面情形，低低地嘆了一聲。

他們所站的地方，比下方要高上些許，正是一個土壁上開出的洞口。而他們斜下方的主洞中，端端正正地擺著一張銅片，上面積滿了灰塵。

阿南從洞口躍出，落在銅片之前，抬頭一看上方，十二個洞口開在洞壁之上，死寂一如當初。

傅准爬下來，陰陽怪氣：「南姑娘料得真準，這洞內很古怪啊。」

阿南抿唇抬手，一把拂開面前銅片上的灰塵，下方依舊是光潔無一物的亮銅。

銅片下方石柱上，「羌笛何須怨楊柳」的字樣依舊存在。

她將自己的掌印狠狠按在上面，留下清晰的紋路：「走，再來一次。」

傅准拉住她的衣袖，艱難道：「南姑娘，扶我一把……」

阿南想一把甩開他，可側頭看見他氣息急促嘴脣青紫的模樣，不由問：「你怎麼了？」

「玄霜……我真的該服用玄霜了……」他恍惚道：「我眼前全是重影，踏不出腳步……」

見他確是神志不清的模樣，阿南只能默然咬牙，將他拉住。

這一路兩人都很沉默，阿南走得很快，傅准走得磕磕絆絆，偶爾他虛弱說一聲「南姑娘，等等我」，阿南會放緩一下腳步，但始終未曾看他，只一直盯著前方的路。

死寂的地下洞穴中，隨著他們的腳步聲，壁上會偶爾落下些微黃土。手中的松明子已經光芒黯淡，洞壁之上絕無任何岔道洞口。

前方洞壁漸漸收窄，那熟悉的感覺讓阿南心下油然升起不祥的預感。

她急步走向前，在洞口處火把向下一照，眼前又出現了熟悉的洞穴，銅片靜靜托著被拂開過的塵土。

阿南再度躍下通道，低頭看向那張銅片。上面被她拂開的地方，清晰地留著她的掌紋。

這世上筆跡、塗畫什麼都可以仿冒，但掌紋，每個人都不一樣，是絕不可能仿印的。

傅准精疲力竭，手腳並用爬下來，虛浮地問她：「南姑娘，妳準備怎麼辦？」

「你看起來快死了。」阿南舉起松明子，看著他發青的臉色，說：「你在這兒等著吧，我再去探一次路，看看這究竟是個循環，還是有個人造了一模一樣的洞室。」

「南姑娘，妳別拋下我……」傅准意識模糊，精神似有些錯亂，抬手想要抓住她。

阿南避開他的手，毫不留情道：「若這真的是個循環，那麼廖素亭他們也一定在其中兜圈。你留下來等著。他們要是回來了，你負責接應。」

傅准艱難喘息著，知道她不會帶上自己了，只能靠在洞壁上，目光無神地望著她遠去。

阿南深呼吸了兩次，再次向著前方地道走去。

松明子快燃燒完了，將火光剝得只剩指甲蓋大的一豆持續燃著。照著孤身一人，洞壁顯得更為逼仄可怖。

她取出臂環中的小刀，在地道中貼著牆壁慢慢走，以免自己在昏暗中錯過了難以察覺的岔道。

刀尖輕劃洞壁，些微黃土簌簌落下。

狹窄黑暗的地道，隨時可能熄滅的火光，靜得連刀尖的聲音都在隱約迴響。

耳內滿是突突跳動的聲響，就像落入大海最深處一般——周身太過安靜了，以至於耳朵放大了身體內血脈的流動聲音，響在她耳畔。

在這壓得人喘不過氣的昏暗中，她的刀尖忽然輕微地一頓，被洞壁卡了一下。

阿南的手下意識地輕抬，刀尖便脫出了那一處障礙，又隨著她繼續往前。

阿南的腳步頓了一頓，退回兩、三步，將刀子貼在壁上，輕微推向前。

在相同的地方，刀尖再次卡住。

阿南俯下頭，將火把略微撥亮些，查看洞壁的異常。

一條在昏暗中極難察覺的縫隙，隱藏在洞壁之上，向著上下延伸。

阿南定了定神，抬手將刀子插入那條縫隙中，往上下劃動。

那條縫隙貫穿了整個洞窟，筆直一如墨斗所彈，將地道整齊地劃分為兩部分。只是因為洞窟內部本就凹凸不平，又布滿塵土，所以極難察覺此處有條接縫。

阿南心底油然升起謎團破解的亮光。

她疾走幾步，拐過前面那個彎，刀子迅速在壁上劃過，兩步之內便尋到了另一條筆直橫切過洞窟的縫隙，確定了她的想法。

唉，說來說去都是因為阿琰不在，不然的話，以他棋九步的能力，肯定早就發現了道路的變化。

心下既定，阿南的臉上也露出了輕快的模樣。她加快腳步，繼續持著刀子貼著洞壁往前，直至前方洞口變窄，她才收好刀子，故意放沉了腳步，從洞口中鑽出。

果不其然，傅准正委頓地靠著洞壁而坐，見阿南神情沉重地舉著快熄滅的火把從黑暗中出來，他張了張口，但尚未發聲，急促的呼吸便淹沒了他的話語。

阿南跳下洞口，走到他的身邊。他面色微青，雙唇顫抖不已，那雙一向陰鷙的眼睛也變得溼潤恍惚，看向她時已經無法聚焦。

阿南遲疑了一下，抬手摸了摸他的額頭，果然發現他額頭滾燙。

「看來我們真的要困在這兒了。」阿南在他身旁坐下，盯著黯淡火光，聲音略有波動：「松明子的油脂已經燒盡了，等到火光一滅，黑暗中更是摸不出去，必死無疑。」

「反正，沒有玄霜續命……我也會死。」傅准轉過頭凝視著火光下她依稀的剪影，昏沉恍惚的面容上忽然綻開笑意，一向陰陽怪氣的語氣竟帶上了些溫柔。「可、我覺得這樣也不錯……畢竟整個世上除了南姑娘，還有誰配與我死在一處呢？」

「要死你自己死，我還有大把美好時光。」阿南冷哼一聲，懶得消耗自己不多的精力來搭理他。

而他喘息甚重，話語中帶著些異樣的興致：「不管如何，以後咱們成了鬼，就在這裡彼此相伴了。」

阿南問：「反正你活不長了，不如跟我說說，照影鬼域中究竟是什麼意思？」

傅准瞇起眼打量著她，語氣恍蕩：「都到這絕境了，妳……還惦念這個？」

「以前葛稚雅對我說，朝聞道，夕死可矣，我不懂是什麼意思，但現在陷入絕境，才懂了……未曾知曉謎團便撒手，我不甘心。」阿南嘆了口氣道：「更何況，你祖母的陣法不是都會留下可破解的陣眼嗎？或許我們在這裡是等死，到了那邊反倒有一線生機呢？」

傅准沉默盯著她許久，直到火把的光在他臉上一跳，他迷濛的眼中終於露出一絲清明：「南姑娘，妳知道嗎……沒有玄霜，我真的會死……閣內的叛徒，他們殺了我爹娘，把我沉了海，我在海裡窒息了很久，雖然活下來了，可是我從此以後……不吃玄霜我會全身抽搐，會昏迷僵硬，會死……」

阿南沒料到他竟會在此時對自己示弱，不由問：「是癲癇嗎？」

他沒有回答，只緊緊揪著她的衣袖，哀求地望著她。

若真是這樣，他萬一發作，沒有了藥物，可能真的會死。阿南默然抿脣，避開他的目光，說：「那我幫你找找吧。」

她手中的火把照著地上，看了一圈後一無所獲，又無奈回頭看他：「沒有，你不會丟在路上了吧？」

他死死盯著她，許久，他呼吸與瞳孔一起收縮，整張臉都扭曲起來，聲音也越發模糊：「南姑娘……妳聽到了嗎？」

阿南照著四周，在一片死寂中遲疑地問：「什麼？」

「我娘的聲音，她教我唱的童謠……我娘說，它叫青蓮盛放曲……」

「青蓮盛放曲？」阿南心口一動，不由俯身貼近他。

「十二蓮葉取第九，九品蓮葉取第六，十品蓮葉取第八，十二蓮葉復取九，九品蓮葉取第六……」

他含糊低吟著，阿南等待著後面的話，他的聲音卻已漸漸弱了下去，身體抽搐著陷入了昏迷。

阿南急了，抬手拍了拍他的臉：「喂……念完再睡！」

他臉頰滾燙，身體微微抽搐，顯然沒死，但阿南探著他那急促灼熱的鼻息，覺得他離死也不遠了。

她抬頭看向壁上排列的洞窟，數了一下，發現剛剛有青蓮機關的，果然是十二洞窟中左數第九個。

她起身以臂環小刀在土壁上刻下了「司南入洞探路」六字，以備廖素亭他們萬一重返時可以知道下落。

收回小刀，她低頭看看昏迷的傅准，見他身上肌肉無意識地顫抖抽搐，看來瀕臨死亡，遲疑了一下，還是帶上了他。

艱難地將他擠上了高處洞窟，阿南半扛半扶著他重新回到那朵烏沉沉的青蓮前，看到洞壁左右正是九個岔洞，她便左數了第六個，帶他走了進去。

傅准身軀清瘦，可畢竟是個男人，阿南左手持火把，右手抓住他左胳膊，勉強以肩膀扛住他，拖著他前行。

洞內複雜無比，一條條交錯蔓延的洞窟，如同一張連通的大網。到了第三重岔道口，果然是十個洞窟，她選了第八個進去。

等走到第四重岔洞口，阿南正要帶著傅准進入第九個洞口時，迷迷糊糊伏在她身上的他卻開了口，聲如囈語：「走第八。」

阿南錯愕地瞥了他一眼，回過神來，怒問：「要是不帶上你，我就得按照錯誤的走下去，死在裡面了？」

傅准沒回答，只望著她灼亮的雙眼，低低問：「那妳為什麼……要帶上我？」

阿南毫不遲疑：「出事了把你當墊背！」

他亦不帶半分猶豫：「別說墊背，就算為妳死了……我也是心甘如飴。」

阿南氣憤中哪會搭理他的胡言亂語，喘過幾口氣休息一下，繼續向前。

地道蜿蜒曲折，他們高高低低走著，傅准模模糊糊指點著，兩人逐漸走向了洞窟深處。

火把即將燃燒殆盡，只勉強維持著一點光亮。

趴在她身上的傅准藉著黯淡火光，側頭望著她。在山洞中奔波來去，她早已疲憊不堪，額頭沁著細汗，腳步略帶踉蹌。

唯有那雙比常人都要深黑的眼睛中，火光爍爍跳動，顯得更為灼亮。

他靠在她的肩上，耳語般低微地問：「阿南，還記得我們相遇時的情形嗎……」

阿南斜他一眼，沒搭理他。

他口氣溫柔恍惚，彷彿午夜夢迴，尚未清醒：「那時候，妳受了重傷，也是這般絕望的境地……可我真喜歡妳這般模樣，每次我閉上眼都似在面前，困獸猶鬥，永不言敗……萬死不悔。」

阿南抬起手肘狠狠撞他：「你再給我提個死字試試！」

被她撞得艱難咳嗽，傅准又艱難笑了出來：「妳說……要是我們一直這樣，妳扶著我，我靠著妳，在這黑暗中慢慢走下去……就算永遠走不到終點，是不是也不錯？」

「閉嘴！」阿南唾棄道：「你才走不到終點！」

他笑著閉嘴，靠在她的身上，任由她帶自己趔趄地走。

面前的路忽然亮了起來。阿南詫異抬眼，火把微弱光芒下，眼前已不再是黑洞洞的洞窟，而是雲母叢生的洞窟。

雲母瑩潤晶亮，五彩生暈，在火光下反射出團團簇簇的燦爛光彩。

走了這麼久，阿南本已力竭，但此刻不知哪來的力氣，帶著傅准便加快了腳步。

面前是個高大洞窟，洞壁上綴滿了方片狀的七彩雲母，在火光下發著迷眼炫光。

洞窟後方是一扇青石對開大門，對照朱聿恆理出的地圖，應當可以連通魔鬼城。只可惜那邊通道已被亂石堵塞，無法進入。

而在洞窟正前方，壁上出現了兩條黑洞洞的岔道：正如一對骷髏的黑眼，在凝視他們。

岔道正中的雲母壁上，淺淺刻著一行字——

今日方知我是我。

字跡刻得很淺，又散亂潦草，寫到最後一筆時，似乎因為力竭，長長的一筆從雲母上拖下去，像一縷嘆息墜入無聲無息的黑暗。

雖然凌亂，但阿南還是可以看出，這是傅靈焰的筆跡。

「今日方知我是我……」阿南低低念著這一句，看著那絕望的筆跡，只覺得其中有說不出的悲涼之意。

一口氣憋到這裡，傅准終於徹底失去了力氣，他倚靠著雲母洞壁緩緩滑下，跌坐在地，低聲道：「好了，這就是妳要尋找的照影陣……我們只能走到這裡了。」

阿南沒搭理他，抬手撫摸著傅靈焰刻下的字跡，問：「這句話，是什麼意思？」

傅准委頓於地，斷斷續續解釋：「這是魯智深當年於六和塔寫下的偈語。他一世英雄，轟轟烈烈……直到臨死那一刻，聽到錢塘潮信來……才終究通明頓悟，坐化而去……」

肺部似在灼燒，他喘息著，給她念了那首偈語。

平生不修善果，只愛殺人放火。忽地頓開金繩，這裡扯斷玉鎖。咦！錢塘江上潮信來，今日方知我是我。

阿南聽著，抬眼看著絢爛雲母中的那行字，喃喃問：「可傅靈焰一生縱橫天下，快意無敵，哪有金繩玉鎖捆著她啊？」

傅准語帶嘲諷：「那妳以為，她為何要……大徹大悟，與龍鳳帝決裂，出走海外？」

阿南張口正想反駁，腦中卻忽然閃過一道亮光，想起了傅靈焰那封訣別信。

今番留信，與君永訣……千秋萬載，永不復來。

無敵於世的傅靈焰，為了韓凌兒而成為姬貴妃、成為關先生，可她自己呢？她又是如何尋到自己，決絕斬斷一切，遠赴海外的？

像是看出了她的心思，傅准捂著心口，氣若游絲的聲音在這洞中隱隱迴盪，如同魔咒：「其實也很簡單……要打動這世上的男人，往往需要的是富貴名利，可如果面對的是女人……」

阿南沒說話，只覺心下一陣微寒，盯著那行字抿緊了雙唇。

「喔……我差點忘了，南姑娘也是過來人，見識過馴鷹手段的……」傅准那嘲譏的笑太過用力，引得喘息更急。「金繩玉鎖，為情所困……我祖母浴血刀叢，為心上人打下韓宋大好江山，而南姑娘也不遑多讓，無論是戰四海還是破陣法，比諸葛嘉的鷹可好用多了……」

「閉嘴！」阿南被戳中傷疤，聲音冰冷。

傅准沒有閉嘴，暈眩讓他靠在洞壁上，急促地用力呼吸著，卻還艱難擠出惡狠狠的話：「哦，說不定不懂……畢竟剛撞了南牆，現在又要撞北牆呢……」

阿南不願再與他說下去，霍然起身，去探索雲母壁上的機關。

可、許是地下太過幽閉，她腦中一片混亂轟鳴，來來回回的只有「馴鷹」二字在迴盪。

讓傅靈焰付出了一生的韓凌兒……

讓她苦練十年終得相隨的公子……

讓她出生入死甘願相伴的阿琰……

明知她殺人不眨眼，第一次見面便差點死於她手下，他卻願賭服輸，頂著宋言紀的名，一直跟隨她……

她救走公子後，本應對她恨之入骨的他，卻很快便與她再度合作，直接抹平了她犯下的大罪……

他身為皇太孫，卻對她一個女海匪關懷備至，呵護有加到了事無巨細的地步……

在夢裡，她與傅靈焰合二為一，一模一樣的墜落……

太過煩亂嘈雜的往昔，一幕幕在腦中閃現，讓她心口湧起前所未有的恐懼慌亂，難以自抑地抬起臂環，狠狠砸在雲母之上。

飛迸的細碎晶亮直噴她的面頰，她狠狠側臉避開，看到了傅准臉上那似笑非笑的神情，又猛然覺得心口騰起怒火。

中計了，這是傅准別有用心的挑撥，用心險惡的離間！

那是阿琰啊……是拙巧閣天秤陣中，用自己身體承托起她身軀的阿琰；是水道機關中，生死瞬息間奮不顧身向她奔來的阿琰；是青蓮宗圍攻時，孤身匹馬來迎接她的阿琰……

這世上，哪有人會為了馴鷹，這般不惜生死，賭命相隨？

冷冷瞪了傅准一眼，阿南將所有一切狠狠撇出腦海，一咬牙再不思索，回過頭去，收斂所有心神去查看洞內結構。

傅靈焰所刻的字跡下，一左一右兩條通道相對向前延伸。這兩條道路都開闢在滿是雲母的洞壁之上，高度、深度、弧度一般無二，甚至連地上雲母雕鏤拼接的青蓮也是一模一樣。

「都一樣的，兩條道同起同歸……最終都匯聚於一條路上。」身後傳來傅准有氣無力的聲音，似在看她好戲。

因為洞道彎曲，阿南在洞口看不到後方的景象，略一思忖，她投石問路，掰了一塊三、四斤重的雲母，順著地道上的青蓮滾去。

地上的雲母青蓮一受到壓力，輕微的嗤嗤聲立即響起。

黯淡火光下，機關發動只在須臾。阿南並未看清那是什麼，只覺得像一層層雲影度過，又似條條雨絲掠過，在這雲母洞中如虛幻薄影，片刻間飄移消漸。

被她拋進去的雲母滾到洞壁，安然無恙。

這如霧如雨的，究竟是什麼東西？

阿南不得其解，再度掰下一塊雲母，撕下一片布捆住。她將火把上的灰燼敲了敲，在亮起來的光芒下，拉住布條將雲母遠遠甩入洞內深處。

密密匝匝的光影應聲而出，濛濛白氣籠罩了洞窟。

這一次，阿南終於看出，那是四壁雲母縫隙間噴射出來的水氣。

雲母極為穩定，無論遇上什麼都能不腐不朽。可包裹它的布條卻在遇到水氣後迅速焦黑消融，化為灰燼而去。

就算阿南這樣天不怕地不怕的人，也是悚然而驚。

這東西，比青蓮宗總壇那些毒汞可怕多了。一是見效快，二是四面八方覆蓋，根本無處躲避。

她抬頭觀察洞壁，企圖找出藏在雲母後的機括。

「南姑娘，別白費心機了……」傅准呼吸不暢，聲音彷如從喉口硬擠出：「妳破解不了的，只能規規矩矩來。」

「什麼規矩？」阿南冷笑。「這東西我看主要就是綠礬油吧？我就不信，這小小的洞壁能存多少毒水？人多勢眾齊力搗破了不就行了？」

傅准笑容嘲譏：「南姑娘未免太天真了……九玄門最擅借山河地勢為陣、以陰陽乾坤為法，妳猜猜……為何照影陣會在肅州地下，連通礦脈？」

阿南哪能不懂他的意思，可思索許久，臉色微變，不得不勉強道：「因為這地下，盛產毒水的主要成分，綠礬。」

「綠礬轉為綠礬油，只需要借噴火石之類能爆燃的礦物，加一個簡單的煅燒機關而已……妳猜猜，這地下有多少綠礬礦，妳又能有多少人來填這個洞窟？再說了，填滿了，妳又怎麼過去呢？」

阿南悻悻地轉頭，看向兩個洞壁間隱約的空隙。

相同的通道，相同的青蓮踏步，相同的白霧彌散。

「照影……」阿南一揚眉，終於知道了這兩個字的用意。「這就是這陣法的規矩？必須要兩個心靈相通又能力同樣超脫之人，彼此默契相互配合，兩邊力量徹底均衡，才能維持機關不被觸發，穿過這條通道，到達陣心。」

傅准喘息讚嘆：「不愧是南姑娘，一眼便看出了關竅。」

阿南立即明白了他為什麼會讓薛氏兄妹過來：「雙胞胎應該是這世間配合最為默契之人，若說這世上能破掉這個照影陣法的，可能也只有兩位薛堂主了。」

「是啊，除此之外不作他人想……可就算薛家兄妹破了陣，又有何意義？」傅准虛軟地靠坐在壁上，露出森冷的笑意。「多四個月的心理安慰而已。」

阿南心口陡然升起疑懼：「什麼意思？」

傅准抬眼朝她張了張嘴巴，可擠出來的話語低啞，根本聽不清。

阿南下意識俯身貼近一點。

她聽到傅准的聲音，如同魔咒縈繞在她耳畔：「妳活不了，他也不過比妳多活四個月，妳急什麼呢？」

阿南心口劇烈一跳，而傅准滾燙的手已握住了她：「阿南，妳盜走我的玄霜，寧可我死，也不肯憐惜我……還假意裝作尋不到出路，誘我帶妳破解地圖來到這裡……妳這樣，對得起我嗎？」

阿南猛然省悟，立即抽回手掌，撤身疾退。

但，雲母繚亂的光芒中，傅准已抬起了手。

青碧雲母的光芒驟然一收，黯淡火把的最後一絲光線熄滅。

四肢陡然擰轉彎折，手肘與膕窩同時劇痛，她如一具提線木偶般，無法做出任何反應，便僵硬跌倒在黑暗之中。

在手足的抽搐劇痛中，她聽到衣衫輕微的窸窣聲，是傅准慢慢地接近了她，摸索到了痛苦蜷縮的她。

「妳故意砸在我身上，不就是為了趁機盜走我的玄霜嗎？我說我會死，妳都不肯給我，阿南，妳對我實在太狠心了。要不是我凡事多留一手，身上另有備用的，妳怕是已經弄死我了……不過，也怪不得妳，畢竟我對妳也不見得好。」傅准在她耳畔低語，如蛇芯輕纏。「事已至此，妳安心去吧……或許我會帶妳回拙巧閣，讓妳像吉祥天一樣，永遠活在最絢爛美好的時刻……」

阿南咬緊牙關，強捱四肢的劇痛，從牙縫間狠狠擠出幾個字：「我死也……不會死在你身邊！」

他笑了出來，低低道：「事到如今，妳是不是有些後悔呢？若是當初，妳被我廢了手腳後乖乖留下，何至於兜兜轉轉至此，生出這麼多事端呢？」

四肢傳來的劇痛讓阿南全身冷汗，溼透了衣衫。

一想到要被傅准活生生拖進死亡中，她頓覺毛骨悚然。也不知道哪裡來的力氣，她一個翻滾，將他狠狠撞飛，脫離了他的掌控，向後縮去。

後背抵上洞壁，她猛然抬手護住心口，才發現自己的四肢並沒有再度折斷。

強忍劇痛，她撫摸上自己的臂彎與膕彎。

沒有任何傷口，這令全身冷汗涔涔的疼痛，彷彿只是一個看不見的幽靈，附著在她的關節舊傷處。

就和上次在玉門關水道中一樣，只是現在痛楚更為劇烈。

她腦中驟然閃過一個可怕念頭，只覺得恐怖至極。

可還未等她思索，心口已然一顫，與四肢一般的劇痛傳來，如硬生生往她體內鑽進去的附骨之疽，正一分一分地侵占她的生命。

她全身顫抖癱在地上，用盡最後的力量，竭力擠出幾個字：「這……不是萬象！」

黑暗中傅准的腳步聲恍惚接近，俯身靠近了她：「是什麼，重要嗎？」

「不知道謎底，我死也不會瞑目！」阿南趴在地上，竭力嘶吼：「告訴我，為何阿琰只剩四個月？」

傅准沒想到這種瀕死關頭，她居然還只顧著朱聿恆，紊亂的氣息中顯出一絲躁怒，冷冷道：「他身上的山河社稷圖，瞞得過別人，怎麼可能瞞得過我？」

見他果然知曉此事，阿南又問：「就算這個陣法此時發動，他身上又要爆損一條經脈，可奇經八脈也還剩下三條，一條兩個月，他理應還有半年時間，你為何說只剩四個月！」

「喔……」傅准捂嘴咳嗽，冷冷道：「可能是我算錯了。」

「你說謊！」阿南彷彿忘了自己是待宰的羔羊，嘶聲逼問他：「我問你，為什麼你祖母的手劄裡只有七個陣法，為什麼我們在青蓮燈映照出的地圖上，找不到第八個標記？山河社稷圖究竟是如何種到阿琰身上的，誰種的，為什麼？」

「別問了，安安心心赴死不好嗎……」傅准聽若不聞，手指緩緩下移，順著她的下巴、脖頸、鎖骨，一直向心口而去。「一下就好，很快的……」

她趴在地上，用盡最後的力量，厲聲道：「傅准，你若殺我，拙巧閣定片瓦不存！」

抵在她胸口的指尖停了下來。本應在倏地間釋放的萬象，被傅准遲疑收住。

他嗓音波動：「難道說，這是你們設下的……」

話音未落，黑暗中劇震已響起。

整個洞穴劇烈震盪，火光迸射中雲母飛散如雪，被驟然而來的光芒照亮。

位於洞窟後方的石門，在火藥衝擊下猛然被掀翻。

火光洞明的瞬間，一條朱衣身影迅捷躍入，激起散碎的雲母如萬千轉蓬，亂舞在他身側。

大片黑暗中，唯有他的身影被洩下的火光照亮，凜然超卓，懾人心魄，大步向他們而來。

第十二章　鬼域照影

傅准微瞇起雙眼，看著自入口處威勢赫赫降臨的皇太孫殿下，再看向面前的阿南，心下頓時明瞭——

這對凶煞，怕是早就通好氣了。她負責在下面套取他的祕密，於準確地點觸動機括；而他帶著墨長澤在上方，借「兼愛」查探動靜定位到此，一舉爆破到陣法中心。

傅准那雙蒼白清瘦的手下意識地微屈，似是要最後控制住些什麼。

命若懸絲的阿南就在他不遠處，只要他的手指微動，立即便可以攫走她的性命。

「阿南！」

一眼看出傅准要做什麼，朱聿恆急奔向蜷縮於地的阿南。

爆炸餘震猶在，他便疾衝入內，腳步竟有些趔趄。

幾步來到蜷縮於地的阿南前，他俯身將她一把抱起，攏在懷中，急切地查看她的情況。

傅准死死盯著這對緊緊相擁的人，終究冷笑了一聲，緩緩垂下了手。

而阿南在朱聿恆的懷中勉強抬了抬手，四肢猶在抽搐，喉口一個字也擠不出來，只朝他扯了扯脣角，示意沒事。

見她身上並無傷勢，朱聿恆又以掌心輕觸她的額頭，見沒有異常，才鬆了一口氣。

而韋杭之緊隨朱聿恆身後，用「妳又折騰我們殿下」的眼神看著阿南，滿臉鬱悶。

阿南有氣無力地翻他們一個白眼，想爭點氣推開阿琰。

可一來全身像被抽了筋一樣脫力，二來他把她抱得那麼緊，她根本脫不出他的懷抱，乾脆自暴自棄地朝朱聿恆勾勾手指，示意他低下頭來，把耳朵湊到自己脣邊。

「傅准……知道山河社稷圖。」

朱聿恆默然點頭，倒也沒有太過驚訝，只瞥了傅准一眼。

不知是裝的，還是玄霜服得晚了些，他如今奄奄一息靠在牆壁上，面色灰敗，睫毛微顫。

朱聿恆不再管他，只緊緊地握著阿南的手臂，整個身體緩緩前傾，便跌靠在了她的身上。

旁邊的人都以為他是太過緊張脫力了，才緊緊靠在阿南身上，雖覺這行為有些不妥，但也都默默轉開臉，假裝沒看到。

只有阿南聽到了他在自己耳畔強壓痛楚的喘息聲，心下不由掠過一陣恐慌，忙問：「阿琰……你怎麼了？」

他伏在她的肩上，竭力從牙關中擠出幾個字：「阿南，我……身上血脈動了，有點脫力。」

他微顫的聲音在她耳邊響起，讓她頓時明白發生了什麼。

難怪他剛剛奔向她時，腳步帶著趔趄。

他身上的山河社稷圖，是發作了，還是與前次一樣有了感應？

阿南強忍四肢的疼痛，以顫抖的手撐住他的身軀，借他的肩膀擋住他人目光，扯開他領口看了下去。

是舊的血脈在猙獰跳動，與前次在玉門關一樣。

難道說，是距離這個陣法太近了，導致山河社稷圖受了影響？

阿南的手指顫抖地撫上自己臂彎的舊傷，目光忍不住看向旁邊的傅准。

似乎是感覺到了她的目光，他半睜半合的目光略略一轉，向她看來。

剛剛還要將她置於死地的這個男人，此時瞧著她的眼神不可謂不溫柔，甚至還帶著一絲笑意。

只是阿南覺得那笑容詭譎極了，當日曾短暫閃過她心口的莫名不安，又再次湧現。

是巧合嗎……

阿琰的山河社稷圖，與她身上的舊傷，不偏不倚，再度同時出現。

「杭之。」阿南擁著朱聿恆，抬頭喚了韋杭之一聲：「你先帶人退出去，我與提督大人……有事要與傅閣主商議。」

韋杭之躊躇地看向朱聿恆，只覺殿下與阿南這當眾依偎的模樣不太對勁，但見背對著他的朱聿恆也抬起手，示意他退下，才猶豫轉身，帶著眾人一起出外，還將炸出了缺口的青石門也扶了起來。

洞內只剩了虛弱的三人，松明子照得周身雲母青碧炫紫，迷離詭異。

局勢危急，阿南也不客氣，強忍四肢傷痛，單刀直入便問傅准：「傅閣主，殿下身負山河社稷圖之事，不知你是如何知曉的？」

傅准撫胸調息，道：「我舅舅亦遭此等惡法纏身，我對此事豈能不關注？再者皇太孫殿下若有不豫，總有萬民關注，結合起來推測，我想該是如此了。」

他說的話也算在理，朱聿恆慢慢地緩過一口氣來，艱難地挺直身軀，靠在雲母壁上熬忍自己血脈的劇痛，聲音低啞：「既然這樣，你可知我為何在此時發病？」

「此處距離陣眼不遠，再者南姑娘適才為了給殿下發送信號，曾經引動過陣法，可能陣心的母玉因此受震，才引動了殿下身上的血脈應聲而動。」傅准氣息還是不穩，神情卻已自若。「殿下可以再想想，比如在破其他陣法時，是不是也曾被影響過？」

阿南緊盯著傅准，一字一頓道：「可在玉門關水道，山河社稷圖也發作過一次。」

「當時情形如此緊急，殿下於瞬息間冒險止住巨大機括，就算身上沒有山河社稷圖，也會有所損傷，觸動筋脈舊傷更是情理之中。」傅准淡淡道：「又或許，那處陣法亦是我祖母所設，與地下陣法隱隱有牽連，因此而觸動也不一定。」

他的解釋滴水不漏，聽起來甚有道理。

朱聿恆又問：「傅閣主，你與阿南同行探陣，本應互幫互助，為何在如此情境之下，欲行殺害同伴之事？」

傅准輕撫胸口，神情淡淡地望著阿南：「正因為如此情境，我以為自己活不了了，所以我得帶走她，好對死在她手下的拙巧閣兄弟有個交代。」

見他理直氣壯，阿南冷笑：「你奉朝廷旨意，不想著破陣，只想著我與你閣中的私怨？」

「誰叫我出身江湖，慣用江湖手段行事呢？」傅准撣去衣上沾染的雲母碎片，脣角竟還有一絲笑意。「實不相瞞，聖上與太子曾囑咐過我，一切以社稷百姓與殿下安危為重，只要於殿下有利，不惜一切，無需顧忌。適才我本以為今日要死於此處，覺得南姑娘這樣的女海盜，出身匪窩，又與海客亂黨有眾多糾葛，留在殿下身邊總是個禍害，還是及早清除掉為好。」

阿南冷笑一聲：「傅閣主如此忠君愛國，卻怎麼明明對這地下陣法瞭若指掌，卻還一直瞞著殿下不肯指明，害得這麼多人四處勞頓，身陷險境？」

「我所知的一切，早已清楚明白告知殿下了，包括地圖、手劄等一應物事也都交與你們看過。下方的密道口訣，是我小時候母親教的，可沒到這裡之前，我從未曾將二者聯繫起來，只是在進洞後看到面前剛好是十二個洞窟，形狀一如荷葉，才偶爾想起了記憶中的歌謠，供妳嘗試。」搖動的火光之下，傅准神情比口氣更雲淡風輕：「至於照影，我心下有這個猜測，但畢竟只聽過傳說沒有確證，沒有把握的事情我自然也不會特意提出，只提前帶了薛氏兄妹過來，以免萬一我猜對了，不至於貽誤大事。」

阿南揉著自己的關節，感受著體內尚未消除的抽痛，因為他滴水不漏的回答，只覺得一陣無處發洩的鬱悶。

洞內陷入短暫的沉默，最終是朱聿恆轉了話題，道：「既然如今險境已過，還望傅閣主以後謹慎行事，別再行此內訌爭鬥之事。」

「多謝殿下提點，在下謹記於心。」他似笑非笑地望著阿南，道：「還望南姑娘也不計前嫌，只要妳並無異心，以後咱們就共同進退，融洽相處。」

一股噁心勁兒直衝天靈蓋，阿南狠狠剜了他一眼，哼了一聲沒搭理。

傳准沒有提他們兩人串通好騙自己陣法路徑的事情，他們也沒有提他暗懷鬼祟之事。

畢竟，如今至為重要的是擺在面前的照影陣，其他一應事宜，都只能推後再說。

具體地點既已找到，眾人開始商議破陣之事。

「看這兩條道路傾斜延伸的弧度，裡面大機率便是手giant上那條形如青蓮的道路了。」眾人研究著地圖，探討左右兩邊如何配合。

向來簡單俐落、人狠話不多的諸葛嘉問：「不如直接排布炸藥，毀掉地道中的機括，不就成了？」

墨長澤苦笑道：「諸葛提督，問題咱們不知道這洞窟四周究竟有多少毒水，到時候淹沒了我們還是小事，毀了裡面陣法，如何是好？」

種種商議無果，最終，還是薛氏兄妹穿上一色的薄鐵甲加頭盔，站在了陣法入口處，決定先進去探一探陣。

薛澄光畢竟是女子，身高體重自然都與哥哥薛澄光不同，為了均衡兩邊的力量，她所穿的快靴墊了厚跟，又在身上綁了鉛塊，做好了充分準備。

雖有簡單的青蓮地圖，但具體情況及陣法中心究竟如何，則無人知曉了。

韋杭之見殿下面容有些蒼白，便請示他是否要先出洞歇息。朱聿恆輕聲詢問阿南，她搖搖頭，看著洞壁上傳靈焰所刻的「今日方知我是我」七字，說道：「我留下來看看。畢竟，這樣的場面也算難得。」

韋杭之無奈，只能命人出去取了軟墊，又帶了飲食下來。

薛氏兄妹準備完畢，兩人分站左右洞窟之前，對望一眼，一點頭後齊齊躍出。

兩條身形同時拔地而起，足尖在下方地上借力，半空中一個向左一個向右略微旋身，手臂揮出借力，兩隻腳同時踏在第一朵雲母青蓮之上，身體微微一晃，同時站定。

這全副武裝依舊俐落整齊的動作，讓眾人都暗暗在心裡讚了一聲好。

四下無聲無息，顯然他們兩人這如同臨鏡相照的動作穩穩均衡住了兩邊機關的力量，並未觸發任何危機。

薛澄光隔著洞壁的間隙朝妹妹一揚手：「走！」

雙胞胎心有靈犀，話音未落，兩人又同時躍出，向著斜前方的另一朵青蓮掠去。

足尖甫一落地，在薛澄光另一聲呼喚中，兩人又是再掠而起。兩個起落間，身影已經被曲折的洞壁擋住，不見了蹤跡。

阿南握著水壺，盯著洞口，神情凝重。

前方洞窟向左右兩邊分岔而開，兩人相隔甚遠，已無法看到彼此動作，彼此呼喝的聲音也難以傳遞，只能寄希望於雙胞胎的心靈相通讓兩人動作始終保持一致。

等待在洞窟外的人並不少，可誰也沒說話，靜得落針可聞。

一片寂靜中，忽然腳下一震，眾人尚未回過神，只聽得「沙沙」聲響，上方無聲無息落下了大片的沙土來。

阿南立即抓住朱聿恆的手，與他一起站了起來。

未等他們站穩，伴隨著隆隆聲響，照影雙洞中，白色的水霧如一縷雲氣疾翻出來，從洞內至外直衝而出，追趕著前面趔趄向外奔逃的一條身影——是薛瀅光。

全身盔甲也總有縫隙，毒水應當是已經滲入內部，此時悶在裡面雖看不見情形，但滴滴血水淌了一路，讓她急亂地往外衝去。

而另一邊的洞窟中，卻並不見薛澄光的影子。沒有了雙邊平衡力的壓制，她足踏之處青蓮亂翻，水霧雲氣更顯凶猛。

她左撲右閃想要躲避之際，一縷水光直撲她的面門。她下意識抬手捂臉，護住自己眼睛，在悶哼聲中，劇痛讓她立即甩手，身體脫力後仰，眼看整個人就要被上方噴瀉的毒水覆蓋。

阿南手中流光疾飛，早已勾住她的衣襟，將後仰的她拉了回來。

與此同時，後方另一條道中的薛澄光也從裡面左閃右避地撞出。他頭盔已失，模樣比妹妹更為可怖，頭髮已被消融了大半，總是笑嘻嘻的面容上早已皮開肉綻，成了個血人。

見他倉皇竄出，腳步亂踏，眾人立即大吼：「薛堂主，止步！」

只因他的腳下，便是與薛澄光相對的那一朵青蓮。

薛澄光已被阿南扯住，他踩住這邊青蓮，應當可以無虞。

可薛澄光如今身受重傷，倉皇之中，哪裡聽得到眾人的呼喝，只下意識地繼續往前衝，企圖脫出重圍。

正在他膝蓋微曲、腳掌用力之時，上抬的身軀忽然硬生生頓住，不知怎麼的忽然消去了前撲的勢頭。

薛澄光的腳頓在了那朵青蓮之上。他畢竟也是機關高手，雖然全身血肉正在被毒水消融，但只這一頓便察覺到了洞內機括的異樣，穩住身軀看到了另一邊被阿南拉扯住的妹妹。

雙方終於再度相對站立在了雙邊青蓮之上，穩住了機關的均衡，讓洞內恢復了平靜。

眾人都出了一口氣，這才思索起薛澄光為何忽然停住。

阿南鬆開了薛澄光，控制流光回到自己手中，不動聲色地瞥了傅准一眼。

朱聿恆順著她的目光看向傅准的手。

那雙蒼白清臒的手五指微張，指尖上似有幾點微光在火光下閃爍，但隨即他的手指一收，一切便消弭於此時的靜寂中，無形無聲。

朱聿恆忽然想起阿南說過，傅准在江湖上的名號。

萬世眼。

無論何種機關、暗器、陣法，只需一眼便能立即找出最核心的機制，破解甚至複製，便如一眼看穿萬世因果，一念破萬法。

所以……他是在這般險境之下，將薛澄光的身體當成了機括，以萬象那無聲無息的力量，阻止了他前進的腳步。

雖然只是一瞬間一抬手的事情，可這般舉重若輕的效果，需要無比精準的判斷、收放自如的控制、不偏不倚的準頭，缺一不可。

朱聿恆心口微寒，看著傅准空空如也的手掌，感覺到一種莫名的壓迫感。

薛氏兄妹脫險踏出洞口，一起癱倒在地，薛澄光更是傷勢過重，登時陷入昏迷。

眾人急忙打開水壺，盡量沖去他們肌膚上的毒水，讓上頭傳下縛輦，將他們抬出去沖洗。

相對蜿蜒延伸的雙洞中，只殘留焦黑血跡，昭示著破陣者的慘烈下場。

墨長澤過來請示朱聿恆：「不知殿下的意思，是繼續破陣，還是先行退出？」

朱聿恆搖了搖頭，道：「這般形勢，硬闖無益。等薛氏兄妹探路情報出來，我們詳細研討再說吧。」

諸葛嘉調遣士兵，嚴密把守石門入口。阿南又提醒他派一隊人馬，按照路線入密道內搜尋廖素亭與康晉鵬。

一行人無功而返，阿南更是懨懨的。

長空碧藍，荒漠寂寂，日頭晒得遠處沙丘發出銀白的光芒，與天空的雲朵相映，世間明亮得令他們眼睛溼潤，回想剛剛地下的黑暗憋悶，恍如隔世。

阿南緩了片刻，見不遠處是林立堆疊的怪石，在沙漠中如殘垣斷壁荒丘綿延，想必便是諸葛嘉率眾探索過的魔鬼城了。

魔鬼城位於骷髏地圖的眉心，與代表雙眼的照影陣自然距離不遠。

她打起精神問諸葛嘉：「陣法入口處在那邊嗎？」

諸葛嘉點頭：「我們後來是分散行動，盡量不觸發裡面的地動，才根據殿下與南姑娘的猜測，找到了城中大片雷公墨痕跡，確定了入口。」

阿南便問：「那些雷公墨，真的像青蓮嗎？」

「如此說來……」諸葛嘉聽到「青蓮」二字後，略帶詫異，說道：「確實很像。中間是深深的隕星坑，周圍是高聳圍簇的尖銳怪石。隕星的赤焰烈火燒融了周邊砂礫石頭，朝向隕石坑的石頭都被高溫燒出琉璃般的青黑光澤，站在坑底向左右而望，就如站在一朵巨大的青蓮中間一般。」

「真的？」阿南眼中又閃出了光芒。

朱聿恆一看便知道她在想什麼：「剛脫險境，妳先好好休息，下次再去看。」

阿南鬱悶地抬手看看尚在隱痛的手肘，無奈打消了念頭。

一路行去，她將地道的情形與朱聿恆說了一遍，提到了銅片下「羌笛何須怨楊柳」一句。

「這其中的道理，可能與我們在渤海水下所遇見的相同。」阿南思忖道：「你說，這回的照影陣，是否也需要《折楊柳》呢？」

朱聿恆贊同，回頭吩咐諸葛嘉在敦煌這邊找個通音律的人。

「敦煌這邊通曉音樂的伎家不多，又都是馬允知的人，我看那些人都不便使用。」諸葛嘉說著，略一遲疑道：「或許，可以叫卓晏過來試試。」

阿南錯愕地瞧了他一眼，心想卓晏雖然通曉音律，但他如今在守墓啊，讓他過來奏樂，你有沒有良心啊？

朱聿恆亦微皺眉：「他如今熱孝在身，怕是不方便。」

「朝廷大事，何拘小節？當年袁彥道熱喪在身尚替桓溫豪賭還債，留下『千金擲帽』之名，如今這是朝廷要事，他還能顧忌這些？」

阿南看著諸葛嘉涼薄的神情，放慢馬步與他落在隊伍最後，問他：「諸葛提督這般無情，是還介意阿晏之前放浪無形，得罪過你嗎？」

諸葛嘉斜了她一眼，冷冷問：「南姑娘是想讓阿晏在墓前守足三年？」

阿南眨眨眼，有些不解其意。

「聖上即將抵達敦煌。」諸葛嘉將聲音壓低：「阿晏這輩子的前程，即將定奪。」

阿南默然，想起卓晏的家族已如此，以後再要過之前的日子，確實千難萬難了。

「天地君親師，君在親之前，朝廷下了命令，他的前程便能改變了。若是只顧著守墓而什麼都不做，那他這輩子便只能待在西北這邊熬苦日子……」諸葛嘉不是個慣於對人表達心意的人，說了幾句後便扭開了頭，注目著遠遠的沙丘。

「他在我麾下時，我覺得他十分煩人，恨不得把這個不學無術的浪蕩子早點給打發出去……」

但最終，他卻鬼使神差，在朱聿恆要尋人時，提議了卓晏。

阿南望著他的側面，動情地說：「嘉嘉，你這人吧，雖然外表看起來冷冷的凶凶的，可其實心腸挺熱的。」

諸葛嘉一個白眼飛過去：「閉嘴！」

前方河道彎彎曲曲呈現，在沙漠中跋涉許久的人終於來了些精神。

眾人紛紛下馬奔向龍勒水，正要扶薛氏兄妹好好清洗皮膚，卻又紛紛愕然停下了腳步，不知所措。

往日豐盈流淌的龍勒水，露出了大片河床，竟似快要斷流了。

「不應該啊，我們過來時剛從這邊經過，那時候河水還是滿滿當當的，並無任何枯水跡象。」墨長澤皺眉看著河床上尚帶溼痕的石頭，道：「而且看起來，這水還是剛退去的。」

眾人議論紛紛，對於這忽如其來的枯水莫衷一是。

阿南撥馬貼近朱聿恆，道：「阿琰，我覺得這很不對勁。」

朱聿恆亦點頭道：「我們在陣中時，薛氏兄妹入照影洞穴後，曾經引發過一次地動，妳有注意到嗎？」

「嗯……」阿南正在沉吟，卻聽得前方馬蹄聲響，數騎奔馬向這邊而來，看見他們之後，立即上前行禮稟報：「參見提督大人！」

阿南一看其中就有廖素亭與康晉鵬，頓時驚喜不已：「你們怎麼在這兒？」

廖素亭比她更激動：「當時洞內地動，我們奔過拐彎處躲避塵暴，等裡面聲息沒了之後，便想再回那個洞室。可道路不知何時已經轉換，我們四人迷失在了途中。幸好我家學淵源，康堂主見識廣博，終於尋到岔道，在玉門關脫出來了。途中遇到礦場的人來報信，便委託他們先將兩位老大送回去，我們兩人返回來找你們。」

那些過來的人正是被安置在礦場調查的人手，此時稟報道：「屬下等奉命調查礦場，但今日……礦上再度奔湧水流，礦道又被沖毀了！幸好水流只奔湧了片刻便止住，屬下等擔心下礦探索的隊伍出事，因此著急前來稟報。」

朱聿恆皺眉，問：「什麼時候的事情？」

「辰時末。」

朱聿恆與阿南對望一眼。不偏不倚，就在薛氏兄妹破陣之時，礦道也同時湧出了地水。

「看來，洞中那劇烈的震動不僅造成了礦洞溢水，與龍勒水陡然水位下降也必有關聯。」阿南湊到朱聿恆耳邊道：「難道劉五妻子的胡思亂想居然成真了，劉五真的是被梁家人操控陣法害死的？」

朱聿恆面露沉怒之色：「難道為了殺一個劉五，他們便要害死礦下那麼多人？」

「也可能是他們當時試著啟動陣法，只是也和我們一樣沒成功……」阿南思忖著，又想起一事，忙問廖素亭：「那通道循環幽閉，你怎麼逃脫的？」

「說來南姑娘不信，妳當初在玉門關遇險的那條枯水道，其實與地縫是相連的。」

阿南「咦」了一聲：「你怎麼發現的？」

廖素亭笑著朝她一拱手：「在下河西廖家傳人，江湖人稱『八十二』。」

「專精逃脫術那個廖家？」阿南恍然大悟，難怪阿琰指定他陪自己下去。

旁邊人疑惑問：「什麼八十二？」

廖素亭驕傲道：「都說世間機關有九九八十一路，我們廖家最擅於機關陣法之中騰挪脫逃，於八十一路之外演進出第八十二路，無論何種絕路都能開闢生路，獲得一線生機。」

阿南笑道：「所以區區地縫，對你來說根本不算什麼。」

「哪裡，南姑娘尋到陣眼，才是真了不起！」

這邊兩人互相吹捧，那邊墨長澤鋪開地圖，再次觀察龍勒水與敦煌的關係。

龍勒水由疏勒南山涓涓細流而來，由東南而流向西北，過鳴沙山後一路向北，橫穿敦煌而過，滋養沿途萬千百姓後，消亡於下游草澤之中。

墨長澤道：「看來，礦洞的水是龍勒水的地下部分，或許那邊一直延伸過去的鬼道，便是當年龍勒水在千百年前的舊河道。只是滄海桑田，河水改道，舊河道沉於地下，但被當年設陣的人發現了引道之處，因此那青蓮陣法一經發動，斷的必然是龍勒水及其滋養的地下水脈！」

朱聿恆神情冷峻：「龍勒水若是斷了，敦煌人民豈不是無水可用、無田可種了？這邊的軍鎮，又如何能延續下去？」

何止軍鎮，這背後，不僅是敦煌人民流離失所，無奈背井離鄉的結果，還有更可怕的後果……

阿南在一旁聽著他們的討論，心下一跳，終於知道了之前她腦中曾掠過的不祥預兆是什麼。

她想起了自己在青蓮宗總壇聽到的，青蓮宗主與公子商議過的那些話語——

關先生選中了玉門關沙海中一個要害之處，設下了絕滅陣法。傳靈焰要找天女散花、地湧金蓮之處，設下一個禁錮，讓這裡從此再也沒有征戰爭奪的必要，一切歸於靜寂。

而龍勒水一旦斷流，地下穿井的水也會同時枯乾。屆時敦煌城內外，百姓、駐軍，甚至牲畜、植被將被掐斷水脈，徹底從繁華重鎮變成不得不拋棄的沙漠，最後成為一座死城，在風沙侵蝕中徹底消亡。

而陣法一經啟動，又有北元在此時與青蓮宗內外勾結，大舉進犯，西北邊防將化為烏有。

失去了敦煌之後，朝廷想控制西北便難如登天了，駐軍防線只能向東南收縮，中原腹地的防禦更為薄弱，阻擋北元揮師南下的防線將更為艱難。

可……

阿南望著斜前方朱聿恆的側面，心裡矛盾糾結。

他知道青蓮宗與海客聯手，要幹一番大事嗎？她暗示過皇帝會有危機之事，他是否已經領會？

破陣未成，歸途氣氛壓抑。只在靠近敦煌城之時，眾人看見城中情形，才陡然精神振奮起來。

只見風沙侵蝕的古舊城牆上，鮮明的旌旗招展，十二龍太常旗居中，日月四象星宿旗並彩幢、華蓋、龍首幡赫然在目。

旌旗下方，是甲冑鮮明的整肅隊伍，齊整列隊，隨扈中軍。

看見這樣的陣容排場，眾人哪還會不知道，皇帝御駕親臨，已至敦煌了。

朱聿恆一眼便看見了滎國公與甯陽侯麾下的隊伍。知道他們是此次聖上的左掖軍，他打馬上前，與他們見面。

滎國公笑呵呵地往城內一指，道：「聖上本打算只到瓜州，但因記掛殿下，因此多增了這段行程。殿下快進城去吧，勿讓聖上久等了。」

朱聿恆雖也急著去見祖父，但剛從地下脫困，這一路又風沙跋涉，身上全是塵土，便回頭對阿南道：「我換身衣服覲見聖上，此次陣法妳先與各位先生磋商，待會兒我回來咱們詳敘。」

阿南應了一聲，眼看他帶韋杭之縱馬離去，回頭瞥了瞥滎國公，想起他就是袁才人的父親，心下不由閃過一個念頭——他知道自己女兒是死在太子妃手下嗎？

滎國公自然不知道。他五十不到年紀，笑容滿面平易近人，捋鬚目送朱聿恆離去，便看向阿南，打量問：「妳便是那位南姑娘？」

阿南沒料到他居然知道自己，拱手向他行了一禮，說：「鄉野草民，不足國公爺掛齒。」

滎國公笑道：「妳可是舉足輕重的人，不然朝廷此次怎會調動江南、嶺南大批海邊民眾檔案，為妳搜尋父母籍貫？」

阿南知道阿琰在幫自己尋找父母身世，倒沒料到居然是這麼大的排場，估計朝中很多人都知道了。

她難免有些不好意思：「多承殿下費心了。」

滎國公捻鬚而笑，意味深長地打量她，阿南自然知道他的神情代表什麼，不由暗自揣測，究竟他們如何看待自己與阿琰的關係。

其實她自己心底都尚未理清，可眾人儼然已將她當成皇太孫身邊人，讓她感覺有些彆扭。

不過彆扭歸彆扭，一想到滎國公都已知道此事，那麼自己的父母該是尋到了，她心頭又湧起喜悅來。

畢竟，那個遺失在風浪中的錦囊是她此生最大的遺憾，就如她將自己的爹娘遺失在了茫茫暗海之上，讓她每每在午夜夢迴之時難以釋懷，遺恨不已。

這麼想來，和阿琰在一起也挺好的……至少，無論什麼事情，他都是手到拈來，永遠能滿足她的期待，不會讓人失落。

聖駕親臨，敦煌的正堂早被肅清。朱聿恆邁入廣亮大門，看見堂前眾人垂手立在院中，偌大院落內靜得落針可聞。

侍立於門邊的大太監高壑，見皇太孫殿下來了，趕緊迎上來，壓低聲音道：

「聖上此行龍體疲憊，說是除了殿下您之外，其餘任何人不見。」

朱聿恆向他一點頭，快步進了門。

出乎意料，皇帝並沒有任何長途跋涉的倦怠模樣，反而面帶隱怒，一見朱聿恆進來，便將一封密函丟給他：「剛收到的邊關急報，北元已經得知他們王女慘死之事了，藉口是我朝之人指使殺害王女，如今正要糾集軍隊，陳陣邊關。」

朱聿恆打開急報看著，只聽皇帝又問：「你出發來敦煌時，朕曾將此事交託予你，如今進展如何了？」

朱聿恆道：「王女與卓壽之死，孫兒目前已有線索，只是凶手一時難以擒拿。」

皇帝雙眉一豎：「難以擒拿是什麼意思？」

「凶犯已顯露了行跡，線索與作案手法孫兒與阿南也已基本理清。只是對方異常警覺，逃脫在外，如今孫兒正在安排設局中，不日便能將罪魁禍首擒拿歸案。」

「不日？今年秋焚後，北元糧草已盡，正在窮凶極惡之際，只差南下的由頭。朕此次微服西巡，未備好北伐糧草，怕是無法深入草原再犁王庭，此事你得迅速應對才好！」

為遏制北元實力，邊境每年會焚燒兩次草原，一次在秋，一次在春。燒的範圍與時機都要謹慎選擇，既要讓北元人飢馬乏，又不能讓他們沒了活路，控制在苟延殘喘的界限之上。

托賴此舉，多年來北元猶如困獸，而如今因王女之死，打破了多年平衡，讓他們儼然有了興風作浪的藉口。

朱聿恆道：「單單應對北元不難，但孫兒還查知，山東青蓮宗流寇已流竄至西北，如今正要與北元聯手，對陛下不利。」

邊境不寧，內外勢力勾結，形勢如此嚴峻下，朱聿恆口氣神情卻顯得頗為輕鬆，令皇帝的眉頭反倒鬆開了，問：「看你的樣子，難道說，其中還有利於我們的方面？」

「是，北元王女之死，導致了邊境動盪，但也是此事的突破口。孫兒有把握，只要拿到了證據，便能平息一切，非但北元要乖乖撤出我境內，甯順王有生之年亦不敢再生事端。」

皇帝見他如此肯定，便也放心道：「好，既然如此，一切便都交給你吧。只是北元來勢洶洶，你務必在他們到來之前查明真相，以免貽誤戰機。」

「孫兒定不負聖上所託！」

等正事談完，皇帝示意他到自己身旁來，握著他的手仔細端詳，說道：「瘦了，黑了，怎麼看起來有點像那個阿南了？」

朱聿恆不覺笑了：「聖上見過阿南？」

「你屬意的人，朕自然得去打量一眼。」皇帝又問：「玉門關這邊陣法進展如何了？聽說你剛從那邊回來？」

「是，只是此次陣法太過棘手，目前無功而返。」

朱聿恆將照影陣法描述一遍，皇帝也是沉吟：「天底下雙胞胎好找，可身手要一樣出色的已很困難，何況你身上山河社稷圖時間緊迫，上哪兒再找這樣一對人破陣？」

「可此陣若是不破，屆時丟了敦煌一帶，西北防線收縮至嘉峪關內，長城便由北攻據點而轉成邊界防禦線，日後局勢被動，只能靠沿線九邊重鎮，大是不利。」

皇帝嘆道：「你所說的這一切，朕焉能不知？可人力有時而窮，這陣法若委實破不了，那便另尋他法罷。朕記得你說過，下一個陣法或許在崑崙？」

「即使沒有這山河社稷圖，僅從戰略出發，孫兒也認為，這個陣法對西北的意義太過重大，遠勝崑崙山闕。」朱聿恆卻並未附和皇帝的意思，斬釘截鐵道：「這個玉門陣，破得了要破，破不了，也要破！」

「好！既然已下定了決心，便縱是千難萬險，死生何懼！」皇帝見他神情如此堅毅，抬手重重拍在他的後背上。「朕相信，你定能破解西北困局。」

頓了片刻，他又問：「你抱持此心，那個司南知道嗎？她是否會與你一起？」

「會。」朱聿恆毫不猶豫道：「無論如何，我們兩人不會分開。」

皇帝聽他回答得如此肯定，沉吟頷首，將身旁一個匣子打開，取出幾份卷宗，道：「這是司南的身世，朕已經查證確鑿。」

朱聿恆抬手接過，謝了聖上。

「朕能幫你的，也僅有這些了。能不能讓這野性難馴的女海匪為你所用，還是得靠你自己的手段。」皇帝意味深長道：「去吧，希望她不要辜負你所付出的一切。」

朱聿恆出了門，一邊走著，一邊翻開手中的卷宗，目光在上面掃過。

裡面是一批篩選過後，時間、年齡、位置都相符的夫妻。其中可能性較大的幾個，皇帝又御筆點了出來。

第一對，失蹤後家中餘下公婆及二子，被朱聿恆一眼排除。若阿南母親之前曾有過兩個孩子，那麼她在海上定能及時察覺到自己懷孕，更不至於因為第三個孩子是女兒而失望難過。

第二對第三對，夫婦皆目不識丁，而阿南的錦囊中，留著父親給她的家世名諱字條，至少也該是識得幾個字的。

第四對倒是一切都契合，但男人是個會吊麻撚縫的修船好手。這種工匠被抓後，海盜必定不捨得流海處死。

……

十來對看完，朱聿恆將冊頁翻過來，看向後面的內容。

他的腳忽然停了下來，目光定定地盯在某一處寥寥幾行字上，就連一貫筆挺的身子，也陡然變得僵直。

跟在身後的韋杭之愕然止住腳步，看向朱聿恆。

他看見殿下低垂的目光定在那卷宗上，整個人彷彿凝固了。

泰山崩於前而面不改色的皇太孫殿下，此時臉色難看得讓韋杭之心生恐懼，甚至想逾矩上前拉住殿下，將他從這不可置信的恍惚中拖出來。

但，不過數息時間，朱聿恆便將手中卷宗一把合上了。

他將它緊緊捏在手中，厚實的桑皮紙被他握出深深折痕，他的手指骨節也泛出了淡淡青色，彷彿手中握著的不是一捲紙，而是一個可怕的深淵。

韋杭之不知這份摺子背後隱藏著什麼，只小心地低喚他：「殿下……殿下？」

他聽到朱聿恆悠長的呼吸聲，是殿下在竭力壓制自己的異狀。他虛浮的目光望著庭樹許久，才慢慢從恍惚中回神，情態也漸漸如常，只是聲音尚且略帶沙啞：「杭之……」

韋杭之應了一聲：「在。」

「阿南在哪裡？我……現在就去找她。」

阿南正在敦煌城樓之上，俯看大漠廣袤，風沙漫漫。

日頭昏黃，朔風捲起砂礫，如同水流般在大地上蔓延。

長煙落日孤城外，不知何處傳來細細笛聲，似有若無吹著一曲陽關，聽得不真切，卻格外顯得纏綿悱惻。

朱聿恆上到城樓，見阿南正專注看著下面，便向她走去，問：「在看什麼？」

「阿琰你看。」阿南指著下方的龍勒水，一群災民被組織起來在修築堤壩。冬日的寒流之中，一群漢子喊著號子戽水，在最邊上拉著戽斗的，卻有一個格格不入的鄉下婦人。

朱聿恆皺眉：「這種重活，怎能讓婦人去做？」

阿南靠在城牆上，凝望著那個婦人，低低道：「我猜想，她肯定有個孩子得養活，所以才搶著來幹最累最重的活計。為了給孩子多掙一口吃的，當娘的什麼都願意去做的。」

朱聿恆望著那個手腳粗大、面色黧黑的婦人，抬手默然握住了腰畔的荷包——

那裡面，裝著他的母親用鮮血給他抄寫的祈福經文。

「阿琰，你知道嗎……我娘當年在海盜窩裡時，為了從別人嘴裡給我搶口吃的，她還和別人打架呢。」

聽她提起她娘，朱聿恆的手不覺微微收緊，抬眼看向阿南。

「那時候我還小，我娘得在一天勞作後，撿些剩下的魚頭魚尾，拿回來煮給我吃，母女倆勉強填飽肚子活下去……」阿南並未察覺他這輕微的失態，她沉浸在往昔記憶中，望著下面的婦人，神情黯淡。「唉，阿琰，我一直在想，我娘要是活到現在就好了，我一定讓她過上好日子。我們一起打扮得漂漂亮亮的，大江南北哪兒風景好我帶她去哪兒玩，什麼好吃的吃什麼，她想要什麼我都給她買……」

朱聿恆專注地望著她，傾聽她的話。

可阿南說到這裡，又怔怔地頓了許久，才搖了搖頭苦笑道：「可其實，我連我娘長什麼樣都記不清了。我那時候太小了，她離開我又實在已太久了。」

她眼中的傷感讓朱聿恆不可自抑，握住了她的手，輕聲道：「阿南，妳娘……」

說到這兒，他忽然又想起了案卷上的那些字，內裡深埋的可怕真相，讓他脊背微微發寒，一時遲疑著，無法再開口。

阿南看著他的神情，似是察覺到了什麼：「我聽說朝廷大動干戈幫我找爹娘，那，有結果了嗎？」

朱聿恆知道瞞不過她，便收斂心神，道：「有，我看到卷宗了。」

阿南端詳著他，問：「我爹娘是哪裡人？」

他卻反問：「妳記得母親確切的口音嗎？或者說，妳娘日常生活中，有出現過什麼地方特有的習慣之類嗎？」

阿南搖了搖頭，說：「我娘去世時，我才五歲，又處在魚龍混雜的海匪窩中，是以連口音都未形成。後來被送去我師父那邊後，所接觸的人都是應天口音的官話，更是什麼都不記得了——不過肯定是東南沿海一帶的。」

朱聿恆微點了一下頭，卻思忖許久不開口。

阿南有些急了，甩開他的手道：「算了，你把案卷給我，我自己看吧。」

「不用了。」聽她這樣說，朱聿恆立即抬手攔住了她。

他凝望著她，聲音因為壓得低而慢，顯得極為慎重：「妳的籍貫，應該在福州府閩縣轄下的馬尾。」

「馬尾……」阿南望向東方，眼中閃出燦爛的光。「中國塔？」（註1）

朱聿恆未曾聽過中國塔，面帶詢問。

「在海上航行時，我們問異國的船舶要去往何方，很多人都會說，去中國塔。後來我回歸時，看到七層八角十丈高的羅星塔佇立於江心激流之上，重山層層固守大地，一瞬間明白了為什麼海員們總是難以忘記它。」阿南抬手捂住怦怦的心口，又問：「籍貫找到了，有關於我爹娘的訊息嗎？他們是怎麼認定的？」

「其實，還沒確切認定。」朱聿恆說著，將抄錄的戶籍名冊取出，說道：「其他的，我覺得都對得上，但有一些細節，大概唯有問過了妳，才能確定。」

阿南點了一下頭，凝望他的眼神中，罕見地露出了緊張忐忑。

註1　中國塔是明清時海外水手對福州羅星塔的稱呼。

「福州府閩縣馬尾中嶼村，有世居於此的王姓人家，生子名王蜃，十來歲上父母雙亡，便隨村中漁民出海打漁，無有田產。二十餘歲娶妻李氏，李氏時年十八，為家人提挈逃荒而來，以半筐鹹魚、兩捆海菜為媒彩而嫁入。」

念到這裡，他抬眼看向阿南，低聲說：「十八歲的適齡姑娘，本不只這些身價。但一是飢荒所致，二是因為……李氏略帶殘疾。」

阿南神情尚還平靜，但喉口已微顯哽咽，緊盯著他問：「是……哪方面的殘疾？」

朱聿恆頓了片刻，緩緩道：「她的右手上，缺了兩根指節。」

阿南的眼圈在風中瞬間通紅，那雙一貫亮得灼人的眼睛，難以控制地蒙上了一層朦朧水霧：「是……確實是我娘。」

朱聿恆垂下眼，輕輕點了一下頭。

大漠風沙如帳幔般在半空飄忽舒捲，自他們耳畔呼嘯而過，阿南的聲音也如風沙飄渺：「我幼時，阿娘告訴過我，她的手是在剛學走路時摔到灶膛裡，被火燒殘的。」

她記憶中，母親總是將自己的手握起縮在袖管中，不讓人看到。所以她在對任何人講述自己母親時，也下意識地迴避了這一點，不願顯露母親的殘疾。

在她被傅准廢掉雙手之時，她也曾經深陷於絕望。但，她看著自己傷痕累累的手，彷彿看見了母親那雙遍布傷疤的手。那雙在海盜窩中養活她們母女的手，那麼醜陋，甚至因為殘缺而有些可怕，卻是她此生最依戀最難捨的溫暖。

這世上，再也沒有這樣一雙手了。

她這一生中，遇到過多少雙漂亮的、絕妙的、有力的、溫柔的手，可唯有她母親那雙不完整的手，才是她人生最初的起點。

她抬手按在面前敦煌的青磚城牆上，手指收得那麼緊，就像握住了母親的手，許久不願放開：「阿琰，我去閩江時，曾依稀覺得當地人講的話似乎有點熟悉，現在想來，大概因為我的記憶中，還殘存著母親的口音吧。所以即使我在海上出生、成長，可自然而然的，在返回陸地之後，在看到中國塔的那一刻，感覺像回到母親的懷抱般安心……」

她聲音顫抖，手背因為收得太緊，青筋凸起，幾近痙攣。

一隻堅實又溫柔的手覆上了她的手背，那雙舉世難尋的手張開五指，撫慰她暴突的青筋，插入她的指縫，與她緊緊相扣。

他緊握著她痙攣的手，將她所有的傷痕包容於掌心中。

他擁她入懷，讓全身脫力的她埋在自己心口。冬日嚴寒被隔絕在外，她急促散亂的呼吸逐漸鬆懈下來。

低沉而柔和的聲音，在她耳邊輕輕響起：「既然妳找到家了，那咱們去請泥瓦工匠並高僧大德，在妳家原址起衣冠塚，誦經超度九九八十一天，這樣，妳回去時便可以迎妳爹娘魂歸故里了……我聽說，海邊人都這樣替不歸的親人招魂。」

阿南默然聽著，慢慢閉上眼睛，將自己的臉深埋在他的胸前。

「阿南，妳父親這邊已經沒有親人，但外祖家應該還有人在，妳母親有來歷有印記，尋找他們並非難事。到時候妳有了根，有了親人，便不會如此孤單了。」

或許，有了牽絆之後，她能安心在屬於他的王朝疆域中生活下去，至少，不會再那麼輕易離開，斷然決絕。

因為心中這不可遏制的侵占欲，他握著阿南的手又更緊了一分，哪怕會讓她感到疼痛，也在所不惜。

阿南緊抿下唇，默然的，哽咽著「嗯」了一聲。

這輩子，她一直都是自己手握利刃，拚殺出一個天地。但此刻與他十指相纏，感覺他那有力的掌握，她第一次恍然覺得，或許，能切實與另一個人相互依靠、兩個人一起努力奔赴向前，也未嘗不好。

朱聿恆吩咐士兵去下方勸離那個婦人，讓工頭多關照她與孩子。

那婦人離開寒冬的河水上岸後，旁邊果然跑出一個五、六歲的孩子，拉著她的手一起離開。

兩人攜手站在城牆上望著這對母子領了飯食離開，不覺看了許久。

天色漸晚，日光黯淡，寒風已起。

兩人正要離去時，朱聿恆忽然想起一事，取出一個盒子遞給她：「差點忘了這個，剛從順天送來。」

阿南打開盒蓋，眼底便有青藍的光澤泛起。

盒子中，是她遺落在他手裡的那只絹緞蜻蜓。它一如往常，半透明的翅翼輕顫，似乎下一刻便要乘風飛去。

阿南怔了怔，伸手將它取出，指尖撫摸過它幽藍的翅膀，托在自己的掌心之中：「終於捨得還給我了？」

朱聿恆輕聲道：「對，我不介意了。」

阿南抬眼看朱聿恆，似乎在問不介意是什麼意思。

「一開始，是懷疑它與三大殿起火有關，所以不能還給妳。後來，知道它是妳送給竺星河的信物，所以不願還給妳。但現在，我知道妳的心了，所以我敢還給妳了。」

她默然垂眼，將蜻蜓從食指轉到小指，又轉到手背再旋入掌心，嘆了口氣，問：「天底下還有你不敢的事？」

「其他的沒有，但與妳有關的，我不敢去冒險。」

聽著他如此赤誠坦率的話，望著手中蜻蜓，阿南心下竟覺微微悸動，難以自抑。

他直直盯著她，目光一瞬不瞬，聲音亦是平緩有力：「阿南，我此生前路叵測，生死難料，可因此能遇到妳，一切災禍便也成了命運恩賜。我無懼無畏，甚至滿懷感激。」

明明應該惱怒他這麼久才把蜻蜓還給自己的阿南，此時卻只覺眼眶熱熱的，淚水幾乎要奪眶而出。

最終，她只深吸了一口氣，站在城牆上抬眼望著遠處綿延起伏的荒野與沙丘，舉起了手中的蜻蜓：「算了……」

她轉動機括將蜻蜓尾巴後面的金線拉緊，然後將它舉在冬日朔漠的狂風之中，狠狠一拉。

在漫捲浩蕩的西北風中，青藍色的蜻蜓振翅乘風而起，向著遙不可見的遠方疾飛而去。

它飛得那麼急，那麼快，冬日黯淡的日光只來得及讓它閃出一抹幽光，它便拖曳著那縷藍紫光線，徹底消失在了這片廣袤無垠的大地之上。

蒼穹浩茫茫，萬劫太極長。

它彷彿從沒來過這世間，又彷彿永遠刻印在了她心底最深處。

她年少時曾夜夜枕潮而眠的那些夢境，在這一刻全都成為了不可追尋的過往。

不知是如釋重負，還是剜心割肉。

盯著蜻蜓最後消失的方向，阿南佇立許久，將自己僵舉在半空的手緩緩放下，默默牽住了朱聿恆的手。

口。

他掌心灼熱，在這般的冬日風中，那熱量自她的手上蔓延，足可熨暖她的心

他們都沒說話，只攜手望著面前這浩大的世界，久久靜默無聲。

第十三章　玄黃錯跱

皇帝御駕，一切都以妥善為要。朱聿恆親自領兵去城內布防巡邏，而阿南是個閒不住的人，略作休息有點精神，感覺身上傷勢也沒什麼大礙了，掛念起在郊外守墓的卓晏，便騎馬出了城。

龍勒水蜿蜒流淌過灰黃的荒原，冬日夕陽薄薄披在綿延的大地上。

尚未到墓前，阿南便看見了卓晏的身影。卻見他被一個孩子拉著離開了墓地，往後方快步走去。

阿南有些詫異，追上去問：「阿晏，你上哪兒去？」

卓晏抬頭看見她，指了指拉著他大哭不已的孩子，道：「他娘出事了，我來看看。」

阿南看著這孩子臉上的鞭痕，問卓晏：「你認識他？」

「嗯，他娘出去幹活時，他偶爾會溜達到我那邊，挺懂事的。」

轉過土堆子一看，下方河床上，一個女人昏迷不醒，倒在水邊。
原來她在河中戽水太久，凍得腿腳麻痺，回程中摔下河岸撞到了頭，至今未醒。孩子拉不動她，只能來找人求救。
卓晏忙和阿南將她送回窩棚，安置在乾草鋪上。卓晏問明了災疫大夫所在便急忙跑去了，阿南想著給她燒點熱水，正去河裡打水，忽聽到身後傳來詫異聲音：「南姑娘？」
回頭見是墨長澤和幾個弟子，阿南便打了個招呼：「墨先生怎麼在這兒？」
墨長澤道：「龍勒水是此地命脈，河水忽然乾涸，必有大事，我帶弟子們來查看一下。」
阿南點頭，又指了指岸邊，說道：「河水漲落不定，災民們還在修築堤壩，這邊工事該有些預應方案才好。」
「是該出個方案。但天災頻繁，縱然我們救得了此地災民，又如何救濟天下災民？就算救得了全天下的災民，可還不是眾生皆苦，每個人都奔波掙扎在這世間，營營苟活。」墨長澤嘆道。
阿南默然，心道若青蓮陣法徹底發動，這邊怕是水都沒了，還修築什麼堤壩？
抬頭看見卓晏帶著大夫過來，走到了墨長澤身後。他顯然也聽到了這番話，眼中淚光湧起，悲難自抑。

阿南感慨地想，人生巨變，卓晏這個浪蕩子也終於開始懂得人生艱難，也不知是好事還是壞事。

聽墨長澤他們商議如何改水道，阿南便道：「我看此處地勢，應當適用渴烏，也就是過山龍。墨先生，我畫個圖樣給你瞧瞧看合適不。」

時間緊迫，她匆匆畫了個大概，墨長澤看著草圖眼中放光，又遺憾道：「只是沙漠之中哪來如此多的木頭竹竿，終究難以施展。」

卻聽旁邊卓晏遲疑道：「雖然沒有竹木，但龍勒水出敦煌後，在下游有個水草豐茂之處，生長著不少蘆葦。我看過有人以蘆葦和上膠泥，加以烘烤，亦能造出相似物件。」

墨長澤大感興趣，道：「這種法子在南方較多，我久居北方，倒不是很熟悉，你具體和我說說。」

卓晏頓時瞠目結舌。

他過往二十餘年都是個不學無術的浪蕩子，即使見過那東西，但哪懂得詳細具體的道理，磕磕巴巴連猜帶矇講了一些，墨長澤和幾個弟子都是大搖其頭，感覺難以實施。

「墨先生別急，隔日有空，你們一起弄點蘆葦膠泥試驗一下唄。」阿南說：「阿晏也好好回憶一下，要是能幫上忙，對敦煌也是大功一件。」

眼看天色已暗，送走了墨長澤後，阿南到卓壽墓前上了炷香。

「阿晏，其實我有事要找你幫忙。」打量他披麻戴孝的模樣，阿南又覺有些難以開口：「你會吹笛曲《折楊柳》嗎？」

「會，這曲子我熟。」卓晏道：「畢竟我朋友多，相聚別離常吹這一首。」

「這曲子，有古曲和今曲的區別嗎？」

「這倒沒聽說，笛曲傳承有序，應當沒有什麼變化。」卓晏說著，忽然明白過來，問：「這麼說，是這次的陣法，需要用到《折楊柳》？」

阿南點頭，道：「敦煌這邊的樂伎，因為都與馬允知有關係，所以我們不方便用。阿晏，你是我們最信得過的人了。」

卓晏毫不遲疑，問：「什麼時候去？到時候喊我一聲即可。」

阿南沒想到他如此乾脆，心下一鬆，不由笑了：「你不擔心別人背後非議？」

「那又有什麼，我本就是無行浪子，哪天斷過非議？」他靠在墓碑上，面上盡是蕭瑟神情。「實不相瞞，阿南，我也想和妳、和墨先生一樣，這輩子做點有意義的事情。做不了大事，哪怕再小，也想去試試。」

告別了卓晏，阿南又受託去看了看卞存安。

「阿晏在那邊認識了個孩子，請卞叔你下次過去時，把家裡那幾本畫冊順便帶過去，他也可以給孩子教教字畫打發時間。」

卞存安一聽，眼淚便落下來了，哽咽道：「以前讓他看書，他都偷跑出去鬥雞走狗，如今倒懂得上進了。」

阿南勸慰了他幾句，想起唐月娘的事，便藉著由頭提了起來：「卞叔，你看，咱們還有可能找到阿晏的娘親嗎？」

卞存安嘆口氣，黯然道：「怕是難了，我也不知道那人是誰。」

「那，你給我講講當年的事兒？阿晏親娘是哪兒的人該知道吧？」

「應該是順天附近小村落的。當時我與永年剛成親，為了遮掩我的身分，永年便請調去了個邊防小衛所。那時候馬允知是百戶，永年任他副手。我們在那邊無人打擾，日子過得平靜，只是他們衛所有幾次未能完成上頭委派的命令，有時被罰俸杖責，打得厲害……」

即使過了多年，卞存安說到那時的卓壽，面上依舊有疼惜之色，嘆道：「不久馬允知立功升調，永年接管了衛所。過了有半年左右吧，有一天晚上，他回家來跟我商量說，一來為了遮掩我的身分，二來為了斷他爹娘的催促，他想讓我假裝肚子大起來。我說那可沒辦法，我哪能生得出孩子？可他卻說……到時候就有了。」

阿南聚精會神地聽著，想起卓壽說過的，在外面隨便找了個女人，心想可能就是那時候的事情了。

「半年後，他真的抱了個剛出生的娃回來，就是……阿晏了。我問永年是哪來的孩子，他說是別人不要的。我看阿晏眉眼與他頗像，本來有些懷疑，但後來一直沒見什麼女人出現過，才信了他的話。」卞存安想著當日襁褓中的卓晏，忍不住抹眼淚。「衛所全是毛頭小子，哪懂得什麼，我當晚裝腔作勢號了幾聲，第二天卓壽抱著孩子出來，便個個向我們賀喜。卓家老人知道此事後，喜不自勝，覺得衛所苦寒不好養孩子，立刻跑來將孩子帶到順天了。阿晏從小備受祖父母寵愛，從沒受過什麼苦，如今落到這境況，是我和永年對不起他……」

從卞存安那兒聽了一番陳年舊事，阿南一邊思索著，一邊回到驛館，正遇上康晉鵬將大夫送出門外。

阿南便問：「薛堂主他們情況如何了？」

「薛姑娘傷勢輕些，剛剛已經用了藥歇下了，薛兄弟倒是剛醒。」康晉鵬指指屋內，面帶焦慮。

拙巧閣與阿南其實本有冤仇，不過畢陽輝死後，他們都與朝廷合作，康晉鵬此次又與阿南一起下過地道，因此也化干戈為玉帛了，甚至主動邀請道：「南姑娘，進來一起聽聽陣內的情形吧。」

薛澄光虛弱地躺在床上，眼睛半睜半閉。

他全身潰爛，燒焦的衣服貼在灼傷的皮膚上，臉上纏滿繃帶，雖然勉強開口，但聲音低弱，幾不可辨。

「當時……我與瀅光一起入內，越往裡面，只覺身體越重。洞窟蜿蜒，有時我們分開太遠，彼此呼喝也聽不到，只能靠著下意識的判斷進行……縱然我們兩人自幼心靈相通，一路過去也常有閃失，不過我們算是老江湖了，也能勉強彌補……」

阿南靠在柱子上，揉著手腳舊傷酸麻處，聽薛澄光繼續講下去。

「險險通過地道後，盡頭是一個高大廣闊的石室，裡面是五色雲母雕琢成的滿池蓮花，分布於室內，在火摺下熠熠生輝，我們一時都看呆了……」薛澄光的聲音顫抖得愈發厲害，顯是回憶起當時的情形，至今心有餘悸。「蓮池正中，是一朵巨大的青蓮，上面有只雲母青鸞展翅欲飛。我們料想陣法中心必定就是這只青鸞，於是便向它而去，誰知沒走出幾步……」

他的聲音中流露出極度的恐懼，若不是身受重傷癱在床上，怕是已經跳將起來：「一陣疾風忽然撲面而來，蓮池上方傾瀉下大片毒水，比外面所噴的更為可怕，連那些雲母蓮花都在水中迅速消融。我下意識地向後疾退。可……瀅光不知怎麼的，彷彿沒聽到我的聲音，不僅沒有撤回腳步，反而抬手向著前面撲去，似要投入那片可怖毒水之中……」

他說到這裡，喘息越發急促，顯然回想當時情形，依舊覺得可怖至極。

「眼看血海撲面而來，我唯有衝過去揪住瀅光後背的衣服，將她一把扯回。她也終於省悟過來，跟我一起奔回洞窟……可，已經來不及了……」

後方血海洶湧，前方照影雙洞默契已破，漫天毒水將他們籠罩其中。

而他們左支右絀，再也無法同進同出，只能拚著被蝕出一身血肉模糊，勉強逃出陣中，苟全一條性命。

阿南聽到這番死裡逃生的遭遇，也不由感到驚心。

以薛氏兄妹這樣一對當世高手，尚未踏入機關中心便險些喪命，究竟是什麼樣的機關，可以將一池青蓮瞬間翻成血海，而且陷入機關的人還毫無任何察覺？

難道說，傅靈焰的陣法機關真的已經達到了這般鬼神莫測的地步？

「不對啊，剛剛我們詢問過瀅堂主陣中情況，前面都差不多，但她在陣中所見，與你所說的大相逕庭。」康晉鵬疑惑的聲音傳來，他取過手邊一張紀錄，見薛澄光顯然已經看不了東西了，便交付於阿南，說：「南姑娘妳看，瀅堂主說，她看到的明明是雨落蓮池，不是血海毒水啊。」

阿南聞言，頓時錯愕不已，上前來接過薛澄光手中的卷宗一看，果然，薛瀅光所說在上面清清楚楚——

她在出照影雙洞後，踏著蓮葉向正中心的青鸞而行時，忽覺輕風襲面，一汪碧水如雨簾般從一池青蓮中洩下，漫捲起雨霧雲煙，將後方的蓮花與青鸞籠罩在其中，如同仙境。

洞中火摺光芒黯淡，薛瀅光心旌搖曳，待要向前再走兩步，看清楚情況之時，後背卻被哥哥一把抓住，將她拖了回去，大吼：「快跑！」

她尚未回神，便只能隨著兄長倉皇逃出。可此時他們心境大有不同，一個急切逃命，一個疑惑不解，因此而亂了配合，導致兩人險些命喪洞中。
這大相逕庭的描述，令阿南與康晉鵬都是疑惑難解，面面相覷許久無言，根本理不出洞內真實情形。
阿南一路思量著，順著院廊走回前院所居之處。
屋內點著明亮燈火，門外侍立著韋杭之。
阿南臉上不覺露出了笑容，一腳邁進去，果然看見了朱聿恆端坐於桌前，已經為她備好了晚膳。
阿南洗淨了手，毫不客氣地在他面前坐下，一邊抓起塊羊肉啃著，一邊將剛剛薛澄光那邊所見的事情講了一遍。
「兩個一起進去的人，所講述的內容卻好像對不上啊。」阿南啃著羊排，問朱聿恆：「你覺得，誰說得比較可信些呢？」
「就算角度有所不同，但同在陣中，不至於所見的東西會大相逕庭。所以這裡面的真實情境，能確定的應該是有雲母蓮池、青鸞和從天而降的水簾。」朱聿恆思忖道：「相比較而言，我覺得薛瀅光的可能性大些。」
「嗯……不是我不信世上有那麼厲害的水，問題是，若進去一對人，陣法為了防禦便把雲母石蓮融化了，那裡面絢麗的景象豈不是即用即拋了？傅靈焰不會這麼浪費吧？」

朱聿恆聽著她的話，不由笑了：「顯然不會。」

既然陣內的詳細情形探討不出，他們便也先擱開了。阿南跟他講了講卓晏和卞存安的事情，在燭光下一起把飯吃完。

等盤碟撤去，他取出藥酒督促她擦上。

阿南捋起袖子，見右臂的腫脹大有好轉，轉了轉手臂正在感受傷勢時，手肘忽然一緊。

是朱聿恆握住了她，將她的衣袖捋了上去，看向她臂彎的傷處。

阿南一怔，想要抽回手，可他握得很緊，低聲道：「阿南，讓我好好看看妳的傷。」

他聲音又溫柔又低沉，自她耳畔直入胸臆，讓她心間忽然綿軟下來。

她恍然想，阿琰啊，每次緊緊抱住她不肯鬆手時，那強硬又執著的力道，總是與此時他的動作，一模一樣。

原本一直掌控主動的她，在此時的他面前，放鬆了身體任由他審視自己的傷口——不是示弱，不是服軟，只是捨不得看他在要求無法得到滿足時，露出失望的神情。

而他溫暖的掌心覆在了她微涼的手臂傷口上，小心翼翼地貼著，問：「還會痛嗎？」

「在陣中被傅准控制住時，確實生不如死，但現在又沒什麼感覺了。」阿南曲了曲手肘，恨恨道：「傅准這個混蛋，我絕不會饒過他！」

可再一想，傅准那冠冕堂皇的藉口，把皇帝和太子都搬出來了，怕是阿琰要幫她去討債也為難，只能悶悶地「哼」了一聲。

朱聿恆的指尖在她舊傷上撫過，卻沒有發現新的傷口：「是萬象嗎？他怎麼傷到妳的？」

「萬象只是看不見而已，怎麼會連傷口也沒有？」阿南盯著自己的手肘又看了幾眼，確實連最細小的痕跡都沒有找到。

正在思索之際，忽然間一個念頭閃過她的腦中，她呆呆地盯著自己的手肘，心下有個極可怕的設想，像是要將她撲頭蓋臉吞噬。

當時在黑暗中，她是面向傅准的。

就算萬象可以準確地攻擊她的臂彎，那麼她向後的膕彎，他又是如何攻擊的呢？

一縷尖利的冷氣沿著脊椎漸漸升上來，讓她的身體莫名僵直，遍體生寒。

她木然站著，而朱聿恆未曾察覺她心內的驚濤駭浪，輕輕幫她理好衣袖，卻不曾將她的手放開。

阿南緊握著他的手，定了定神，望向他的胸膛，問：「你的傷怎麼樣了？」

朱聿恆略扯了扯自己的領口，讓她看看咽喉下的赤線：「還好，痛過了便安靜下來了。」

「傅准那個混蛋心機太深沉了，玉門關這個陣法，從內部結構到密道路線再到你身上的山河社稷圖……他早就一清二楚，卻看著我們著急奔波，要不是我這次用計，他從始至終半個字都不吐露，簡直一肚子壞水！」

「可妳也太冒險了，總是任由自己陷身於危機中。」

「我也是有把握才會去冒險啊，對自己有把握，對你也有把握。」

「萬一哪次我有個失誤，妳怎麼辦？」

「不會。」面對他的擔憂，阿南卻輕快朝他一笑。「畢竟你是從來不會讓我失望的阿琰嘛。」

朱聿恆明明覺得心口還鬱積著擔憂，可看見她的笑容，還是忍不住伸手揉了揉她的髮，像抓住了偷魚的小貓，生氣又無可奈何。

阿南將面前的茶一口喝完，道：「別磨磨蹭蹭啦，留給咱們的時間不多了。如今是月底，馬上月初，你身上的山河社稷圖就要發作，這次咱們一定要趕在陣法發動之前，將裡面的母玉給取出來，免得你身上的子玉再被呼應碎裂，又毀一條經脈。」

「嗯。」朱聿恆應了，想起一件事，又道：「梁家三人不知在礦道中躲到了何處，至今未搜索到。不過盯著梁鷺的人確定，他們尚未聯繫上。」

「是我大意了，不過最終能讓傅准帶我入陣，還是全靠他們動了手腳。」阿南心有餘悸，又有些慶幸。「幸好你沒有第一時間去抓梁鷺，不然最後的線索也沒了。」

「目前她在月牙泉一切如常，只等好戲開場了。」

「那就好。」阿南思索著，皺眉道：「我總覺得，這案子的前因後果都已經有了，只是……還差一點點碎片未曾拼湊上，是什麼呢？」

「我知道是什麼。」朱聿恆彷彿看出了她在想什麼，從旁邊取來兩份文書，遞到她面前，道：「正巧，我過來便是要拿這個給妳看的。」

阿南拿過來，翻開第一份一看，當即皺起眉頭：「這是……數十年來北元對我朝的用兵紀錄？」

朱聿恆點了一下頭，示意她詳細查看裡面的內容。

阿南笑吟吟地將手按在上面，那雙亮亮的眼睛望著他，問：「這種軍機要事，讓我這樣的女匪看，合適嗎？」

「誰說妳是女匪了。」朱聿恆在椅背上又加了個墊子，讓她舒服靠著好好看。「妳現在坐鎮朝廷破陣小隊第一把交椅。」

「那也得等我把傅准先給扇下去，才能坐頭把椅。」阿南開著玩笑，歪在椅中攤開第二份文書，卻見是二十多年前順天周邊一個小衛所的舊錄，詫異地挑了挑眉：「楊樹溝衛所……百戶馬允知，副手卓壽？」

朱聿恆點頭：「二十三年前，二月，妳對照看看。」

阿南將兩份文書一起翻到二十三年前的二月份，看了一眼，便露出了錯愕的神情。

呆了片刻，她猛抬頭看向朱聿恆，氣息都有些不穩：「二十三年前二月，北元退避於王庭，並未有任何流兵在外，而……楊樹溝衛所，殲敵百餘人，馬允知因此榮升，副手卓壽擢拔為百戶？」

朱聿恆點頭：「所以，一切前因後果，都清楚了。」

阿南只覺得腦中風聲呼嘯，望著這份二十三年前的檔案，她既憤怒又激動，臉色都變了。

朱聿恆鋪開一張素箋，提筆道：「來，咱們將此案再從頭到尾理一遍吧。」

他走筆如飛，在紙上寫下本案的兩個表相——卓壽與王女之死。

同一時間、同一場雨、分隔於敦煌南北。

都在詭異的雷火之下全身起火，被焚燒而死。

關竅基本通了，阿南將檔案扣在桌上，掰著手指道：「先把卓壽的線索理出來。」

兩人商議著，在紙上一一列下：

其一，二十三年前，卓壽與馬允知同在小衛所，馬允知高升，卓壽得子。

其二，二十年來卓壽與馬允知素不往來，似各有成見。

其三，苗永望臨死之前，曾寄信詛咒卓壽暴亡，很可能提到天雷之說。

其四，卓壽運送草料到礦場，因公而來，卻獨自先行離去。

其五，知曉他離去內情的劉五，因為撞破唐月娘私情，疑似被殺。

阿南與他看著整理出來的線索，露出釋然表情：「現在看來，卓壽之死的疑問都已經有了答案，接下來，就是北元王女的事兒了。」

朱聿恆照例在紙上列出疑點——

其一，一直夢見自己死於火焚的王女，果然死於火下。

其二，天雷穿透雨傘，劈中咽喉起火，火又從傘下冒出。

其三，侍女跳河而死後，屬於北元王族的金翅鳥首飾出現於乾涸水道中。

其四，梁家忽然認祖歸宗的女兒，竟遵循北元風俗。

其五，王女死後，北元立即得到風聲，以侍女書信為憑，前來興師問罪。

五條疑點，朱聿恆在紙上一條條列出，阿南一條條看著。等到他收筆之際，抬頭與她相望恍然。

如電光石火，洞明照徹，從順天到敦煌一路憋著的謎團終於都有了答案，兩人不覺都露出笑意，輕出了一口氣。

「看來，萬事俱備只欠東風了……」阿南的手撫過紙上尚未乾的墨跡，點在卓壽與王女之上，道：「現在就等著他們落網了。」

「別擔心，他有金蟬脫殼之計，我們也有引蛇出洞之法。」朱聿恆擱下筆，沉聲道：「只要惡人敢興風作浪，就決計無法逃脫！」

聖上西巡，馬允知千盼萬盼，一朝夢想成真，聖駕居然真的降臨了敦煌，他自然欣喜若狂。

正在忙得腳打後腦杓之際，另一個喜訊又到來——聖上決定前往千佛洞祈福，途經月牙泉，要那邊做好接駕準備。

馬允知派人一路打馬狂奔到月牙泉，吩咐閣內做好準備。

鶴兒忙忙給梁鷺梳妝打扮，激動得手都在顫抖：「哎呀哎呀，這可是要面聖啊！梁鷺姊妳這輩子見過最大的官是多大啊？妳怎麼都不緊張呢？不瞞妳說，我除了馬將軍之外，只見過村長呢！」

再想了想，她又掩嘴笑了出來：「哎不對，上次那位提督大人，雖然大家都不敢說，可私下都在傳說是皇太孫殿下。哎那個氣度，那個模樣，無論哪個姑娘看見都會心折呀！」

梁鷺端詳著鏡中的自己，抬手掠了掠鬢邊的髮絲，隨口道：「不過是個略好些的男人而已，這世上也有人不屑嫁給他的。」

鶴兒咂舌道：「罪過罪過，誰會這麼想不開啊？」

梁鷺笑了笑，沒再說話，垂眼一只一只給自己套上臂釧。

鶴兒蹲下去，替她將衣帶絲條繫成三連九環萬字結。

「鶴兒……」她忽然聽到梁鷺低若不聞的聲音，便抬頭看她，「啊？」了一聲。

梁鷺垂下眼睫沒有看她，手上臂釧跳脫鏗然有聲，幾乎要掩去了她的聲音：「妳去敦煌城裡，替我買半斤糖漬梅子。」

鶴兒呆了呆：「現在？」

「對，現在。我跳完舞想吃。」

「可……可我還想偷偷看看聖上長什麼樣呢！」鶴兒遲疑道：「再說了，梁鷺姊妳上石蓮跳舞，我不得幫忙嗎……」

「有什麼好幫的。」梁鷺冷著臉道：「快去，等會兒要是沒有梅子，我叫馬將軍把妳發賣到軍中去！」

鶴兒嚇得慌忙起身，套上件厚衣服，直奔敦煌城。

皇帝移駕聲勢浩大，阿南也盛裝打扮漂漂亮亮，一身孔雀藍的錦緞配白狐裘，濃密的頭髮以青鸞金環束成三鬟望仙髻，明豔生輝。

她與諸葛嘉等人一起，在隊伍前頭一里處騎馬先行，引領聖駕前往月牙泉。

茫茫荒野中只有一條路沿著龍勒水前行，連通敦煌與月牙泉。路上行人都被攔在遠遠道旁，阿南一眼便看見了騎著頭大青驢候在道旁的鶴兒。

「鶴兒？妳怎麼在這兒？」阿南遠遠問她。

鶴兒忙道：「我替鷺姊買糖漬梅子去。」

「喔……」阿南露出意味不明的笑容。「那她身邊不是沒人了？跳舞的事兒誰幫她準備？」
「我已經幫鷺姊打扮好了，跳舞的事我也幫不上忙。」
「是嗎？那我去瞧瞧她今天是不是特別漂亮。」阿南笑嘻嘻的，彷彿完全不知道她在緊張些什麼。「敦煌水橋邊那家果子鋪有糖漬梅子，味道不錯，妳去買吧，梁鷺保準喜歡。」
鶴兒忙不迭點頭，而阿南撥馬回道，朝廖素亭一笑：「看來，今天會有一場精采的表演啊。」

月牙泉還與他們上次來時一般，寧謐而恬靜地躺在沙丘之中。岸邊垂柳已經落盡了樹葉，顯得這冬日更為蕭瑟。
見他們到來，馬允知趕緊迎上來。
皇帝此次微服簡從，只帶二、三百人馬，在鼓樂馬蹄聲中，御駕徐行至月牙泉前。
碧波粼粼的月牙泉中，梁鷺早已立於石蓮之上，彩衣飄搖招展，容光豔麗逼人。蓮花隨風旋轉，她腰肢柔韌纖細，越顯動人。
行道旁人群肅立，靜候聖駕。
車駕在人群之前停下，陳設好蟠龍金漆凳，宮女捲起車簾，大太監高壑忙疾步趨往車前，將聖上從御駕上攙扶下來。

在外從簡，皇帝只穿了明黃團龍便服。他身材矯健高大，自馬車上跨下，觀看面前的月牙泉與月牙閣，在人群的簇擁中手撫髭鬚，點頭讚嘆。

馬允知回頭趕緊朝月牙泉上暗暗招手。

水面上漣漪蕩開，飄搖的石蓮自叢叢菖蒲中轉出，蓮花上的梁鷺手持絹製蓮花而立，周身彩帶飄曳，渾如壁畫中的散花仙子。

皇帝目光微瞇，頷首之際，臉上也露出了微笑模樣。

見聖上滿意，高壑對馬允知笑道：「馬大人這安排可真不錯，還沒到千佛洞，先來了個蓮臺飛天。」

見聖上目光駐留在泉上，旁邊的鼓樂頓時一變，大有絲路異國的輝煌宏闊之風。

梁鷺腰肢款擺，在蓮臺上隨樂聲左旋右轉，急轉如風。她這身下的蓮花浮在水面之上，本是浮淺之物，可無論蓮臺如何旋轉起伏，她的身姿始終不離蓮房，那原本難於立足的無序轉動，只更增添了她的婀娜風姿。

岸上隨扈軍隊眾多，月牙泉邊逢迎守候的也有數百人，但所有目光定在她的身上，一時都如痴如醉，神為之奪。

唯有阿南的目光冷靜地審視她的周身，時刻關注她的舉動。

在激繁管弦之中，梁鷺一個後仰下腰，以膝蓋為支撐，手托蓮花，整條脊背幾乎貼著水面轉過。鬢邊金花在月牙泉上下交映，閃耀出燦爛光彩，照得她面容皎潔如月，神采更盛。
這個完全不可能的動作，讓眾人看得目瞪口呆，喝彩連連。
廖素亭咂舌不已：「這、這可太神了，僅靠雙足支撐，如何能維持後傾至水面的平衡點？無論如何，人在後仰之際，必須要以雙手支撐，才能穩住身體呀！」
阿南笑道：「也不是不行，如果她的腳下有借力的話。」
廖素亭的目光移向梁鷺的足部，只見她足尖似卡在石蓮的一處凸起中，但那塊凸起並不大，浮石又質地疏鬆，不知要如何借力。
阿南貼近他的耳畔，輕聲說：「蓮房處有另一個人，緊緊抓住了她的腳，因此她才能這般自如地做出種種不符常理的危險動作。」
廖素亭恍然大悟：「原來如此！只要下盤穩住，上身自然可以自由傾斜！」
「咱們第一次過來時，她跳的舞可沒有這般險難的動作。」阿南笑道：「你猜猜，她改變了編排，特意跳這般複雜、只有兩人配合才能跳的舞蹈，是為什麼？」
廖素亭自然不知，而阿南微微笑著，聲音低得幾乎消失在樂聲中：「你看，這不就名正言順，帶了個人進來了嗎？」
樂曲到了最終部分，鼓樂催得如驟雨般急促。梁鷺在旋舞，腳下蓮花亦在水中飛旋，蕩開層層漣漪，波光飛濺。

管弦繁急處，驟然翻出最高音，梁鷺手中的絹製蓮花在水風中化為漫天花雨。月牙泉上樂音頓收靜寂，零落花瓣中水上石蓮的旋轉也漸緩，一曲終了，只剩嫋嫋餘音。

「好！」素來不喜歌舞的皇帝，破天荒撫掌喝彩。

馬允知又驚又喜，忙示意梁鷺行禮。

護衛謹慎地隔開皇帝與月牙泉的距離。梁鷺大方從容，雖然靠岸了，也並未上去，只遙遙隔著護衛人群，在石蓮上向著皇帝盈盈下拜，笑靨如花。

皇帝的目光在她身上停了停，並未說什麼，轉身便帶人進了月牙閣內。

馬允知本打算讓梁鷺跟上伺候，但皇帝周圍重兵護衛，哪有他安排的分，只能喪氣地揮揮手，示意梁鷺先退到一邊。

而梁鷺也不著急，划著石蓮便進入了菖蒲枯萎的岸邊。

月牙閣早已清理完畢，一番徹查確定無虞後，皇帝在眾護衛的簇擁下踏入閣內，略事休整，準備出發前往千佛洞參拜。

雖只稍息片刻，但迎駕哪敢馬虎。閣中早已備下雁蕩毛峰，設好團龍錦褥，熏上了軟絲沉香。

皇帝在閣中坐定，啜了一口茶，抬眼看見面前那扇九天飛龍雲母屏風，不覺來了興致，站起身走到屏風面前站定，端詳上面以五色雲母拼合的飛龍與祥雲，龍顏大悅：「這屏風，頗具匠心啊！」

人群中的馬允知聽到此話，頓時喜不自勝。

皇帝目光在夭矯的龍身與飄飛的雲朵上掠過，待看見龍頭之時，臉色不由一沉：「這怎麼回事？」

馬允知趕緊躬身往前湊，恭謹道：「敦煌遊擊將軍馬允知參見陛下！」

皇帝沉聲問：「你這屏風上的龍，有眼無珠，是何用意？」

「啟稟聖上，此龍乃天造地設，由雲母礦脈中天然生成。臣等將它自地下請出之時，眾人都說此等靈物乃天生祥瑞，怕是凡間留不住，要化為飛龍而去。」馬允知眉飛色舞，將這一番話說得跟真的似的。「是以，匠人們細心雕琢其形，卻不敢添之以神，更不敢點畫龍睛。如今陛下御駕至此，敦煌子民無不歡欣鼓舞，想必只有陛下御筆為這條雲龍點睛，以浩蕩天恩鎮壓龍氣，欽定它長駐龍勒水，才能佑我一方子民永享盛世太平！」

這一番馬屁，結合這十二扇通天徹地雲龍屏風的精采神妙，拍得皇帝舒坦不已，捻鬚點頭：「看來這條天生地養的雲龍，就等著點睛了？好，拿筆來！」

見自己的奉承正到妙處，馬允知欣喜若狂，趕緊恭恭敬敬地跪下，山呼行禮：「請陛下點睛！」

大太監高璺親自捧硯，以斗筆飽蘸濃墨，將它交到皇帝手中。

皇帝接過斗筆，走到雲龍之前，看向那雞蛋大小的眼珠。

此時龍眼尚是灰白色，為了便於上色，打磨成了粗礪的起砂質感，只待這一筆濃墨下去，整條龍身煥發神采，成為一條完整的祥龍。

皇帝背對著他們，提筆頓了片刻，似在醞釀畫意，隨即，他的筆不假思索地下落，點向那顆龍眼。

他筆勢極為有力，轉瞬間便落向屏風，濃墨點在龍眼之上。

就在墨水觸到灰白眼球的那一刻，只聽得嗤嗤聲驟然響起，龍眼猛地噴出熾熱烈焰。隨即，整條雲龍就如被點燃了引線，火光迅速蔓延，整扇雲母屏風噴射出烈火濃煙，瞬間籠罩住了站在屏風前的皇帝。

現場頓時大譁。

侍衛們訓練有素，立即結成人牆，迅速向中心奔攏，冒著被火焰捲噬的危險，去保護聖上。

屏風上濃煙瀰漫，嗤嗤直冒，整座樓閣頓時被煙霧籠罩。

可奇怪的是，在這般險境之中，皇帝站在屏風之前，居然只退了半步，未曾逃離。

韋杭之恐慌至極，一步跨進濃煙中，去護衛皇帝。

然而，未等他在煙火中觸到皇帝，便聽得耳邊似有雷聲炸開。

濃煙烈火中，月牙閣內又是一陣震動。高懸於梁上的四盞大宮燈已有三盞驟然炸開，如火球墜落，摔向下方，飛濺出大團火花。

護衛們被火焰灼燙，頓時亂了陣腳，圍攏之勢緩了一緩。

阿南失聲叫：「六極雷！」立即搶入混亂煙火之中。

燈籠火光飛濺，而流光勾住橫梁，阿南翻身躍起，拔身直撲向屏風內側煙火最盛處。

混亂聲響中，她於濃煙中落地，往前一個直衝，正要定位六極雷的中控，濃煙中已扎入了一個懷抱中。

身穿明黃團龍袍的人迅疾抬手，將她結結實實地抱住，腳下堅如磐石，一動不動。

阿南抬頭看他，濃煙嗆烈，煙焰讓兩人都無法開口，只在眼神交會的剎那，他向阿南點了一下頭，隨即看向腳下。

他的左腳正牢牢踏在屏風前的那塊地板上，即使面前火光如電，爆裂聲四起，混亂中他的身形依舊一動不動，沉穩如山嶽。

阿南鬆了一口氣，扯起衣領捂住口鼻，急道：「千萬不要動，六極雷已動其五，你踩住的這一極一旦鬆動，便立刻爆開了！」

周邊一輪爆炸劇震未過，侍衛們已重新結陣，立即上前。

韋杭之見皇帝身影牢牢站在烈火之中，如同釘住般，嚇得立即撲上前來，要將他從火海中拉出。

阿南一把撥開韋杭之的手，搖了搖頭制止他。

未等韋杭之回過神來，雲母龍身中顯是埋了引燃之物，火光大熾，煙焰亂噴，已徹底燃燒了起來。

那些火與平常的火焰大為不同，濃煙烈焰引燃了冬日厚重錦衣，他們身上的衣服頓時冒出洶洶火光。

這邊的侍衛撲救皇帝身上的烈火，另一批則立即結陣，以皮盾相抵，同時奮力，將面前沉重的火焰屏風向後推去。

在猛烈的撞擊下，那燃燒的十二扇通天徹地屏風失去平衡，終於在轟然聲中向後倒去。

正當火花四濺、眾人回頭躲避之時，後方一條彩衣人影驟然撲出，一腳踏上正在倒下的屏風，手中短劍寒光森然，以鷹擊之勢，向著牢牢站在火焰正中的明黃身影刺去。

遠處的護衛，因為濃煙而無法逼近；近前的侍衛，正被騰起火光迷了眼，如今皇帝的身邊，正錯出了一瞬間的防守空虛。

但只這一瞬間，便已經足夠彩衣刺客的劍尖，遞到他的胸前。

千鈞一髮之際，皇帝右手掌中驟現金屬光芒，如同鎖子甲般細密編織的精鋼驟然於他的掌中擴展又迅速合攏，如同一片雲翳將劍尖瞬間吞噬，響起一股金屬絞纏的刺耳之聲。

那片怪異的精鋼，正是阿南所打造的岐中易「初闢鴻蒙」。

刺客去勢太急，劍尖被重重勾連的精鋼鎖住，收勢不住又無法抽回，整個身子頓時前傾，眼看便要撞在皇帝的身上。

皇帝左腳紋絲不動，卻毫不猶豫地飛起右腳，踹向刺客小腹。

小腹受擊，刺客痛極脫力，手中短劍當即被「初闢鴻蒙」絞走，身體落地趔趄後退。

而對面的皇帝一腳緊踩在六極雷陣心之上，右腳踢出傷敵後，整個身軀也立即一傾，眼看便要失去平衡栽倒在地。

一抹流光劈開煙霧火光，迅疾勾住他的身軀，將其偏離的身體拉了回來。

正是阿南。

兩人配合天衣無縫，他立即穩住身形，左腳牢牢踏在六極雷陣眼之上，未曾有半寸挪移。

「廖素亭，去找楚元知！」

煙焰初散，身著明黃之人沉聲下令，聲音已經變得年輕，再不是那沉穩威嚴的皇帝口音。

摔出去的刺客趔趄爬起，強忍下腹劇痛，縱身便要躍下月牙閣。

因為在近身相搏的剎那，他已經發現，對方的面部與脖頸早已罩上了金絲火浣軟甲——

他做好了萬全準備，甚至可能早就洞悉閣內將要有伴隨火焰而來的一場刺殺，備下了防火與防刺的一應措施，在提筆點睛前，便在背對眾人之時準備好了一切。

也就是說，這場暗殺，是螳螂捕蟬，黃雀在後！

刺客大為驚駭之下，心知自己布置的陷阱已反為他人所用，急轉縱身，便要逃離。

就在他轉身之際，身後火焰熊熊的屏風猛然爆裂。

流火四濺，烈焰紛飛，是阿南掀翻了屏風，操縱它們翻滾相撞。

兩股火焰互壓，並不是相助相長，反倒像是兩個怒漢相搏，竭盡全力後都偃旗息鼓地暗了下去。

就在火焰被阿南撲滅之際，眾人也看到了屏風後刺客的足尖點上了窗臺。

就在刺客躍起逃離之際，面前忽有無數光華驟然紛起。

朱聿恆手中日月乍現，萬縷華光迅疾收攏，將刺客牢牢縛住扯回樓內，一把摜在了地上。

不待他爬起，候在樓內的諸多侍衛已衝了上來，刺客脖子上架著七、八柄刀，被揪了起來。

他不急反怒，死死盯著那被收回的日月，問：「原來那日屠戮我宗諸多兄弟的人，是你？」

他聲音粗嘎，帶著一股非男非女的調調，聽著有種森冷的邪性，正是阿南當時在地下院落中聽過的青蓮宗主的聲音。

閣內火勢已滅，濃煙散盡，刺客的面容也終於呈現了出來。只見他身穿舞姬彩衣，臉上戴著一張似在開口而笑的青色面具，配上那一板一眼難辨雌雄的聲音，說不出的詭異。

阿南脫口而出：「青蓮宗主！」

對方充耳不聞，只冷笑一聲，先朝對面的「皇帝」開口：「皇太孫殿下，你的腳可一定要踏牢了，否則，我們所有人連同這座月牙閣，全都將炸得血肉橫飛——當然，你在陣眼正中間，肯定是炸得最碎的那一個。」

周圍人盡皆大驚，目光不自覺投向那塊被踩住的地板，脊背立即全是涇冷的汗。

見他已察覺到自己身分，朱聿恆便抬手將自己面上的偽裝撕去，冷冷道：「六極雷之威，本王亦曾見識，無需宗主多言。」

「那你可知，關閉陣眼的機關，設在何處？」

所有人的命都握在他的手中，青蓮宗主氣焰囂張，面對脖上刀劍毫無懼意。

朱聿恆略一沉吟，抬手示意，周圍侍從收回了架在刺客脖子上的刀，但刀尖依舊對準了他，不曾鬆懈。

「你有何要求，不妨說來聽聽。」

青蓮宗主如今有恃無恐，撣落了身上的灰土，道：「蒙朝廷厚恩，我青蓮宗如今處處遭堵截追殺，如今行此下策，只為了謀求朝廷一個公正的對待。」

「你們在山東猖獗橫行，殺官員、劫災糧、煽動民變，本王倒想聽聽，何種對待才屬公正？」

「我教一開始不過是貧苦百姓互幫互助，篤守青蓮老母教誨，共濟普救。只因受到地方官僚盤剝，實在無奈才走上對抗官府之路。如今我們大部勢力早已被朝廷於山東剿滅，只求退於西北苟延殘喘，還望朝廷能法外開恩，放我們一條生路！」

「怎麼，真以為挾我們幾條性命，就可以脅迫朝廷了？」朱聿恆的腳一直緊踩住六極雷的陣眼，神情泰然自若。「你們造反謀逆，企圖刺殺聖駕，有何資格與朝廷談判？」

青蓮宗主死死盯著他，聲音更顯冷硬：「還請殿下早做決斷，否則，等你站久了，腳不受控制了，怕是追悔莫及！」

「我看，會追悔莫及的人，是你才對！」危急時刻，阿南顧不得許多，踏上一步大聲道：「一旦六極雷爆炸，你以為自己就能逃得掉？」

青蓮宗主站直了身子，甚至還順手理了理斑斕舞衣上綴著的流蘇穗，冷冷道：「只要能為我青蓮教眾謀取生路，我殞身何懼？」

「可你知道，你這番妄為，首先會奪取誰的性命？」阿南說著，大步走向了朱聿恆的身邊，將一個擋在面前的侍衛拉住，說道：「卓晏，你退開點。」

這個孝服外套著青藍曳撒的人，正是被朝廷臨時調來前去破陣的卓晏。

「卓晏」。這二字如一根淬毒的寒針，直刺向青蓮宗主。

他臉上戴著面具，因此不見神情，但那微縮的瞳孔與瞬間凝滯的身軀，卻讓阿南知道自己算準了一切。

卓晏正死死盯著刺客防衛，沒料到被阿南忽然擠開，愣了一下之後，雖然不知道她是何用意，還是默然地退開了半步。

而阿南微抬下巴，謹慎地盯著青蓮宗主的同時，提高了聲音：「我勸你最好先想清楚，玉石俱焚並無意義。」

「哼……」青蓮宗主頓了片刻，卻又是一聲冷笑。「妳以為，這就能威脅到我？」

「別再做無謂的掙扎了，若妳清楚後果，還想保住自己家人和教眾的話，先把手中的東西放下吧，青蓮宗主……不，唐月娘！」

她一語道破了對方的身分，其他人還則罷了，本就認識唐月娘的卓晏與馬允知頓時大驚失色，卓晏甚至失聲「啊」了出來。

青蓮宗主目光落在卓晏身上，沉聲道：「一派胡言！」

「事已至此，梁舅媽妳又何必負隅頑抗呢？」阿南笑道：「我早已知曉妳的身分、妳的過往，妳一切都已無所遁形了。」

青蓮宗主死死僵立，許久不肯回答。

事關自己麾下的礦場之人，眼看要被捲入刺殺案，馬允知憂懼交加，乾脆豁出去發問：「可……青蓮宗鬧事多年，從未聽說他們的宗主是個女人？」

「有句話叫欲蓋彌彰。眾人都默認青蓮宗主是男人，那麼他要遮掩身分，只要簡單偽裝個聲音不就好了，為什麼非要變成雌雄莫辨的聲調，這豈不是此地無銀三百兩？」阿南說著，又衝著面前的青蓮宗主一笑。「由此，我便想到了葛稚雅之事，她偽裝成太監之時，也是如此變化自己聲音的，以求混淆視聽。」

「但天下女子不計其數，青蓮宗主怎會是一個礦場普通工頭的婆娘？」

「馬將軍難道不覺得，她身上有太多巧合嗎？唐月娘從山東而來，而青蓮宗的餘黨正是在山東被剿滅後流竄而來；梁輝來到礦上，礦場便頻發災害；卓壽離奇死亡後，她的兒子梁壘格外關注卓晏……當然，還有一些小細節。比如說，唐月娘總是把東西打理得整整齊齊，家裡一切乾淨得紋絲不亂，而青蓮宗主也是，在總壇用完檔後，哪怕時間再急迫，也會重新歸置得跟刀切似的平整。」

眾人的目光，頓時落在青蓮宗主那即便生死搏鬥後依舊緊束不亂的髮髻，以及被她下意識整理順直的舞衣流蘇穗上。

「不過讓我確定妳身分最重要的一點，還是因為妳好心幫了卓晏。那日我大鬧青蓮宗，機關坍塌壓到了妳之後，妳自然會受傷，隨即我便發現了唐月娘肩上傷，因此而想調查下去，誰知妳一家人立即演戲潛逃了，甚至還讓梁壘在機關地道中除掉我——」阿南抱臂望著面前的青蓮宗主，微微一笑。「妳說，這麼多疑點都聚到一起了，我能不能鎖定唐月娘就是青蓮宗主？」

青蓮宗主一動不動站在原地，並不出聲。

而阿南笑道：「反正如今妳一家人早已罪行昭彰，如今妳既要談判，那就敞亮些揭下面具談，這麼遮遮掩掩，多沒誠意呀，妳說是吧？」

話音未落，她手中流光疾出，一把扯下了青蓮宗主的面具，露出了她的本來面目——

四十來歲年紀，一張端莊鵝蛋臉，因為平時愛笑，她眼角的魚尾紋十分明顯，正是唐月娘。

她目光掃過卓晏錯愕的神情，事已至此，乾脆也吐出了含在口中的麻核，只是聲音一時尚未恢復那種僵硬死板的感覺：「南姑娘真是神通廣大。我在教中多年，幾乎無人能察覺我的真實身分，沒想到竟在妳面前露出了破綻。」

「不敢，我也只是大膽猜測，小心求證而已。」阿南施施然道：「唐宗主，妳勾結外族，為禍西北，身負多條人命，如今還行刺聖上。我看妳還是趕緊將六極雷的總控處指給我們吧，說不定朝廷還能因此饒妳一條性命。」

唐月娘冷冷道：「行刺之舉不過為我青蓮宗在世上尋一處可供喘息之處，至於其他罪名，恕我受不起，不敢接受姑娘扣過來的罪名。」

阿南與朱聿恆交換了一個眼神，順著他的目光，阿南瞄了瞄簷角一條微不可查的灰線，明白他還需要一點時間來推演六極雷的布置路線。

既然要拖住唐月娘，阿南便抬手示意，讓韋杭之率一干侍衛先退下。

卓晏張了張嘴，看著唐月娘想說什麼，阿南卻道：「阿晏，你也去吧，這事不是你的責任。」

唐月娘冷眼看著一干人陸續撤走，閣內只剩下佇立不動的朱聿恆、阿南、諸葛嘉、韋杭之等人。

正要隨大流離開的馬允知，卻被阿南叫住了：「馬將軍，你身為本地將軍，又是安排此次行程之人，在這邊出事你卻先離開，這樣不太好吧？」

馬允知臉上青一陣白一陣的，只能忐忑走了回來：「多謝殿下許可，容卑職留在此處聽用！」

「好了，唐宗主，接下來我便一樁一件將妳所犯的罪行戳穿吧。從哪兒說起呢……這麼說吧，我在礦上聽到了一些流言，比如梁輝對妳動手，是因為妳前夫找來了；妳與外面的野男人有私情，甚至還送了銀兩之類的。但我問遍了礦場，也無人知曉妳的前夫與野男人究竟是誰，只知道流言最早來自於劉五。

「劉五，礦場看守倉庫的一個普通人。他身上與本案卻有兩處交集點。第一，他是唯一一個知曉卓壽為何會獨自離開礦場，以至於在荒野中被雷火燒死的人。第二，他也是看到了妳與外面的男人私相授受，給了對方銀兩的人。」

說到此處，唐月娘那鎮定的面容上終於微微變了色。

「這讓我感覺有點奇怪。一個不離倉庫的倉管，在差不多的時間內，忽然遇到了兩個祕密。難道說他聽牆角的頻率居然如此之高？再進一步想，那麼有沒有可能，這兩個祕密，其實就是同一個祕密呢？即，卓壽提前離開礦場後死亡，與妳的前夫上門糾葛，其實是同一件事。而妳跟男人私相授受的東西，就是導致了卓壽死亡的原因。」

「這麼一想，我面前一切便豁然開朗了。二十年前的變故、二十年後的重逢，一切都可以連起來，成為一個完整的因果故事。」

眾人的目光全都關注在阿南與唐月娘身上，唯有朱聿恆一邊聽著，目光不動聲色地順著橫梁的灰跡游移，飛快在心中計量測算四面上下的匯聚中控點。

而阿南早有準備，從袖中取出一份抄錄的薄薄案卷，展現在唐月娘面前。

「二十三年前，楊樹溝被北元夷平，全村百餘人一個不留。而當時駐守楊樹溝附近的衛所，百戶馬允知，副手卓壽，剿滅了北元流匪約百人，馬允知由此升職，不久後調任延縣為鎮撫，而卓壽升任百戶。」

馬允知聽到自己名字，頓時一個哆嗦，臉色更難看了幾分。

「當時卓壽私藏太監，為避人耳目，最好的方法自然是生一個孩子。然而，這個孩子要從何而來呢？」阿南慢悠悠地說著陳年閒事，轉向唐月娘。「這個時候，他遇到了一個適齡的、能生育的女人，她在封閉的山溝中長大，在楊樹溝被北元流兵夷平之時倖存，穩妥又乾淨。」

唐月娘神情冷冷地看著她，像在聽另一個人的故事，可眼中的恍惚又像是在看著前世的自己。

「原本，孩子出生後，這個女人自然也該消失在茫茫世間中，再也不會出現。誰知，命運兜兜轉轉，在敦煌這個西北沙城中，他們再次相遇。」

馬允知盯著唐月娘，脫口而出：「卓壽的孩子，是她生的？」

「可讓我疑惑的是，卓壽如何會向當初自己迫害利用過的女子勒索敲詐？而妳看來絕不像是沒有主意的人，又怎麼會瞞著丈夫，偷取家中那麼多銀兩，拿去給自己的前夫？」阿南沒有理睬馬允知，只盯著唐月娘，繼續說了下去：「可事實表明，那日發生的一切，確鑿無疑。妳將銀子交給了卓壽，而卓壽死在了回去的路上。卓壽臨死時，眾人因為懼怕引火焚身，並無人接近；仵作過來驗屍時，他身邊也並未發現銀子，那麼，妳被『前夫勒索』走的銀子，究竟為何會突然消失不見呢？」

說著，她抬起手，指向了地上碎裂焦黑的屏風，眾人的目光隨著她的手，看向了已經燒毀的祥龍眼睛。

墨長澤恍然大悟，道：「當時她交給卓壽，並不是銀子，而是外表包銀的噴火石！」

「對，便是噴火石。拙巧閣坤土堂主康晉鵬曾告訴過我，將煤塊封在窯中乾餾，可製取到焦炭，再與石灰同爐煅燒，如果爐溫夠高，便能得到一種遇水爆燃的石頭，只要稍微加一點引燃物，就能在雨中越燒越旺。」阿南看向咬緊牙關的唐月娘，道：「由此，雷火為何先從卓壽的左肋燒起也便不言自明了。因為妳做了一件事，讓他肯定會將致命的東西放在此處。」

她伸出手，做了一個接過東西的手勢：「銀子，以右手接過，探入衣襟，揣在懷中。」

諸葛嘉質疑道：「可卓壽曾是應天都指揮使，就算充軍下放，他何至於向一介婦人勒索這麼點東西？」

「卓壽不至於，但唐月娘可以製造機會啊。比如說，她還念著當年親生的孩子，因此給他打了平安鎖，請他代為轉交給孩子。銀鎖一般都是空心的，為了防止凹陷，裡面填充些東西也很自然，窮人家甚至只在外面包一層銀上去，因此卓壽自然不會起疑。

「送銀鎖的時機，當然是經過謹慎選擇的。西北少雨，而那天卻難得即將下雨。卓壽本是與別人一起來的，卻因為被劉五發現了他與唐月娘私相授受，於是卓壽被唐月娘催促著獨自匆匆離開。而在回去的路上，傾盆大雨下了起來，前不著村後不著店又沒帶傘的卓壽，在雨中看到人群聚集的避雨處時，他第一件事，應該便是以溼漉漉的手，摸一摸懷中那個讓他心神不寧的銀鎖——於是，手上的水頓時濡溼了噴火石，火光爆燃，將他貼身衣物及整個人燒了起來。雨越大，水越多，火燒得也就更旺，卓壽便死得更慘。」

唐月娘咬緊牙關，緊攥成拳的手微微顫抖，卻一聲不吭。

見她這模樣，馬允知怪聲怪氣道：「唐月娘，所謂一日夫妻百日恩，何況你們還生了卓晏這麼一個好孩子，妳於心何忍呢？」

「閉嘴！」唐月娘抬手指著他，咆哮道：「你明知當年我們全村是如何被夷滅的！馬允知，我不會放過卓壽，更不會放過你！」

聽著她的嘶吼聲，馬允知下意識一哆嗦，又趕緊站直了，不敢讓人看出異狀。

可惜朱聿恆已看向了他，沉聲問：「馬將軍，你有何話可說？」

馬允知趕緊道：「沒有！她來敦煌之前，我從未見過她，也不知道她為何恨我……」

「你從未見過我，可我見過你。」唐月娘尖銳的嗓音打斷他的話，臉上的神情也現出扭曲。「若不是我還要藉此布局，你以為，你能活到現在？」

馬允知強自反駁道：「大膽！無知匪首，膽敢對本將軍咆哮！」

「馬將軍，你也知道自己是朝廷將軍？」阿南聲音亦轉冷，目光微寒盯著他：「當年你和卓壽，時常因為剿北元遊襲不利而遭受軍法處置，罰俸受笞。不過巧的是，很快你們就立了一場大功，斃敵百來人，受到了獎賞，你還因功擢升了。而更巧的是——當時被北元劫掠殺光的楊樹溝，也是百來人的村落。」

唐月娘死死瞪著馬允知，目光如刀。

「我又想，是什麼原因驅使唐月娘居然願意與殺害了自己所有親人、甚至將自己家鄉夷為平地的北元合作？看來只有一個答案——楊樹溝並不是毀於北元兵賊，而是被你們屠戮了，用於應付差事，升官發財。畢竟，在荒原上要找幾股流匪很難，但屠殺一村老弱就簡單得多了！」

馬允知一聽這話，立時看向朱聿恆，見他目光與阿南一般冷厲，頓時嚇得汗出如漿：「妳……妳胡說八道！」

「馬允知。」朱聿恆是上過戰場的人，不是沒見過這種殺良冒功的戲碼，冷冷開口：「從實招來，當年你與卓壽，是不是為了向上面交差，殺不了北元兵匪，就屠殺了楊家溝的人，貪功領賞？」

馬允知撲通一聲跪在地上，全身抖若篩糠：「殿下明鑑，這、這女人滿口胡言，卑職絕對不敢……」

「你有什麼不敢的！」唐月娘打斷他的話，厲聲道：「二十三年前，我女兒大丫週歲那一日，我與丈夫、公婆在家中燒了一桌好菜，請了一家親戚過來喝週歲酒……到天快黑時，大丫睏了，我抱著她進屋哄她睡覺，忽然聽到外面響起驚叫聲，我丈夫他……全身是血地撲進來，讓我抱著女兒趕緊躲進地窖。他趴在地窖口上幫我們遮擋，我抱著女兒縮在地窖中，透過頭頂磚縫看見持刀帶人闖進門的凶徒——馬允知！」

唐月娘舉起手，指著面前跪伏在地的馬允知，目眥欲裂：「當日率眾殺人的，就是你！我到死，也不會忘記你這張臉！」

馬允知聲音嘶啞：「妳……妳血口噴人！」

唐月娘沒有理會他，她的神思彷彿回到了二十三年前，聲音也劇烈顫抖起來：「你殺光了我親人，把左耳割掉，當作殲敵憑證，又一把火燒了我們全村。我躲在黑暗的地窖裡，被透進來的煙嗆到昏迷，醒來後發現女兒已經被熏死在我的懷中。我爬出來，全村已盡成焦土，而卓壽獨自回來查看現場，發現了我……」

他沒有殺她，只將她鎖在了衛所的廢棄囚房，逼她替自己生個孩子。她在不見天日的地方待了一年多，因為卓壽總是蒙面而來，放下吃食便走，連他面目都未曾看清過。

等到孩子呱呱墜地的那一刻，她連孩子是男是女都不知道，他便抱走了孩子，再也不看她一眼。

她離開衛所後，沒了家也沒了親人，只能在外流浪乞討。

是青蓮宗眾救了餓暈在田間的她，在一群衣衫襤褸的窮苦民眾中，她第一次聽說了青蓮宗的名號，知道了青蓮老母救苦救難普度眾生的故事。

她開始虔誠地信奉青蓮宗，夢想著獲得青蓮老母的神力，終有一日能手刃仇人。

她豁命努力，既有韌性也有天賦，很快便成了教中得力的人物。因為朝廷的動盪，她隨流民輾轉去往山東，並在那裡遇到了在山東青蓮教中頗得人望的梁輝，在宗主的安排下，結為了夫婦，有了梁壘這個孩子。

她再度有夫有子，十幾年時光似乎也就這麼過去了。但，她心中存著的復仇之火，卻未曾有一日熄滅。

她見過了世面，也發覺了屠村兵丁的服飾根本不是北元的，家園一夜之間化為灰燼的理由，變得扭曲複雜。

直到十數年後的一天，某個要人途經山東，滿街的人都被屏在巷中，由雄壯整肅的大隊兵馬先行通過。

她在街角抬頭看，日頭從上方逆照，騎在馬上率眾入城的那條威嚴人影，與當年抱著她孩子離開的那條身影，重疊了。

她打聽到那是即將赴任的應天都指揮使卓壽，也知道了他膝下有一個與她孩子一般大的獨子。

那時她的身手已非當年那個無知村姑，讓她敢於潛入登州知府苗永望的府邸，打探行蹤。

可惜她尋錯了路，堵錯了人，沒能堵到卓壽，卻遇到了苗永望。

而苗永望卻是個無比警覺的人，在她逃離之後，命人追蹤到了她，查知了她是青蓮宗的人。

那時青蓮宗主率眾在山東起事，又在圍剿中身死，臨死之前將青蓮宗託付給了唐月娘，唐月娘才知道原來從不以真身示人的宗主，與她一樣都是女子。

為了安定人心，她將宗主埋葬後，披上了她的衣服與面具，口含苦麻核，頂替了從不以真身示人的宗主。除了日日相見的家人有所察覺外，其餘教眾都以為，他們的宗主未曾更換過。

可苗永望利慾薰心，為了察知卓壽的祕密，暗地遣人跟蹤了她足有一年之久，並著手調查卓壽的過往。不但探知了她的雙重身分，還察覺到了她對卓晏的異常關懷，推測卓晏可能是卓壽與青蓮宗主生下的孽種。

他滿懷得意，給流放西北充軍的卓壽寫信，表明自己早已知曉他當年與青蓮宗匪首的牽絆，建議他藉助兒子來制伏青蓮宗，或可將功贖罪，獲得起復機會，否則青蓮宗擅引天雷，他必定不得好死。

但唐月娘此時早已安排了青蓮教眾入他家為奴，他清理廢紙簍之時拼湊出了信上內容，傳給了唐月娘。

苗永望得意洋洋去南直隸籌糧借兵，自覺掌握了青蓮宗的大祕密，可以憑此功勞獲得榮華富貴，於是樂不可支地跑去教坊尋歡作樂。誰知唐月娘授意方碧眠，稍動手腳便幹掉了他。

山東青蓮宗大勢已去，唐月娘知曉西北出了新的大礦之後，便決心攜精銳轉移。可她沒想到的是，來到敦煌之後不久，她便發現了來礦場視察的遊擊將軍馬允知，認出他是當初率眾屠村的仇人。

她也與卓壽再度相遇。這個時候，這男人已經既不是強迫她懷孕生子的兵匪，也不是高高在上的都指揮使，而是流放充軍的司倉。

她製備好了噴火石，只待選擇一個能碰水的時機送給他，他便能與當初她所有的至親一樣，成為一具慘死的焦屍。

但她沒想到，不需要她尋找機會，因為苗永望寄給卓壽的信，他竟在人群中留意到了她，並且對她說，願意彌補自己的過失。

彌補，如何彌補呢？他準備用什麼方法，向她家鄉的一百條人命贖罪？

因此她只從懷中掏出了早已準備好的東西送給了他，說，這些年她一直心心念念牽掛著自己那個孩子，為他求了一個平安鎖，希望他能將它帶給孩子。然後她假裝被人撞破行跡，催促他趕緊離開。

——與她觀察到的天象無差，那一日的沙漠中，果然下起了大雨。

當天晚上，她便聽到眾人講起這樁奇聞，新來的敦煌司倉，不知道造了何等深重的罪孽，居然被雷火活活燒死了。

「卓壽惡貫滿盈，終於下地獄去了，而接下來，該死的人就是你！」唐月娘抬手一指滿頭虛汗的馬允知，厲聲道。

馬允知臉上灰敗，勉強挺起胸膛道：「血口噴人！本官是順天延縣的百戶，抗擊北元遊匪更是多次受到朝廷嘉獎，豈是妳這個刺客一張嘴可以抹黑誣蔑的？」

「哼，你以為當年所做的事情，沒有了物證就可以瞞天過海了嗎？」唐月娘聲音比寒冰更冷，目光中的神情卻比刀子更鋒利：「我早已拿到了北元歷年來的遊兵圖，二十三年前，根本沒有任何一支北元兵馬接近過順天！那麼，率兵屠殺了我們全村的人是誰，你拿去領賞升官的一百多隻左耳又是誰的？你說！」

馬允知張口結舌，惶惑中一個字也吐不出來。

朱聿恆終於開口，道：「唐月娘，此事朝廷定會依照國法軍律，追究他當年殺良冒功之罪，該殺就殺，該剮就剮，給你們全村一個交代。」

唐月娘哼了一聲：「太晚了！」

馬允知自知無可抵賴，體若篩糠伏地哀求道：「殿下明鑑！卑職當年率眾屠殺楊樹溝，是……是卓壽提議的！卑職也是一時糊塗，當年因為剿匪之事，動不動就被叫去挨軍棍，每每骨頭都要打斷……卑職當時哀嘆自己總有一天會被活活打死，結果卓壽提議說、說不如我們另尋個法子，咬咬牙先把這一關給過了——」

阿南冷笑一聲，打斷他的狡辯：「怎麼，因為卓壽死了，馬將軍便要將一切罪行推到他的頭上？」

「當年這事確是卓壽提出的，他還帶我一起去屠村……」

「若是如此，怎麼你升上去了，他一個人留在邊防繼續率領那幾個小兵屯田？殺良冒功，這可是天大的罪行，結果你升官後不與他共富貴，他後來也與你並無交情，這是一起屠過村的同謀？」

馬允知目光游移，抖抖索索著汗出如漿。

「而且卓壽被充軍至敦煌後，常與你不和，甚至鄙薄你的為人。依我看來，當年屠村時，卓壽這個剛剛外來的副手，怕是被你們這群兵匪隱瞞在外，這才解釋了為什麼你們燒殺之後那麼久，他才一個人過來查看現場，並且帶走了唯一倖存的唐月娘！若他真的參與了此事，唐月娘生子後，沒有了利用價值，他該直接殺掉。可他並不懼怕屠村罪行，這說明他只想要孩子，對於唐月娘村落的事情，他管不了，也無法管！」

唐月娘怔怔地聽著，那憤恨扭曲的臉上，一瞬間出現了片刻的迷惘。

「唐月娘，妳殺卓壽情有可原。他身為邊關將士，發現上司殺良冒功，卻不去揭發此事，反而關押了妳這個倖存者，還強迫妳為他生兒育女，是他該死之處。」阿南轉向她，清楚說道：「但一碼歸一碼，他不應該那樣死，尤其不該全身焦黑被燒死，因為這懲罰，該用在妳全村的仇人上，讓那個人那般死去，才是正理！」

唐月娘聽著她的話，眼睛頓時轉到馬允知身上，目光森冷如刀。

「可是，就這麼把馬允知連妳自己一起炸死了，豈不是掩蓋了他的罪惡？他犯下這累累罪行，不應該廣為周知，受萬人唾罵嗎？」阿南又問她：「再說了，阿晏一直在尋找親生母親，他還記得妳給他做過的羊肉滷子麵，念念不忘呢……」

唐月娘目光中閃過一片虛軟，但隨即，她便狠狠一咬牙，臉上又現出冷笑來：「南姑娘，別企圖以母子親情來打動我。這麼多年來，青蓮宗救我育我，宗中兄弟姊妹支撐扶助，早已勝似我的家人。別說那個我未曾餵養過的孩子了，就算是大丫、是壘娃兒，甚至我自己，為了保全我的宗中兄妹，我都可以毫不猶豫犧牲掉！」

隨著她的咆哮，朱聿恆終於輕輕舒出了一口氣，向阿南使了個眼色，意指自己已經洞悉了閣中六極雷的走向。

可廖素亭已去了許久，遲遲未將楚元知帶來，六極雷沒有他的主持拆卸，如何保證安全？

阿南不動聲色地走到窗邊，朝下面看了看。

為了引唐月娘現身，他們放出風聲聖駕今日去千佛洞祈福，楚元知便也帶了金璧兒過來，準備兩人一起去佛前添香祈福。

梁鷺與其他歌舞伎一起居住於月牙閣後的一排平房內，是以到了這邊後，金璧兒自然去了她的屋內歇息。

阿南一眼便看見了廖素亭正在一間小屋門口，手按在刀柄之上擺出戒備模樣，卻並不見楚元知從裡面出來。

顯然，裡面出了什麼問題。

未等她細細思索，只聽得砰的一聲尖銳聲音響起，一道濃煙穿透下方屋簷，直衝雲霄——

是一支響箭，嗚咽聲令閣內正在與他們對峙的唐月娘頓時變了臉色。

她一瞥空中響箭，立即察覺到阿南向下看的用意，隨即一掌重重擊在身後欄杆上：「好啊，原來你們根本沒有談判之意，只企圖拖住我，好對我青蓮宗眾下手！」

隨著她的重擊，月牙閣四角的第一跳華栱之下，同時無聲無息翻出了黑沉沉的弩箭機括，全部指向了閣中。

看那角度，它們對準的，正是踩住六極雷機關眼的朱聿恆。

「既然如此，也沒必要談判了，你們來世投個好胎吧！」

說罷，她的身影在窗口一閃即逝，已經翻出了欄杆。

阿南正要阻攔，閣內風聲勁疾，機括彈出，四角弩箭已齊射向陣眼中的朱聿恆。

日月光芒迸發，無數光點自他掌中飛射，就在弩箭向他疾射而來之時，光點一旋一轉便改變了箭頭去勢，奪奪幾聲扎入了地板。

而他身後難以護到之處，阿南也在瞬間出手。

流光擊向斜前方華栱，勾住斜後方的弩身將其扯歪的同時，她飛身而起，足尖一把勾過面前花架，將上面的花盆狠踹向朱聿恆正背後那具弩箭。

譁然碎裂聲中，花盆將弩身撞得歪在一旁，嗖嗖射出的弩箭立時偏了方向，深深扎入牆壁之中。

第一波弩箭設完，朱聿恆叫了一聲：「阿南，來！」

阿南與他心意如一，兩人配合默契，弩機第二次啟動的聲音未落，她已一步跨到他的身後，與他脊背相抵。

四周簷下，第二波弩箭齊發，籠罩住了整座樓閣。

幸好在阿南擊打之下，弩箭匣機只剩了兩具對準他們。日月輝光流轉，在他們周身穿梭如電，只聽得破空風聲不絕，夾雜著青蚨玉嚶嚶嗡嗡共振共鳴之聲，飛射而來的弩箭大失準頭，在他們周身落了一地。

二輪激射結束，朱聿恆手中日月之光收束，防備第三輪攻擊來襲。

他的腳依舊穩穩踏在六極雷陣眼之上，紋絲未動。

在死角處避開弩箭的韋杭之已冒險站起，舉著皮盾衝往簷下，抬刀狠狠向隱藏弩機處射去。

喀答一聲，弩機立即被他的巨力釘入，就此廢掉。

後方諸葛嘉如法炮製，操起長刀，將另一具弩機貫穿。

阿南直奔到窗口，朝下一看，月牙泉上水波動盪，唐月娘已不見了蹤跡。

她氣恨地一拍窗口：「可惡，居然讓她給跑了！」

「月牙泉邊重兵把守，她逃不了！」諸葛嘉冷冷一揚眉，當即向下追去。「她敢冒頭，我就把她按死在水裡！」

阿南回頭看了朱聿恆一眼，見韋杭之謹慎地守在他的身旁；而另一邊，馬允知躲避不及，被弩箭射中了膝蓋和肩膀，正捂著傷處瑟縮強忍，不敢呼痛。

「阿琰，再堅持一下，我馬上回來！」她說著，連樓梯也來不及走，流光勾住簷角翻身而下，直降向梁鷺的屋子。

第十四章　大鵬金翅

月牙閣後平房外，廖素亭一見阿南落地，立時急道：「南姑娘，梁鷺劫持了楚先生與金璧兒！」

阿南往內一看，梁鷺的刀正抵在金璧兒心口，衝著對面的楚元知冷笑道：「表姊夫，摸出你身上那柄匕首，想要表姊活命，你就把自己的手筋給斷了！」

楚元知臉色慘白，右手抖抖索索地摸到自己腰間的匕首，正抵在臂彎處遲疑之際，只聽金璧兒驚叫一聲，梁鷺抵在她胸口的刀尖送了半寸，她心口頓時一股鮮血湧出，染紅了衣襟。

「璧兒！」楚元知失控嘶喊，眼圈頓時通紅。

「怎麼，心疼啊？平時看你們那麼恩愛，就讓我瞧瞧是真的還是假的！」梁鷺的刀尖順著金璧兒的胸口往上挪移，抵在了她的咽喉處，眉頭一豎厲聲道：「反正你的手早就廢了，拿它來換金璧兒一條命，你捨不得？」

看著金璧兒咽喉處迅速沁出的血珠，楚元知抓緊了匕首，當即便朝著自己的臂彎狠狠扎下去。

就在刀尖即將觸到皮膚的瞬間，流光在室內一閃而過，將他手中的匕首捲住。

阿南一甩手，匕首脫手，噹啷一聲掉落於地。

她一腳踏進屋內，說道：「這可不行啊，楚先生。月牙閣上正危急萬分，就等著你去解決呢，你的手怎麼可以出事？」

楚元知沒有回答她，只倉皇地看向面前金璧兒。

梁鷺氣急敗壞，陰狠地瞪了阿南一眼，壓在金璧兒頸中的刀子更重了一分，鮮血順著刀子滑落，滴滴落在胸口。

「楚元知，你已經殺了我表姊父母，難道還要眼睜睜看著她去死？」梁鷺咆哮道：「二十年前你放火焚燒驛站，把我表姊全家都燒死了！你要有人性的話，就給我撿起刀子，在你妻子面前替自己贖罪！」

楚元知如遭雷殛，整個人頓時搖搖欲墜。

他竭盡全力遮掩了二十年的罪孽，居然在此時被一口喝破，以最無可挽回的方式，呈現在了金璧兒面前。

阿南亦是心口一緊，立即看向金璧兒。

原本在梁鷺的挾持下抖抖索索的金璧兒，此時驟然聽到梁鷺的話，頓時瞪大了雙眼，直直地盯著楚元知，雙唇顫抖，卻一個字也吐不出來。

「胡說八道！」見事態即將無法挽回，怕楚元知真的就要撿起地上的匕首自戕，阿南立即撕破了此時局勢，指著梁鷺怒道：「口口聲聲表姊、表姊夫，妳以為自己真是什麼梁鷺？北元王女，妳這種假冒作祟的人，也敢在我們面前胡言亂語，編造事實，張口便來？」

楚元知與金璧兒還在震驚悲慟中，來不及反應，而梁鷺聽到阿南猛然喝出「北元王女」四字，身體便是陡然一僵。

阿南反應何等迅疾，只需對方這一瞬間失神，她的流光早已出手。

一抹弧光纏上梁鷺持刀的手臂，迅疾一轉，她只覺得手臂一涼，手中刀便不受控制，噹啷落地。

右臂鮮血噴湧而出，梁鷺才感覺到鑽心劇痛，叫了出來。

本已呆滯的金璧兒，也不知哪裡來的力氣，一把從她的禁錮中衝出，向著面前的楚元知撲去。

兩人緊緊擁抱在一起，都是淚如潮湧。

梁鷺捂住已經徹底沒有了力氣的手臂，靠在牆上，死死盯著阿南，從牙縫間拚命擠出幾個字：「妳說……什麼？」

「怎麼，妳以為自己的計畫天衣無縫，不可能被人察覺嗎？」阿南一步跨到她的面前，足尖挑起地上的短刀，踢到牆角。

「可惜妳再怎麼掩飾自己，也改變不了出生之處的習慣。金姊姊幫妳折衣服之時，就因為門襟向下折疊，妳便大發雷霆，認為我們在咒妳。」她走到梁鷺面前，俯頭緊盯著她道：「當時我只覺得妳脾氣古怪，後來才發現，原來北元風俗，衣服前襟向下是在收拾遺物！」

「就算我知道北元風俗又怎麼樣？」梁鷺咬緊牙關，狠狠道：「北元王女，早已被你們設計害死了！死在你們疆域中！」

「怎麼，為了挑動邊關血雨腥風，甯順王難道真捨得讓親生女兒慘死？」阿南冷笑一聲：「不過，死一個侍女瑙日布，那肯定無關緊要。」

「瑙日布……她為了弟弟害死王女，事發後畏罪跳井身亡，人人皆可作證！」

「怎麼會呢，妳不是好好站在這裡嗎？」阿南抱臂打量著她，聲音嘲諷道：「甯順王在挑選送嫁人之時，選擇的都是未曾見過王女的人員。所以，妳完全可以在出發前便與侍女換了身分，一路頂著『瑙日布』的名號行事。送嫁隊伍的人說，王女整日悶在車中神思恍惚，而侍女卻頤指氣使，所謂夢見自己被火燒死之語，也全是從侍女口中傳出。在發現了瑙日布那封密信之後，眾人皆以為這是她為了救弟弟而替北元王女選好的死亡手法，可其實呢，一切恰好相反。」

阿南說著，從懷中摸出那個金翅鳥頸飾，在她面前亮了亮。

「這是我在地下水道撿到的、屬於北元王女的頸飾。讓我來猜測一下當時的情形吧——妳早已在瑙日布的衣領口縫了以噴火石所製的鈕扣，當日趁著下雨，便與她一起走下坳地，在眾人都看不見妳們之時，一把扯掉瑙日布頸上的金翅鳥首飾，將手中傘傾向自己。瑙日布頸間的噴火石鈕扣失去了遮掩，立即在暴雨中劇烈燃燒。咽喉受損，瑙日布迅速失去意識，死前唯一的動作，應該就是抬手扼住自己劇痛的喉嚨，因此造成了那般怪異的死狀。

「接下來，妳便裝出害怕的樣子，留下瑙日布被漢人脅迫的證據，藉跳井死遁，與早已聯絡好的青蓮宗會合，冒充起了梁家早已不知下落的雙生姊姊梁鷺。唐月娘機關算盡，在月牙閣設下噴火石、弩箭、六極雷三重殺機，而妳則以自己跳的舞難度太大，需要人說明為由，帶唐月娘混入月牙閣，並在發現隨行中有擅長六極雷的楚元知之時，負責解決掉他。」

阿南逼近她，一字一頓問：「事到如今，妳還有何話說？」

旁邊的楚元知與金璧兒終於回過神來，兩個人相扶著站起身，不敢置信地望著面前的梁鷺：「表妹，妳……」

「呸，我是北元高貴的王女，誰是你們表妹！」梁鷺無可抵賴，終究露出猙獰嗤笑。「憑什麼？憑什麼同是草原的兒女，男人能劫掠廝殺，為我北元百姓開疆擴土，我做女人的卻只能被送來和親，要乖乖做異族的女人，到這邊來做小伏低忍氣吞聲？」

阿南冷冷道：「妳是為兩國交好而來的，邊境亦有不少百姓盼著妳能帶來和平，讓他們免受戰火之苦。」

「為兩國交好？笑話，我只相信以力服人！如果不能騎馬持刀把你們打怕、打服，靠一個女人用身體能哄得住男人？就算哄住了，又能撐多久，又是什麼光彩的事？」臂上血流如注，她臉色已現慘白，瞪著阿南的陰狠之色卻愈發濃重。「我小的時候，能騎最烈的馬，射箭摔跤誰也不是我的對手。可在我父王當上了甯順王之後，他便逼我學習漢話、練習歌舞，因為他已經策劃好了我的命運，要將我像牛羊一樣送出去！可邊關的戰火，兩國的仇怨，不可能靠我的歌舞解決，只有鮮血與殺戮，才能血洗仇怨！」

「那妳的侍女瑙日布呢？妳不願意放棄自己放肆快意的公主人生，她卻生來便要服侍妳，甚至在最後，還要作為妳脫身的工具，慘死於火中。妳自己的命便要過得瀟灑自在，其他人就要為妳鋪路，憑什麼？」

她目光中的狠戾終於閃爍了一下，但隨即便被狠狠壓了下去，她嘶吼道：「憑我是北元尊貴的王女！」

「妳既然是王女，享受了尊榮，就該同時承擔起責任，承擔起百姓的期望。」阿南盯著她，厲聲道：「只有得到，沒有付出的人生，這世上怎麼可能存在！」

她身體劇烈顫抖著，氣息急促，最終一句話也擠不出來。

「楚先生，我們走！」阿南再不理她，轉身便向外走去。

就在她跨過門檻之時，身後忽然傳來金璧兒失聲的低叫。

阿南回頭一看，王女跌在牆角，那柄沾了金璧兒鮮血的利刃，已經被她自己送進了胸膛。

阿南默然看著她，而她嗆咳出無數鮮血，痛苦不堪，臉上卻兀自對她露出一個凶狠笑意，在滿臉的鮮血中，顯出猙獰，也顯出悲愴：「別想帶我去羞辱父王……我踏出王庭之時，就再也沒想過要……活著回去！」

阿南知道她已必死無疑，抿唇沉默了一瞬，走到她面前，蹲下來將金翅鳥塞進了她的手中。

「帶走吧，這是屬於妳的，妳丟不掉。」

她茫然舉起自己的手，死死盯著金翅鳥看了片刻，將這北元王族的尊貴象徵緊緊按在了鮮血不斷湧出的心口，再也沒有了氣息。

將金璧兒托給廖素亭，阿南帶楚元知急匆匆奔上月牙閣二樓，一眼看見朱聿恆還巍然不動，才鬆了一口氣。

楚元知喘息劇烈，一看朱聿恆腳下的情形，頓時額頭沁出了豆大的汗珠：「殿下，千萬別鬆動！」

「放心吧，早就踩半天了。」阿南說著，又問朱聿恆：「四方上下六點中心及分散處，算出來了嗎？」

朱聿恆的腳一直定在這塊地板上，一動不動已有半個多時辰，此時只覺腿部又麻又脹，如無數的螞蟻在血管中亂鑽。

他無法確定自己的腳是虛浮的還是牢牢踩住地面，太久僵直的神經已經麻痺，只能抬手緊按住自己的腿，免得感覺欺騙了自己。

「差不多，妳替我爭取的時間剛好夠了。」朱聿恆說著，轉頭對楚元知說道：「楚先生，我只知道六極雷的一些粗淺理論，未曾深入研究，請你再與我解釋一下。」

楚元知定了定神，道：「六極雷為我叔公所創，時逢亂世，他加入拙巧閣抗擊北元，當時閣主傅靈焰與他一起改進了我楚家之學，也因此雷火之法中雜糅進了鬼谷子密技，有道家陰陽相生之法在。」

隨即，他便取了一截被燒焦的木頭，在朱聿恆面前畫出了六個點，代表四方與上下，又道：「此地月牙為弦，樓閣為抱，當以三丈一雷、六尺一震之法布設機關……既然中控陣眼在殿下腳底，依照上下相諧之宗，鬼谷子有云：陽動而出，陰隨而入，爆炸處定在上方。再根據四方互動之法，陽動而行，陰止而藏，爆發之點應隱於木中，以悶炸法雲集回應。又據前後相生之術，陽還終始，陰極反陽……」

楚元知匆匆說著口訣，在地上計算著。

四個方向畫圖計算還能具象，但六極雷多了上下兩處標識，他卻一時無法在地板上描繪出來。

正在遲疑之際，朱聿恆的手一動，袖中的岐中易滑出，他的手指勾住關鍵圈環將其撐開，指著中心點，問：「適才我觀察周邊相互勾連之勢，若中控算作中心這一點，那麼從均衡力道之意出發，是否可將閣內空間看作這個岐中易，那麼，只需要找出最關鍵的六個支撐點，將其破壞掉，便能使整座樓閣徹底坍塌？」

「是，這也是六極雷的原則——無論何種地勢，只需要六個點，必定破之。」

「好，那麼以月牙閣的各梁、柱、牆、簷為支撐點，額外附加爆炸衝抵之力，我的計算便不會錯。」生死攸關的時刻，朱聿恆深深吸了一口氣，又長長呼出，然後將手中的岐中易一下撐開，指著第一點，揚聲道：「阿南，西面簷角第二根椽下。」

阿南流光飛射，足尖一點便躍上了簷角，身體倒仰前傾，手下無比俐落，手指尖順著簷角第二根椽子一路迅速地敲擊向前，直到確定了夾角處，臂環中彈出小鉤子，迅疾插了進去，將那處相接的榫卯飛快起出。

填埋於此的火藥在風中頓時散落，裡面不知添加了何種藥劑，有一、兩撮見風即燃，在她周身開出簇簇一瞬即逝的火花。

來不及揮去火花，只聽朱聿恆又道：「正南，第一根柱子，從上至下，二尺六寸處。」

阿南腰身一擰，在萬千細碎光亮之中翻仰而起，一手勾住橫梁，身形一晃便輕巧踏著屋簷掠去，片刻間已在柱子上尋到了二尺六寸處。

臂環中小刀彈出，俐落地插入朱漆柱子之中，隨著油漆破裂的清脆嗶剝聲，刀尖抵到了裡面一塊堅硬的東西，從聲音辨認，應該是一塊金屬的東西擋在前面。

她手中小刀順著金屬飛速下滑，確定範圍，扎入柱中用力一挑，金屬塊跳出，藏在朱漆下的細線立即被她截斷。

「正北……」

閣內所有人屏息靜氣，看著朱聿恆毫不遲疑地吐出方位，而阿南絕無猶豫地準確下手，如臂指使，配合得天衣無縫。

四個方位的定點剔除，阿南回到朱聿恆的身邊，略鬆了一口氣。

而楚元知蹲在朱聿恆的腳前，已經確定了陣眼的深度與大小，朝阿南比劃了碗口大的一個範圍。

一番折騰，阿南額頭沁出細密的汗珠。

朱聿恆抬手，將幾滴即將滑落到她眼中的汗水抹去。而她只朝他點了一下頭，抬手示意他將隨身的「鳳翥」交給自己。

定了定神，她將這無比鋒利的匕首持在手中，看向他依舊死死踩住陣眼的足尖。

七層絲緞精縫隙合的六合靴，以銀線密密在鞋幫口沿處繡出雲海波濤，將他的腳妥貼地捧住。

「這麼精緻的靴子，炸壞了多可惜啊。」阿南抬手彈彈鞋幫，讓韋杭之不由死死瞪著她，不明白這女人在這般危急下，怎麼還能擺出這副滿不在乎的模樣。

握緊了手中鳳翥，阿南俐落地向下切去。

她的手既穩且快，鳳翥削鐵如泥，在地板上打出幾個孔後，將匕首釘在正中，然後向下一拍又立時抓起。

地板被挖出了碗口大的一個洞，與楚元知比劃的範圍不差分毫。

楚元知伏下身，急忙去查看地板下方。

下面一片黑暗，阿南點亮火摺子，精銅的鏡面反射著光線，照亮了切口下的機括。

藉著亮光，楚元知伸手探入下方，細細摸索，微皺眉頭。

阿南看著他顫抖的手，示意韋杭之：「你帶所有人退出。」

歷經過無數大難險境的韋杭之，聽到她這句話，脊背頓時被冷汗浸溼。

他單足跪於朱聿恆面前，按住他的腳，嗓音微顫：「殿下，讓屬下代替您，將機關壓住！」

阿南抬手一按他的肩，示意他起身：「我知道韋副統你忠心耿耿，可無論交接時如何謹慎，都難免會使壓力產生變化，屆時六極雷發動，咱們都得死。」

「可……」韋杭之張了張口，還待說什麼，朱聿恆抬手示意他：「都下去吧，有阿南和楚先生在，我不會有事。」

韋杭之看向蹲在地上的阿南和伏在地上的楚元知，遲疑一瞬，然後揮手命令所有人退避，將他們遠遠遣到月牙泉外，回身又迅速返回朱聿恆身邊。

阿南朝他一揚眉：「是信得過我，還是不信我呀？」

韋杭之緊緊抿脣，沒有回答。

「放心吧，不會讓你失望的。」阿南聲音低低的，手下卻毫不遲疑，與楚元知對望一眼，確定他準備好之後，點了一下頭。

楚元知深吸一口氣，勉強控制自己顫抖的手，迅速探入了陣眼。

朱聿恆只覺得腳下輕微一震，他垂眼看向阿南，而她抬頭看向他，雙脣微動：「別動，聽我的話。」

朱聿恆微一點頭，看見她低頭緊盯著楚元知的手，那一貫不正經的面容上，沁出了一層薄汗。

她的目光中透出冷且堅定的光，定在他腳下的陣眼之上。

楚元知的手按住微震處，他的手雖然微顫，但對於所有動作都了然於胸，流暢地閉鎖了陣芯，將其牢牢控住。

「走！」

原本一動不動的朱聿恆足尖，因為阿南的聲音，身影幾乎是下意識地拔地而起，向後急躍。

陡然脫控的陣芯「錚」的一聲，當即從楚元知的手中彈出。

這是個黑黝黝的六稜形，眼看就要撞上地板之際，阿南的流光早已將其捲住，一把從窗口中甩出，砸向遠處沙漠。

沙丘驟然發出劇烈聲響，疾飛的陣芯在沙中爆炸，揚起了大片塵沙。

直至此時，楚元知才鬆了一口氣，道：「沒事了……清除周邊殘線便可以了。」

朱聿恆的腳在地上實在僵立了太久，聽到他的話，一口氣鬆懈下來，整個人終於有些不穩。

背後阿南將他一把扶住，問：「沒事吧？」

他揉著自己僵直的腿，這才感覺到全身疲憊。神經一直繃緊未來得及思考，此時才感覺到脫離死亡的恍惚與欣慰。

他不由得緊握著阿南的手，感覺這份欣喜也能藉由他們肌膚相貼之處傳遞給彼此，讓他久久捨不得放開。

許久，他由韋杭之攙扶著在後方椅上坐下，探手入袖，將那團勾連縱橫的金屬片遞到她面前，輕聲說：「妳送我的岐中易，壞掉了。」

日月近身對敵不方便，這岐中易被他用來擋唐月娘的致命一擊，擒拿絞取利刃，早已歪曲破損。

「壞掉就壞掉吧，你人沒事就好。」阿南看了看，隨口道：「你先收好，等回去後我幫你修復。」

一群人終於脫出月牙閣，走到月牙泉邊。

岸邊菖蒲叢已經被諸葛嘉一把火燒了，他手段向來決絕，將水面清得一乾二淨後，與士卒一起盯著蒙灰的泉面。

可惜水面一片平靜，並無任何動靜。

諸葛嘉的臉色不太好看。周圍布防嚴密，按照腳印來看，唐月娘只可能跳水潛伏。水域只有這麼大，她但凡冒一下頭、或者水面有任何漣漪動靜，立馬便能發現——

可是沒有，她消失得了無蹤跡。

「難道說，這泉眼下還有其他水道相連，讓她逃走了？」

打理月牙泉事務的人一致表示，他們在這邊生活了幾十年了，夏天也曾在泉中潛水。泉水很淺，且下面全是沙地，水是從沙中的幾個小泉眼中沁出來的，絕無任何水道相通。

見眾人斬釘截鐵，諸葛嘉便發狠道：「那就在這兒一直守著，什麼時候憋不住了，總會爬出來！」

阿南看了看波平如鏡的水面，只有那朵石蓮花還靜靜漂浮著。

她跳上蓮花，四下看了一圈，水面確實連個水泡痕跡都沒有。

面前還有一大堆事，她便沒在上面浪費太多時間，上岸向著後方走去，想看看楚元知和金璧兒的情況。

「阿南……」朱聿恆望著她身上被火花灼燒出來的破洞，聲音微啞：「休息一下吧。」

阿南略一遲疑，轉頭見楚元知正在後方屋內，面對著金璧兒顫抖的身影。她心下一陣無奈，心道各人有各人的緣法，她只能揭露梁鷺是北元王女，其他事，希望楚元知能處理好吧。

握了握朱聿恆的手，阿南在他身旁坐下，兩人望著平靜水面吃了點東西，聊了一下在重重圍困之中，唐月娘能跑到哪兒去。

朱聿恆的腳稍經按摩，基本恢復了常態，便起身道：「我要去青蓮陣中，妳是留在這裡，還是先回敦煌城去？」

阿南知道他的意思，沉默思索了片刻。

此次對方設置嚴密，一舉而並行三種舉措：月牙閣刺殺皇帝、北元糾集於邊境、啟動玉門關陣法斷絕敦煌及周邊生路。

月牙閣由青蓮宗負責，如今計畫已經破滅。

大兵壓境的北元，王女之死可擊破其陰謀。

而玉門關陣法……如此推斷，負責的應當是海客。

若她跟隨去破陣，那勢必將與竺星河正面撞上。

朱聿恆見她沉默不語，便抬手撫了撫她紛亂的鬢髮，輕聲道：「妳好好休息，等我回來。」

阿南抬手按在他的手背上，遲疑了一瞬。

終究，她解下青鸞金環，將頭髮理好，束了個百合髻，道：「反正這次陣法的關鍵點，需要一對雙胞胎，我未必能破解得了。不如，我就在這邊搜尋唐月娘的蹤跡，靜候你凱旋吧。」

皇太孫親探絕陣，諸葛嘉、廖素亭、墨長澤等一干人自然都隨同而去，月牙泉邊只剩了阿南和一小隊士卒。

阿南在泉邊再看了一會兒，身後士卒問：「南姑娘，咱們就一直在這泉邊守著嗎？」

「不守了。」阿南鬱悶道：「怎麼可能有人在水下潛這麼久不用換氣呢？」

一眾人附和：「可不是麼，那說不定是假腳印，用來迷惑人的，刺客早就用其他方法逃出去了！」

阿南點頭，招呼眾人準備出發。

一時間，原本隨行的大隊伍退得乾乾淨淨。就連馬允知，也被綁了手腳丟在馬背上，馱回敦煌接受國法處置。

喧囂退盡，只剩下幾個素日做工的人，進了一片狼藉的月牙閣，開始收拾殘局。

一片安靜的月牙泉中，終於有個人冒出了頭，正是唐月娘。

冬日的水寒冷徹骨，她全身溼透，手腳僵硬，爬上岸便脫力了，趔趄走到被太陽晒得溫熱的沙地上，栽倒在地。

沙子尚未吸完她身上的溼痕，便有一匹駱駝經過，跳下一個行腳商模樣、身手極為靈活的年輕人，攙著她上了駱駝，披上厚厚的袍子，蒙好頭臉。

兩人騎著駱駝，繞過鳴沙山而行，眼看便要消失在沙丘之中。

就在此時，鳴沙山上忽然傳來嗚嗚的聲響，在午後的日頭下，聽來如雷鳴般轟然震動。

兩人大驚之下，立即轉頭看向鳴沙山。

只見沙丘之上，一行人正自山腰間滑下，攜帶著滾滾煙塵，直奔他們面前，將兩人團團圍住，領頭的正是阿南。

她一揚頭，對著駱駝上的兩人笑道：「梁舅母，梁小弟，怎麼一聲招呼都不打，悄悄地就要走啊？」

唐月娘一聲不吭，而梁壘少年心性，哪禁得起她這嘲諷的口氣，當下掀開蒙面，怒道：「原來妳早已知道我娘的藏身之處，卻不肯下水，故意在這兒設下埋伏！」

「開什麼玩笑啊梁小弟，這麼冷的天氣，萬一下水凍出個好歹怎麼辦？你娘一個人在水下凍著還不夠麼？」阿南笑吟吟道：「要說你娘也真是挖空心思，這石蓮浮在水上，就是因為中間有無數空洞。也因此只要她含著一根麥管，趴伏在石頭底部，就可以盡情呼吸，藏身到凍死為止了。只可惜啊，我在海上長大，總是對吃水線特別敏感，一看那尊石蓮入水的痕跡，立馬就想喊舅媽趕緊出來了，畢竟您前幾天剛被機關壓過，肩傷泡水這麼久，還好嗎？」

這一番話說得梁壘臉上青一陣白一陣的，而唐月娘扯掉了蒙臉布，冷冷看著她道：「南姑娘，我自認並未對不起妳，妳也不過是個海匪，何苦當朝廷鷹犬，來為難咱們江湖兄弟？」

「我行事不看出身，也不看交情，只看在我心中，覺得誰對誰錯。」阿南居高臨下，抱臂看著她。「你們青蓮宗勾結外族，為害西北，我就是覺得你們錯了！」

「難道，妳覺得妳家公子也錯了？」

唐月娘的話，讓阿南眉頭一擰。

唐月娘盯著她臉上的表情，以為自己擊中了她的軟肋，當下又道：「權力相爭哪有什麼對錯與否？南姑娘，正所謂成王敗寇，只要奪得天下的人將來能帶給百姓福祉，那現在縱然手段酷烈一些、走的路稍微偏離正道一些，又有何關係呢？」

「少說這些大道理，我沒讀過書我聽不懂。」阿南打斷她的話，嗤之以鼻。「我只知道，你們要毀了敦煌，毀了整條龍勒水，毀了西北屏障，還要引狼入室侵吞西北。這算什麼稍微偏離正道？這樣的人，能帶給百姓什麼福祉！」

話說出口，她才恍然回神，明白了唐月娘所說的，指的是誰。

手段酷烈、偏離正道的那個人……正是她十幾年來奉為心中朗月的，竺星河。

恨恨一咬牙，她懶得多說，只揮手示意身後隨從的侍衛們上前，將唐月娘與梁壘帶走。

梁壘身法雖強，可在侍衛們結陣圍攻下，難免左支右絀，現了劣勢。而唐月娘在水下凍得發僵，如今尚未恢復，更是不可能有作為。

眼看兩人便要被抓捕之際，斜刺裡忽然有一騎馬衝出，直奔向梁壘。

馬上人舉刀亂砍，又毫無章法，重重向梁壘揮出，卻堪堪被他閃避擦過。梁壘身形一轉，避開刀鋒之際揪住對方轡繩，右腳向上一絞一纏，在對方刀把脫手之際，左腳迅速跟上斜踢，轉眼便將人踢落下馬，奪過了轡繩。

就在這稍縱即逝的瞬間，唐月娘已從駱駝上撲下，落在空馬鞍上。

而梁壘已撲向沙地，一個打滾抓起那掉落在地的刀子，架在了對方的脖子上。

梁壘揪著對方站起來，眾人這才看清，這個橫插進來又被挾持的人，正是卓晏。

阿南眉頭一皺，明明該隨著阿琰下地破陣的卓晏，怎麼突然回來了？

「南姑娘，退後吧，否則……」梁壘說著，手中刀子又緊了一緊。

阿南掃了唐月娘一眼，冷冷問：「梁壘，你明知道他是誰，卻還能挾持他，對他下手？」

梁壘心下一緊，握刀的手不由頓了一頓。

卻聽唐月娘厲聲道：「是什麼身分又如何！壘娃，只要能救兄弟們得脫大難，我母子萬死何懼！唯我青蓮，普救眾生，千難萬苦，殞身不恤！」

梁壘一咬牙，目露凶光，而卓晏則緊閉眼睛，一副引頸受戮的模樣。

阿南心下忽然想，阿晏無論何時何地，一貫摸魚混日子，為何這次，他明明看到了對方身手如此高強，卻還要衝出來，導致自己落入他們手中呢？

她在戳穿唐月娘身分時，特意支開了卓晏，可如今看來，該隱瞞的還是瞞不過去。

她不由暗嘆一口氣，揮揮手示意侍衛們散開。

梁壘拉過一匹健馬，將卓晏推擠上馬，自己也騎了上去。

見他們打馬在沙漠中揚長而去，身後侍衛們擔憂卓晏，個個義憤填膺：「南姑娘，要不要趕緊去救卓少？」

阿南搖頭，說道：「他們不至於殺阿晏，咱們待會兒把他接回來就行。」

一群人乾脆在背陰處休息了一陣子，補充了些食水，才從沙漠中尋蹤過去。

果然，在距離他們二、三十里處，尋到了被孤零零丟在沙漠中的卓晏。

他正茫然坐在荒野中，任由日頭炙烤。

「阿晏，沒事吧？」阿南下馬將他拉起，見他目光閃爍，心虛閃避不敢正視自己，便也不問他被劫持後發生了什麼，只問：「你不是隨殿下去破陣了嗎？怎麼突然回來了？」

卓晏抿著乾裂的唇，艱難道：「聖上覺得我不合適，打發我回來了。」是，他的父親獲罪流放，他的母親是青蓮宗首領，皇帝不可能再給他任何機會。

阿南沉默地拍了拍他的臂，道：「總之你沒事就好，走吧。」

她駐足立馬，查看周邊地勢，與熟悉這邊路徑的人商議了一下。

前方不遠應該就是玉門關了，想起廖素亭說他是從那邊出地道的，而且當時地道轉換後有了新出口，阿南心下盤算，難道唐月娘的目標，是從那邊進地道，還不肯放棄他們的陰謀？

示意侍衛們照看好卓晏，她緊了緊頭上髮髻，率了部分輕騎疾馳玉門關，看看是否能追擊那對母子。

風沙瀰漫中，原本該空無一人的玉門關旁，如今卻有幾條人影。

阿南過去一看，正是廖素亭與幾個工匠。

「南姑娘，妳怎麼來了？」見她忽然而至，廖素亭十分詫異。「上次這邊打開了出入口，殿下為求穩妥，臨時命我過來巡查。」

阿南略一點頭，問：「有什麼線索嗎？」

「妳看。」他說著，一指上次朱聿恆救她出來的水道：「這便是我與康堂主出來的地方。」

阿南過去一看，上次阿琰以鋼槍卡住的機關已被卸了大半，後方顯露的是如同織布機般密密匝匝繃緊的精鋼絲，形成巨大的螺旋形狀。

機關中心的精鋼絲已被鋼槍捲住，連同滑軌一起斷裂。廖素亭帶著她沿著斷口進內，抬手指了指旁邊殘存的精鋼絲，叮囑道：「南姑娘，小心一點啊，這東西要是碰到了，會把妳連皮帶肉剮一大塊去。」

阿南「嗯」了一聲，流光用的便是精鋼絲，她哪能不知道？

「說起來，上次殿下在這邊救妳時的情形，我至今想來仍覺得心驚肉跳。」廖素亭聲音壓得很低了，卻依舊在水道中隱約迴盪：「南姑娘，別說是皇太孫殿下了，我這輩子，真沒見過誰會這般毫不猶豫衝入如此可怖的機關之中，去相救別人的。」

阿南笑了笑，說：「如果殿下與我換位，我也會啊。」

廖素亭回過頭，看著她那輕快卻又不帶半分猶疑的神情，不由也對她笑了出來：「南姑娘，對我們殿下好一點。」

「還不夠好啊？好幾次命都差點給他啦。」阿南笑著睨他一眼，想起這樣的話，好像韋杭之也曾跟她說過。

她覺得自己有點委屈，可再一想也沒辦法，誰叫阿琰對她豁出了命，如此不顧一切，讓所有人都看在眼裡呢。

她這樣的女匪為皇太孫殿下拚命，和皇太孫殿下為她這樣的女匪豁命，在眾人的眼裡，孰輕孰重肯定是不一樣的。

鬱悶地癟癟嘴，阿南見地道入得深了，便打起了火把，沿著洞穴漸漸向內。

火光照耀下，他們發現了牆壁最狹窄處一條尚未乾涸的淡紅血痕，猜測該是唐月娘的肩傷在水下裂開了，才有這樣的血水痕跡。

而……能為他們如此準確在茫茫沙漠中計算出通道口的，阿南心知肚明，除了公子，這世上還能有誰？

她耳邊，又想起唐月娘那番話來。

難道，公子也覺得成王敗寇，只要成功了，就是正確的嗎？

正在遲疑間，忽覺腳下微微一晃，裡面傳來了劇震聲。

阿南愕然，卻見廖素亭貼在洞壁口聽了聽，神情肅然道：「機關發動了。」

阿南正要問什麼機關，卻聽得裡面隱隱傳來一聲慘叫，隨即，腳步聲越來越近，是有人向著出口這邊奔來。

她聽到司鷲的聲音，隱約在裡面響起：「公子！公……」

他倉促的話語，彷彿被瞬間卡在了喉嚨，再沒有了聲響。

「司鷲！」阿南急了，當即加快腳步，向裡面衝了進去。

第十五章　幽都夜語

地道本就狹窄，這邊屬於岔支，更顯逼仄。

阿南側身貼著洞壁，正著急往前走，面前忽有人影一晃，向她撲來。

狹窄的洞中她來不及閃避，只能緊貼身後石壁，飛起一腳將對方抵在斜對面的洞壁上，手中火摺子一亮，照出對面來人的模樣。

正是司鷲，後方是神情惶急的方碧眠。

「阿南！」司鷲一看見她，就跟撈住了救命稻草般，也不管她為何會忽然出現在這裡，撲上去急道：「公子遇險了！妳快去幫他一把！」

阿南朝向黑洞洞的彼方看了一眼，心中百轉千迴，還沒來得及反應，便聽方碧眠聲音尖利道：「司鷲，你別透露公子行蹤，她帶著朝廷鷹犬來的！」

司鷲一眼看到她身後穿麒麟服的廖素亭，轉向阿南的目光透出些不敢置信。

阿南看也不看方碧眠一眼，只道：「司鷲，我是聽到你的聲音，擔心你安危才下來的。現在你沒事就好，那我便回去了。」

「阿南！」司鷲卻不肯放開她，哀求道：「我知道妳心裡還有我們舊日兄弟，如今公子在下方失蹤，妳……妳難道能丟下他不管？」

「這地道我走過一遍，裡面確實岔道重重，上一次我也差點把命送在這裡。」阿南斷然搖頭道：「不必多說了，破這個機關，我沒有把握。」

她一轉身，便要沿原路回去。

卻聽後方傳來方碧眠的冷笑聲，道：「司鷲，別求她，咱們豁出一條命，葬送在這兒就算了！這種忘恩負義的人，你再求她，也是無濟於事！」

阿南舉起手中火把照亮她的面容，脣角一揚：「方姑娘，我與兄弟們出生入死多年，何時輪到妳一個外人插嘴質疑？」

「是，我確實只與兄弟們相處幾個月，可我早已將他們都當成了自己的親人！我做不到像妳這般狠絕，為了自己的新主人，如今率眾來對付自己的舊主！」方碧眠聲音銳利，與往日大相逕庭：「司南，妳這般行事，對得起公子，對得起當年與妳出生入死的兄弟們嗎？」

阿南聽她這指控，反倒著意多看了她一眼，覺得她這副模樣比之眉眼盈盈裝柔弱時倒順眼了許多。

「方姑娘，妳這樣不是挺好？少弄些裝模作樣的虛偽模樣，說不定我還會對妳高看些。」她慢悠悠地撫著臂環，道：「至於對不對得起，我們心中自有一桿秤，無須外人評判。」

「正因為我是外人，所以我才能公正地說一聲，公子救妳、護妳、培養妳，沒有他，這世上就沒有妳存在。」方碧眠指著她，一字一句透著凶狠：「司南，這輩子妳欠公子的，永遠也還不清！」

阿南雙眉一揚，眉眼肅殺地盯著她，目光冷厲。

司鷲趕緊拉住了方碧眠，對阿南道：「方姑娘是太著急公子了，畢竟地下情勢真的危急！阿南妳知道嗎，這地道太詭異了，我們在下面鬼打牆不知道多久了，如今我真的擔心公子！」

「我知道，上次我也曾被困在裡面。那機關……」聽司鷲聲音哽咽，與當年他擔憂自己時一般無二，阿南遲疑了片刻，終究狠狠深吸一口氣，道：「算了，你們在這裡等著，我把公子帶出來。」

司鷲大喜，忙點頭道：「好！阿南，妳可一定要小心啊！」

阿南緊了緊手中火把，越過他們便向裡面走去。

廖素亭追上了她，心下難免焦急：「南姑娘，殿下亦已率人下了地道，妳這……」

「沒什麼，這未嘗不是好事。」

畢竟，公子與青蓮宗聯手，阿琰這邊雖然人多勢眾，但對地下沒有他們熟悉，未必能討到好處。

要是能勸公子離開，讓雙方免於衝突，也不算壞事。

壓抑的地下，逼仄的通道，阿南手握火把，比上次還要沉默。

廖素亭與她一起沿著熟悉的洞窟而行，兩人一路前進，觀察著沿途的蹤跡。

在走到一個岔道口之時，阿南抬手，以小刀刮過土壁，確定了位置，道：「你看，這裡便是關節處。」

廖素亭也是機關世家出身，一看見她所指的地方，當即便明白了：「這是一個可旋轉的關竅，形成一個拐彎。玉門關這條道與礦場那條道都在它的面前，裡面的人可以用機關操縱關竅轉向，隨心轉換路線！」

「對，而它的控制機關，就在第九個洞窟的青蓮上。我估計，你們當時失蹤便是因為梁家人切換了道路，導致關節轉到了玉門關這條路上，所以你們無論如何也返回不來。而傅准那個混蛋則騙我再度啟動青蓮機關，關竅翻轉對接上了另一條地道。那條地道該是與洞室相接的一個循環，我後來便只能反覆走那條首尾相接的路，再也出不去了。」

阿南說著，將臂環中小刀片彈出，在細不可見的地道縫隙中，向上下探去。

直到最終輕微的叮一聲，她立即便以小鉤子探進去，回頭對廖素亭道：「我數到三，會盡力調整機關旋轉。你記得在半周時將機關卡住一瞬，給我搶一點時間。」

廖素亭有些遲疑：「可這關竅轉換後，另一邊會接上礦場的路啊，妳去那邊幹什麼？」

「不，彎弧轉換之時，有一瞬間會轉過洞室，我要是抓住機會，就能衝過去。」

廖素亭悚然而驚，心說這太危險了，正要阻止她，卻聽得耳邊軋軋聲響，阿南的小鉤子往下一卡一掰，隨即，便一個翻身滾入了岔道轉折口。

洞口震動，低沉的轟隆聲立時響起。再不立即決斷，這萬向旋轉的岔道可能兩邊都卡在牆壁之上，阿南會被悶在其中無法脫身。

廖素亭無可奈何，只能在它旋轉到半周時，將手中的火把迅速地插進縫隙處。

尖銳的聲響中，岔道轉到半周時，因為被卡住而喀喀作響，硬生生停了一瞬。

但隨即，火把被巨力機關碾成粉碎，岔道以重達千鈞之勢，依舊飛速轉了過去。

廖素亭站在已轉成土壁的關竅前，焦急地拍著厚重土牆，趴在上面聽著，卻沒聽到對面任何聲息。

抓住一瞬即逝的機會，阿南在岔道旋轉之際，打了個滾，直撲岔道另一邊。關竅旋轉十分快速，眼看出口便要切換，在稍縱即逝的剎那，岔道發出喀喀聲響，略微一頓，出現了一個僅有尺餘寬的通道。

阿南的身軀立即從縫隙中鑽出，直撲向後方的洞窟。嗤的一聲響，是她的衣服被後方恢復旋轉的岔道卡住，猛然撕裂了一片衣角。但她終於驚險脫出，在地上打了個滾，扶牆站了起來。

背後全是冰冷的汗。阿南拍了拍胸口輕吁一口氣，萬幸自己沒有被卡住，不然的話非得被斬成兩截不可。

她摸了摸懷中的火摺子，想起上次用過之後，燃料已經快沒了，便只靠著記憶，扶著牆壁，一步步慢慢往前摸索。

幸好她曾在這邊來回走過三次，對這地勢已瞭若指掌，知道這邊只有一條路通往那個陳設著銅板的洞室。因此雖然周身徹底黑暗，她依舊在死寂中一路摸索過去，並不恐慌。

腳下逐漸踏上了黃土層，前方的道路也略微開闊了起來。就在一轉彎感受到風聲之際，她聽到了風聲中夾帶的輕微話語聲——

洞室之中，有人在說話。

應該是兩個男人的聲音，但因為他們聲音壓得極低，又在洞中反覆迴響，以至於阿南停下腳步後，才聽出那個年輕些的聲音，便是阿琰。

她心下不由一陣驚喜，正想喊出他的名字，撲過去挽住他的手，卻聽他的聲音在晦暗中隱約傳來：「是孫兒不讓阿南過來的。」

阿南的腳步不覺遲疑停下。沒料到皇帝居然會親自下到這邊查看，更沒想到，他們居然在這樣的地方，談起了自己。

她將身體隱在黑暗中，無聲無息地貼近拐彎口，朝裡面看去。

火光搖曳，兩支火把插在洞壁上，照出裡面兩條人影。

一條挺拔頎長，正是朱聿恆，站在他對面的，自然便是當今皇帝。他戎馬一生，肩闊腰直，即使只看背影，也自有一番威嚴。

阿南心下懷疑，為何他們會調離了所有人，只餘下他們兩人在這通道的密室中，隨身的侍衛們又埋伏在何方？

只聽皇帝沉吟問：「養兵千日用兵一時，你花費了這麼多時間，按計畫一步步將她馴養至今，朕聽說……她已多次為你出生入死，這次月牙閣，她亦豁命為你化解危機，怎麼如今這關鍵時刻，你卻不讓她過來了？」

朱聿恆沉默片刻，才低低道：「孫兒懷疑，她與我身上的山河社稷圖有關。」

阿南心口陡震，不由貼在洞壁上，屏住了呼吸。

馴養，懷疑……

她第一次知道，原來阿琰與他的祖父，在背後提起她時，是如此評價、這般態度。

「唔，朕亦有此猜測。畢竟你每一次出事，身上血脈崩裂時，唯一在你身邊的人，只有司南——這世上，哪有如此巧合之事。」只聽皇帝語帶沉吟，問：「你是什麼時候開始懷疑她的？」

在這空無一人的地方，朱聿恆的回答格外清晰，一字字鑽入她的耳中：「前兩次阿南受傷時，孫兒身上的血脈皆被牽動，因此而引起了注意。就算一次可能是湊巧脫力，但兩次都是如此，便不是巧合能解釋的事情了。而且，孫兒每次山河社稷圖發作時，唯有她……一直都在身旁。」

「那麼，此次你下陣未帶上她，她有何反應？」

「倒也沒有。畢竟此次破陣，竺星河定會攪局，孫兒便以此為藉口，說是以免讓她為難。」許是疲憊交加，朱聿恆嗓音帶了些沙啞：「孫兒也想藉此測試一下，她究竟是不是我身上這山河社稷圖的真凶。」

「別擔心，山河社稷圖不足為懼。這次破陣，咱們有的是能人異士，拿命去填也能將這機關填廢了！」皇帝森然道。

「是，但孫兒還是想尋一尋傷亡最小的方法。」

「傷亡？傅靈焰當年設下這些陣法，就是用來殺人的，如今你倒想著和和氣氣解決，簡直糊塗！」

皇帝說著，抬手一指外面：「看到她留下的那句話了嗎？今日方知我是我。」

朱聿恆默然點頭，道：「平生不修善果，只愛殺人放火……」

「唯有殺人才能救人。當年那情況下，不把山河搞得動盪破碎，義軍能有機會？韓宋能靠著那群拜青蓮老母的無知民眾建起來？你看看，韓凌兒這人縱然萬般無用，百般不是，可他將傅靈焰馴得服服帖帖，十年間指哪打哪，天下之大盡入他掌中。可惜啊可惜，可惜他最終功虧一簣，讓傅靈焰逃出了手掌心，大業終不可成！」

朱聿恆沒說話，只挺直了身軀，站在祖父的面前，紋絲不動。

而阿南靠在土壁上，只覺寒氣沿著自己的後背，靜靜地滲入了肌膚，鑽入了骨血，全身浸滿了寒意。

皇帝聲音卻比此時的黑暗更冷：「聿兒，朕當初命你處置司南之時，你既然選擇了要馴服她，那就該記住韓凌兒的前車之鑑。利用好一個人的同時，也要掌控好她。否則，自己養的鷹啄起主人來，可是格外痛。」

黑暗中，冰冷裡，過了許久，阿南才聽到朱聿恆低若不聞的聲音：「孫兒如今與阿南出生入死，我們都能為彼此豁命，她應該不會背棄我。」

「這也是朕憂心的另一個原因。縱然你如今時間緊迫，山河社稷圖步步進逼，可你畢竟貴為皇太孫，別人為你拚命理所當然，你如何能為一個女人冒險豁命？」皇帝語帶不悅，斥責道：「你在玉門關水道下那舉動，可知大錯特錯！」

「是，孫兒知錯，當時情形，如今想來也在後怕……」她聽到朱聿恆嗓音緩慢喑啞，一字一句如從心肺中艱難擠出：「但，孫兒如今已瀕臨絕境，與其珍惜這所剩無幾的日子，不如竭盡所能奮力一搏，說不定還能贏得一線生機。」

「也好，算你這把賭對了，至少那女匪因此欠了你一條命，肯定會更盡心地幫你。此外，你既如此著意，參照傳靈焰，朝廷也不會嗇惜一、兩個妃嬪名號。可若不行，定不能將她留給竺星河，此等危險匪類，定要永絕後患！」

「聖上放心，阿南不會再與竺星河有瓜葛了。她如今有了親人，尋回了自己的出身，孫兒相信她定會安心留在陸上的。」

「親人？畢竟已經是死掉的，哪有活著的人讓她牽絆？更何況……」他說著，語調更轉冷肅：「朕問你，你為何要改變調查結果，擅自將司南的父母，移花接木為其他人？」

父母，移花接木。

就如一支利箭，驟然射穿了阿南的心臟，她本已冰冷的胸口，被猛然洞穿。僵硬的身軀死死貼著牆壁，她的眼睛在黑暗中睜得大大的，一時間連呼吸都幾乎無法繼續下去。

她聽到朱聿恆在彼端的沉默，彷彿過了許久，久到她覺得心口所有的熱意都消退盡了，他才以最平淡普通的口吻回答：「因為，她原來的父母已經沒有任何親人，孫兒覺得不太好用。」

「也行，真假本無甚關係，只是你又要讓人趕回南方重做卷宗，平添了許多麻煩。」皇帝顯然早已見慣了此中手段，隨意道：「既然作戲，那便做個全套吧，你令那邊再找幾個堂哥表叔之類的，讓她風風光光衣錦還鄉。女人麼，多給些榮華富貴，凡事順著她的意，沒有不死心塌地的。」

只因為這麼簡單的原因，他便可以這般輕易地踐踏掉她最執著的期望。

阿南緊緊閉上了眼，竭力不讓自己發出任何聲響，以免幽深黑暗放大了她的悲愴，讓一切不堪入目的真相，都赤裸裸呈現在她面前。

那日敦煌城的流沙中，他緊緊擁抱著她，對她說：「阿南，我此生前路叵測，生死難料，可因此能遇到妳，一切災禍便也成了命運恩賜。我無懼無畏，甚至滿懷感激。」

從未曾有人在面前如此坦承心意，那一刻她抵在他的心口，聽著他情真意切的溫柔示愛，終於將一切雜蕪都擠出了心口，騰出了最深處的那一塊，等待著新的人住進來。

她將蜻蜓放飛在了風沙中，希冀著從此之後，南方之南，星辰轉移，日月照臨。

可……承諾幫她尋回父母的阿琰，招的卻並不是她父母的魂魄。

被她一再嗤之以鼻的、傅准點破過的馴鷹，竟如此猝不及防地真真切切呈現在她的面前。

他所有與她並肩奮戰、生死相依的豁命之舉，都是他押注在她身上的籌碼，只是拿自己殘存的性命賭一把。

沒想到，在她夢裡命運重疊交織、最終一起墜落懸崖的傅靈焰，竟是鏡水彼端另一個她的照影。

眼中的灼熱似要將她焚燒，腦中的混亂讓她喘不過氣。她只緊緊地捂著自己的口鼻，不讓自己發出任何瀕臨崩潰的聲息，出賣自己的蹤跡。

而洞室那端，已傳來腳步聲響。

是侍衛們過來稟報，前方陣法已通，傅准正與墨長澤商討，準備遣人進照影陣查探。

「走，既然在這邊拿到地圖了，那咱們就去壓壓陣。」皇帝說著，帶著朱聿恆與他一起向著前方而去，又關切地問：「你身上如今感覺如何？」

「孫兒無恙。」

「好，山河社稷圖已迫在眉睫，這次的陣法，若是能破掉最好，再破不掉，朕考慮將你身邊所有嫌疑人等全部處理掉。韋杭之、卓晏，還有司南……一個不留！」

他說著，背脊挺直，帶著朱聿恆大步向前走去，消失在第九個洞窟中。顯然，傅准已經將整個地下布局都清楚昭示於他們。

聲音遠去，火光消失。

他們走了很久，阿南卻始終緊貼在洞壁上，未曾動彈過分毫。

她的腦中，一直想著皇帝與皇太孫那些推心置腹的話。

孫兒懷疑，她與我身上的傷有關。

利用好一個人的同時，也要掌控好她。

她原來的父母已經沒有任何親人，孫兒覺得不太好用。

……

是她太幼稚淺薄，被感情沖昏了頭腦。

憑什麼呢？

憑什麼會以為，她這個前朝亂黨一手培養出來的利器，能得皇太孫青眼，能讓他傾注這般深深的愛慕？

第一次見面，他便差點喪生於她的手下；為了救公子，她不惜將他丟棄於暴風雨中；再次見面，他很快打開了心結，重新接納了她；孤島之上，他強行留下她……

真好笑，她居然以為，這些事能順理成章地發生，光憑著他對她的情意，就能拋下他皇太孫的職責與尊嚴，不顧一切。

只是，她真的想不到，渤海歸墟中他緊縛住彼此的日月；滾滾黃沙巨龍中他奔來的身影；暗夜逃亡時單人匹馬獨戰青蓮宗，將她緊擁入懷的灼熱胸膛……

一切都只是阿琰馴服她的手段。

她腦中迴旋著的，只有傅靈焰訣別信上的那幾句話。

今番留信，與君永訣……千秋萬載，永不復來。

她想起那個夢，夢見傅靈焰從雲端跌落，又夢見跌落的，其實是她自己。

那時候，其實她內心很深很深處，就已經有預感了吧。

怎麼可能呢……一個混跡江湖殺人如麻的女海匪，怎麼能得到皇太孫這般傾心的愛慕呢？

他哄著她，捧著她，時時刻刻讓她看到他的寵溺疼愛，可這一切，都是需要代價的。

這世上，哪有不需任何條件與理由，便願意為另一個人出生入死的道理？

她捂住臉，在黑暗中一動不動地僵立著，感覺滾燙溫熱的水痕在自己的指縫間瀰漫。

最終，她緊閉著眼睛，任由它們消弭在掌心。

狠狠地一甩手，她靠在洞壁上，長長地呼吸著，將一切都拋諸腦後。

她向前走去，腳步很快恢復了穩定，甚至連臉上的神情都已轉成僵硬冷淡。

走到那塊銅片面前時，阿南打開自己的火摺子，看了看上面的痕跡。

上次被他們擦亮的銅片，如今上面是一片被抹過的沙子痕跡。阿南的手撫過沙痕，尚未理清沙子撒在上面有何用意，耳邊忽然傳來輕微的聲響。

她立即關掉手中火摺子，身形掠向旁邊，背靠洞壁警覺抬頭。

卻見本來幽暗的洞內，有明亮的火光照耀而來，與她手中的火摺子一般無二的光，照亮了洞內，也照亮了手持火摺佇立於斜上方洞口的身影。

竺星河。

他依舊一身白衣，呈現在火光中的身姿如雲嵐霞光，照亮了這昏暗的地下。

他手持她當初所贈的精銅火摺子，望著她在光芒中漸漸呈現的面容，火光在他眼中閃出微不可見的燦爛驚喜：「阿南？」

「公子……」阿南望著他，又看看周圍這十二個洞窟，知道他也是在尋找路徑。

她定了定神，竭力呼吸，平息自己的語調：「我在外面遇到了司鷲，他說裡面陣法啟動，他與你分開了。」

「嗯，適才對方將過道中的機關轉向了，所以司鷲他們被隔在了另一條通道內。而我憑五行決推算地下洞窟走勢，因此在地道中藏身，避開了朝廷的人。」竺星河說著，在火光下望著阿南，聲音也輕柔了一分：「妳擔心我出事，所以過來找我？」

阿南沒有回答，垂眼避開他的目光，只道：「我就知道公子才智過人，不會出事的。」

而他凝望著她，斟酌片刻，才問：「妳什麼時候過來的，聽到什麼了嗎？」

這熟悉的包容目光，讓阿南心頭那強抑的傷口似被撕開，又泛起疼痛的波瀾來。

公子一定也聽到了阿琰與皇帝的談話，知道了他從始至終都在利用她的不堪內幕。

她只覺一陣灼熱的屈辱與羞恥感直衝腦門，讓她的眼睛灼熱，也不知在這火光之下，會不會被公子察覺。

她偏過頭躲避他的目光，勉強維持正常的聲音：「什麼？我沒聽到。」

竺星河藉著火光端詳她的神情。他是這世上最瞭解阿南的人之一，看在眼裡，卻並未戳穿她，只說道：「阿南，兄弟們都在等妳回去。妳哪天要是想我們了，隨時可以回來。」

他聲音低柔而誠摯，一如這些年來在她傷痛失落時的撫慰。

阿南咬緊牙關，她不敢開口，怕一開口便再也無法控制住自己表面的平靜，只重重點了一下頭。

為什麼呢……

她寧可這個時候，有個人來嘲笑她，譏諷她，而不是以這般溫柔的態度包容她，讓她在愧疚上再添一份悔恨。

深深呼吸著，她勉強調勻呼吸，說：「那……我們走吧。」

竺星河略一挑眉，目光中帶著詢問。

「司鷲與方碧眠在外面等著公子呢，如今朝廷的人已準備破陣，他們人多勢眾，你一個人在這邊遇到他們，怕是沒有勝算。我看，公子還是盡快離開吧。」

「阿南，妳真是變了。」公子端詳著她，臉上露出笑意。「以前我們一起進擊婆羅洲最大的海盜據點時，兄弟們聯手對付外面的海賊，襲入大本營的只有我們兩人。當時那島上大炮火銃防守嚴密，可比這區區幾條地道要凶險多了。而妳我聯手將島上敵人清剿一空，從始至終，我未在妳的臉上發現過任何猶豫遲疑。」

「是，可今時不同往日，這照影陣也不是一人可以破的，就算我願意與你再度同行，我們又哪來靈犀相通的本事，可以一起破陣呢？」

「本來沒辦法，可傅靈焰當年，留下了解除陣法之法。」竺星河朝她微微一笑，走到那塊平展銅片前，抬起手指在上面輕彈了幾下。

阿南看到光滑平板上沙子輕微地跳躍起落，才恍然大悟這塊銅片與那句「羌笛何須怨楊柳」的意思——

極薄的銅片在受到外面聲音影響時，板面會進行細微而平均的震動，上面若有砂礫，便會順著那震動的力量聚合分離，形成齊整對稱的圖案。

因此，這塊銅片定是需要在積沙的情況下，吹一曲《折楊柳》，才能形成指引他們入陣的圖形路線。

竺星河既然過來，自然是做好了準備。他拂平銅片上的沙子，取出袖中一支巴掌長的羌笛，低低吹了起來。

銅板上薄薄的沙子，隨著聲音的震動而跳動，漸漸形成奇詭的紋路，多邊對稱類似於扎染的花色造型，又似萬花筒的絢麗圖案。

隨著這一曲《折楊柳》的徐徐終了，砂礫組成的複雜圖案終於呈現在他們面前，上面是對稱的波浪方格狀，散落分布著大大小小的沙堆圓點，奇妙而眩目。

阿南尚未看出這裡面的玄機，只見竺星河抬起手，在沙圖中畫下了一朵三瓣青蓮。

青蓮所經之處，所有疏疏密密的圓點便錯落於花瓣左右，兩邊對稱，與她當時所見薛氏兄妹的落腳點完全一致。

「照影陣的地圖……」阿南喃喃道。

「對，這上面標出的，便是地圖與落腳點。如今他們有了具體資訊，應該就要去破陣了。不過，就算憑此地圖進了洞，我也不信他們最終能在鬼域中破解一切。」

阿南心知他所說的鬼域肯定就是薛氏兄妹最後進入的地方。青蓮宗在西北這邊日久，又有關於陣法的資料，想必對於這個陣法早有另外的情報。

她正想詢問那機關的具體情況，卻聽後方一個洞中透出隱約火光，應當是那端的侍衛察覺到這邊的動靜，過來查看了。

竺星河掃掉銅板上的砂礫，拉住阿南的手，立即鑽入了下方的洞窟中，往內而去。

地下迷窟分岔太多，而竺星河帶著阿南，在洞中左繞右拐，不多時便出現在了另一個洞中。

循環往復間，阿南已完全不知道身在何處，不由問他：「你知道這地下路徑嗎？」

「青蓮宗那邊有簡要描述。」竺星河逕自往前走，以手中火摺照亮前路。「不過沒有也無關緊要，這地道路徑基本都在五行決的覆蓋範圍內，畢竟，五行決與九玄門同出一脈。」

阿南默然點頭。五行決最擅丈山量海之法，傳說出自軒轅黃帝；而九玄門是九天玄女一脈，被稱為黃帝之師，二者自有相通內蘊。

於是她不再多話，只隨著竺星河向內而行。

不多久，眼前出現了微微的光亮，也聽到了隱約的話語聲。

阿南將耳朵貼在壁上，只聽得彼端傳來一陣慘呼聲，隨即是眾人驚呼上前接應的聲音。

看來，這邊已經到了距離陣法中心很近的地方，雖然沒有通道過去，但聲音已經可以傳過來。

而裡面的聲音，應當是一個人從照影陣中狼狽逃脫後，支撐不住滾出來的聲音。

如今已沒有盔甲的聲音，畢竟毒水四面八方而來，只要有一條縫隙便防不住，反倒影響配合。

公子預料得不錯，縱然朝廷找了這麼多能人異士，可最終就算按照地圖進了照影陣，也無法破解最中心那片鬼域。

只聽墨長澤顫抖遲疑的聲音響起，請皇帝示下：「陛下，這已是第五批了，所有進陣者非死即傷，無一能接近陣中心。請陛下稍加寬解，待老朽與傅閣主詳細商議後，下午老朽親身帶人破陣。」

皇帝沉吟不語，應是許可了，那邊傳來了眾人起身退出的聲音。

「封洞，不許任何人進出，下午做好萬全準備後，由墨先生入陣。」只聽到傅准慢悠悠的聲音傳來：「照影陣必須由兩個能力相當的人配合破陣。墨先生自然是絕頂身手，不知道陛下認為，誰能與墨先生配合呢？」

皇帝略一沉吟，說道：「把司南叫過來。」

話音入耳，清晰無比。

竺星河在旁邊瞥向阿南，而她臉上毫無波瀾，彷彿只是輕風過耳一般。即使，她比竺星河更清楚，這是朝廷讓她賣命的意思。

等到沉重的石門關上，裡面再聽不到任何聲響，竺星河才壓低聲音，問她：「走？」

阿南望著他被光照得盈透如琉璃的瞳仁，低低道：「公子，你引動這個陣法，已經沒有用了。」

竺星河沒想到她忽然說這個，略帶錯愕地一挑眉。

「唐月娘刺殺皇帝沒有成功，北元的陰謀也已被戳穿，不可能再陳兵邊境了。你縱然啟動了機關，也只有敦煌百姓受苦，無法實現自己的目標。」

「就算達不到預定目標，可至少能為以後留下機會。我既然已經走到這裡，就要抓住最後的希望。」竺星河目光微冷，堅決道：「況且，這是我們早已商議好的，就算計畫失敗，可這陣法是一定要在此時此刻引動的，因為這是青蓮宗的退路。」

阿南略一思忖，當即了然。刺殺失敗後，青蓮宗眾必定要逃跑，而此時此刻，只有突發的陣法、龍勒水的異常及皇太孫的安危同時爆發，才能讓朝廷疲於應對，從而為他們贏得最有力的時機。

「為什麼……」

為什麼不能好好回到海上去，為什麼要和這種亂黨合作，為什麼一定要攪得天下大亂？

最終擁有一個動盪瘡痍的山河，又有什麼意義呢？

但，她最終只將這些話吞回了口中。

因為她已經一勸再勸，再說也沒有意義了。

公子下定決心的事情，沒有任何人能令他改變，她也不行。

後方傳來了隱約的腳步聲，輕微而快捷，幾下便接近了他們所在，對方顯然身手不弱。

阿南正要警戒之際，竺星河卻攔在了她身前，喚出了對方的名字：「梁壘。」

黑暗中這個輕微腳步，正屬於梁壘。

他抬眼看向阿南，目光頓時透出狠戾，身子一矮，雙掌擺好了防範動作：「竺公子，這女人是朝廷的打手，咱們的大計便是被她破壞的！」

竺星河對他搖一搖頭，道：「別擔心，阿南不會傷害我。」

梁壘哪裡肯信，依舊狠狠盯著阿南。

竺星河抬手向他，問：「東西帶了嗎？」

梁壘略一遲疑，見阿南側立一旁並無任何反應，才慢慢從懷中掏出幾管炸藥，遞到他手中。

微量的炸藥，被鑲嵌進洞壁中，引爆後一聲悶響，洞壁便被炸得龜裂。以礦工們常用的旋弓飛快扒掉碎石，面前的洞壁只剩了薄薄石皮。梁壘撐在對面洞壁上，縱身躍起，順著石殼的裂痕，雙腳狠踹下去。

在嘩啦聲響中，隔絕在他們面前的石壁被徹底打通，讓他們鑽了進去。

留守在裡面的侍衛早已察覺到洞壁的震動，正向這邊圍攏查看，誰料洞壁一破，碎石紛飛中夾雜著梁壘的袖箭，他們無聲無息便都倒了下去。

裡面只剩一片安靜，掉在地上的火把映出後方緊閉的青石門，以及兩個如骷髏眼洞般並列在面前的照影陣。

阿南走到陣前，抬起頭，看見了上方那七個字，心口又湧起些微的酸楚來。

今日方知我是我。

她這一路走來，為了公子、為了阿琰，盡了力、豁了命，可最終也不知道自己是誰，該走什麼路。

那一日傅靈焰知道了自己的處境時，是否也與她此時一樣，絕望而茫然，不知自己是誰，不知這一路是對是錯、這一輩子活成了什麼模樣。

司南，指引迷途的工具。

可她自己的迷航，又有誰來告訴她，與她同行？

「來吧，阿南，再幫我一次。」他向她伸出手，像之前無數次一樣，做出並肩而戰的邀請。

阿南定定望著他，他的面容在火光下更顯溫柔瑩潤，在她的心中，曾是這世上最動人的景象。

可如今她望著他，卻覺得自己的手有千萬斤重，無法抬起握住他，許下與他並肩而戰的諾言。

「公子……我要回去了。」一向再剛強不過的她，此時終於無法掩飾喉口的哽咽聲，氣息顫抖。

「我要回到海上，回到我的家，遠離這片大陸。在天與海之間，那個不懂是非善惡，冷酷無情掃除所有阻礙的女海盜……那才是我，才是司南。」

竺星河的手僵在半空，他定定地望著她，卻始終沒有收回自己的手：「妳是介意方姑娘嗎？別擔心，她不會影響到我們。妳在我心中，永遠比所有女子都重要。」

阿南沒有回應他，只木然聽著他的溫柔言語。

「阿南，我珍視妳，很想給妳世上最好的一切。可我面臨的人生太過凶險，所以我遲遲不願與妳定下婚約，也不肯將我所有的計畫與目標對妳和盤托出。因為我擔心，若我以此綁住了妳，以後我有萬一，定會牽累到妳，讓妳無法再回到那個自由強悍的阿南……妳，明白嗎？」

他如此懇切地剖析自己心意，溫柔話語在這凶險如惡魔雙眼的陣前隱約迴盪，竟似帶上了一些恍惚的纏綿。

可阿南沉默地望著他，輕微卻堅定地搖了搖頭，說：「我離開你，不是為了方碧眠，更不是因為你不肯娶我、覺得你不喜歡我。而是因為……

「公子，你不再是我心中那顆星辰，我們也不是一條道上的人了。」

竺星河溫柔的眼神中，陡然閃出一絲鋒利眸光，方才還溫柔的聲音也變得冷硬起來：「我們一起在海上共患難，妳跟我回歸故國時未曾有過半分猶豫，怎麼事到如今，我們不是一條道上的了？」

「因為我回頭了。我……不想再做一把刀，一頭鷹，一個為他人而搏命的我。我是司南，我是我。」

她抬手按在最後一個「我」字虛弱下拖的筆畫上，深深呼吸著，倔強而固執。

公子終於握緊了空空的手，望著面前這神情堅毅的女子，抿唇氣息急促。

「好，妳做妳自己。」許久，他才生硬地丟下一句，轉而看向梁壘。「我們走。」

阿南才知道，原來他們一開始就準備由竺星河與梁壘一起破陣。

竺星河身法糅合了五行決，天下無人能出其右。而梁壘的身法出自九玄門，由傅靈焰帶到青蓮宗，他又專精於騰挪縱橫之術。若說照影的話，他們兩人自然是合適的搭檔。

竺星河走到左邊洞口，準備好要入陣。

梁壘瞥向阿南，顯然還在戒備，怕阿南在他們進去後動什麼手腳。

「別擔心，阿南不會對我下手。」竺星河語音低沉而篤定，只望了站在洞邊的阿南一眼，口中已經默數一二三。

三字乍出口，兩人身形微動，已經同時向著裡面躍去。

阿南站在洞口一側，看著他們身影消失在其中。

手中的火摺已經即將熄滅，周圍一片寂靜。阿南撿起侍衛們留下的火把點燃，聽著裡面竺星河發號施令的聲音越來越遠，深入了洞底。

她靜靜等待著，心頭一片混亂，也不知在想什麼。

太多情緒在胸口交織翻湧，她一時反倒覺不出悲慟來，只覺得胸口瀰漫著鈍鈍的難受與失望。

直到耳邊忽然傳來一聲慘呼，她聽出是梁壘的聲音，心下頓時一緊，立即緊盯著左側的通道。

被她手中火把照亮的雲母瑩光驟然一亮，她看到裡面有白色的身影飄忽而來——正是公子。

顯然是梁壘出了意外，他無法再接近中心陣眼，不得不放棄撤出。

而梁壘在陣內受傷，雖然趔趄跟著他退出，可他傷到的正是腿部，那皮開肉綻的腳自然無法再與另一邊的竺星河保持一致，即使他再怎麼提縱身體，竺星河再怎麼放慢腳步配合，但節奏已亂，又如何能配合得齊整。

眼看腳步趔趄中，他又慢了半分，而竺星河的腳在踏出下一步之後，洞中毒水突起，已向著他的腳掌射去。

眼看自己的腳要被切削掉，竺星河如何能再配合旁邊的梁壘，身體下意識動作，足尖一點身軀拔起，迅速便脫離了那片水氣的攻擊。

但也因此，旁邊梁壘剛剛落地的腳頓時被毒水籠罩，嗤嗤聲響起，他本已殘破的褲管下，血肉迅速變成焦黑，燒出大片血洞。

他咬緊牙關，還要向著下一步奔去，可已經太遲了。

左洞的竺星河，提縱在半空中的身形也不得不下落，但此時他根本看不見旁邊梁壘的動作，亦不知下一步應該踏足何處。

「右側青蓮！」阿南脫口而出，指點他的落腳點。

竺星河聽到她的聲音，毫不猶疑，向著右側的下一朵青蓮落腳點躍去。

眼看梁壘的腳也正落向此處，阿南那吊在喉嚨的心正要回落，卻聽得「撲通」一聲，隨即梁壘的慘叫聲在洞中驟然響起——

他受傷的腳未能撐住自己的身體，在踏下去的瞬間，摔在了地上。

頓時，滿洞煙霧般的水氣翻飛，將他全身噴得血肉模糊，鮮血如萬點桃花噴濺於洞中，慘烈無比。

而另一邊的竺星河，身體已然降落。

阿南眼睜睜看著竺星河的腳尖，要踏上她所指點的那一處絕境。而下方落腳處，水氣已經蔓延生長，馬上就要吞噬掉他下落的足尖。

來不及思索，阿南手中的精鋼絲網激射而出，將竺星河的腳硬生生拉住。即將被吞噬的千鈞一髮之際，竺星河下落的腳尖在絲網上一點，想要借力躍向空中。

然而精鋼絲網是一踩即塌之物，怎能托得起他的足尖，危急關頭，他唯有足尖在絲網上一轉，勾住了它的洞眼，腳向後蹬去，整個身體才得以再度借力躍起，一個翻身向著洞口撲去。

阿南的手正要回拉，卻忘了自己右臂有傷，哪能承受得住竺星河向後拉扯絲網的力量，手臂頓時被迅速向洞內扯去，身體也隨之往前一傾。

到了此時此刻，洞內的竺星河已看見阿南身體失衡，站立不穩。但他身在空中力已用老，唯有順著阿南的絲網前滑，堪堪越過下一朵青蓮，然後立即再度躍起，飛撲出了照影洞窟。

與此同時，他身後數道縱橫水氣啟動，如霧如雪。

正向洞內倒去的阿南，眼看便要撲進這片毒水雨霧之中。

阿南的手緊急搭上臂環，想要將絲網丟棄，可哪裡還來得及，身體一傾，整個人便迅速倒了進去。

竺星河與她擦身而過之際，猛然抬手抓向她的衣服，想要將她扯回來。

可洞中毒水已噴在了她的衣襬上，衣物迅速焦黑消融。

他的手中，只抓到了一片殘破衣角。

阿南的身形只略阻了一阻，終究跌進了可怖雨霧中。

竺星河落在洞外，心神劇震，倉促回頭看去。

阿南已抬手蒙住了頭臉，身體在半空中硬生生地偏轉，險之又險地僥倖尋到一塊沒有雨幕的空隙處，手在壁上一撐，借力又躍了一步，落在了與梁壘相對的地方。

就在她勉強維持住身體之時，左腿膝蓋忽然劇痛，令她的腳一彎，差點跪倒在地——

一縷水箭不偏不倚，正噴中了她膕彎中的舊傷。

熟悉的劇痛襲來，讓她的身體不由得劇烈顫抖。可面前的機關讓她只能竭力撐住身子，不敢倒下。

幸好千難萬險中，她選擇落腳的正是與梁壘相對的那一塊地方。兩邊維持住了平衡，洞中水霧終於消退，但局勢也再次回到了之前的險境——

只是她將竺星河換了出去，一人脫困，一人受困，瞬間又成了死局。

竺星河丟開手中殘布，飛速抓起侍衛的水壺丟進洞。

而阿南抓住水壺，毫不猶豫撕下衣襬，整壺水沖下去，將臑彎處那點毒水迅速洗掉。

竺星河那一貫沉靜的嗓音，終於帶上了急切焦灼：「阿南，妳沒事吧？」

幸好兩人動作都是極快，她的臑彎只被融掉了一層表皮，毒水尚未滲入肌膚深處。

阿南搖搖頭示意他別擔心，丟掉了臂環上沾滿毒水的精鋼網，正思索如何脫身，只聽得洞外隆隆聲響傳來。

是洞內的動靜驚動了外面人，石門被緩緩推動，門縫之外，人影幢幢，即將進內。

「阿南，能出來嗎？」竺星河對阿南急問。

阿南越過洞壁縫隙，看向那邊的梁壘。

他全身血肉模糊，趴在地上無法起身，更別提與她一起迅速撤出。

而她距離逃脫至洞口，起碼還需要兩個起落。

兩個起落，一瞬間的事情，可她已經做不到了。

石門已被徹底推開，門外火光熊熊照入，鐵甲士兵手中的刀光已映入洞中。

顯露在石門外的，正是朱聿恆。他面容如嚴霜籠罩，那雙骨節清勻的手，已經伸向腰間日月。

竺星河雙眼微瞇，目光如刀尖般鋒利，手也下意識地按在了春風之上。

可，對方身後刀劍出鞘的精銳，卻在提醒他不要與之對面相抗——

洞外火光赫赫，洞內只有一支黯淡火把，外面驟然進來的人，肯定看不清裡面的情形，正是他撤離的唯一機會。

可……

他急回頭看向阿南，望著這個在極險境地之中將他交換出來、而自身陷於危境的女子，心下只覺巨大的痛楚如悶雷滾過，一時無法自已，只想要揮動手中春風，讓朱聿恆的身上開出絢爛的六瓣血花。

而身子傾斜、因為劇痛而全身微顫的阿南，她將身上正在焦化的外衣脫掉，仰頭朝他露出一個勉強又切切實實的笑容。

「走吧，我豁命把你救出來，可不要你為我失陷。不然，兄弟們也不會原諒我。」

她的聲音冷靜得有些絕情，一如她之前一次又一次為他殿後、為他衝鋒，在極險的時刻與他告別，等待著下次返回時一般。

沉重的石門已被徹底推開，烜赫火光下，朱聿恆率眾大步向內而來。

這是他可以離開的最後一瞬間。

竺星河倉促地吸一口氣，再看了阿南一眼，轉身向著後方被炸出來的洞口疾退而去。

他聽到她最後低低的話語，傳入耳中，似幻如真——

「公子，多謝你在十四年前的風浪中，救助了孤女阿囡……大恩大德，阿南在此謝過。」

洞中雖然黑暗，但朱聿恆立即察覺到有人要脫逃入地道。

瞬息之間，他的日月已在掌中驟然炸開，如一叢煙花迅疾追向對方的背影。

但，就在堪堪觸到對方之際，一股劇痛忽然自小腹而起，直衝他的胸口，令他身子不由一滯，手上也頓時失了力氣。

他身上的沖脈在波動抽搐，抽取了他全身的力量。

颯遝紛飛的日月在空中喪失了飛行的力道，急速回轉至他手中的蓮萼座上。

他鬆脫了手中日月，不敢置信地抬手，按住自己的胸口，心下迅速波動過一股難言恐懼。

難道說，他身上的山河社稷圖發作了，就在此時此刻，陣法要啟動？

他一抬手，諸葛嘉會意，率眾越過被炸出的缺口去追擊逃脫的黑影。朱聿恆定了定神，感覺胸口的隱痛波動過後，小腹至胸的沖脈並沒有往常那般灼熱發燙的劇痛，似乎只是突突跳動，有要發作的前兆——

這感覺，與之前被阿南的傷口引動時相差彷彿，只是要輕很多。

他性子堅韌，從不肯在外人面前露出自己的弱點，因此身形一滯之後，便立即提起一口氣，大步跨到照影洞口，瞥向裡面。

右邊是血肉模糊倒地的梁壘，而左邊……

他的目光落在阿南身上，頓了片刻，才不敢置信地喚了一聲：「阿南？」

他的眼中，一如既往盡是緊張關切。

那地洞中曾在她耳邊縈繞的冷酷殘忍話語，彷彿只是她臆想的一場噩夢。

迎著他的目光，阿南默默朝他點了一下頭。臟彎舊傷的疼痛已稍退，她強撐著直起身：「阿琰。」

她忽然出現在這裡，又與梁壘一起被困於陣中，朱聿恆心下雖有疑惑，但他早已習慣阿南的自專，立刻向身後的墨長澤招手示意。

按照之前被困逃脫時的操作，墨長澤派人以繩槍勾住梁壘，槍兵在外拖扯，兩人左右為衡，在外面人的指揮中，阿南幾個起縱，終於安然落回了洞口。

而梁壘則因為失去了阿南在那邊的壓力，身上又被毒水燒出大片斑斑焦痕，被勾住拖出洞口時，已經奄奄一息失去了意識。

阿南甫出洞口，朱聿恆便立即查看她全身上下，見露在外面的肌膚並無其他傷痕，才輕出了一口氣，將她沾染在臉頰上的亂髮拂開，輕聲問：「怎麼回事？」

阿南解下金環，沖洗了幾綹被消融的頭髮，又將髮絲緊緊束成螺髻，抬下巴示意被梁壘炸出來的洞口，道：「青蓮宗從玉門關處逃竄入地道，我在追擊時發現梁壘蹤跡，他們正炸穿了石壁，企圖進來提前引發陣法，配合北元及刺殺計畫。我上來阻止，誰知手臂有傷，反倒被鋼絲網拉了進來做替死鬼，還好你來得快，不然我這次可真危險了！」

朱聿恆瞥了洞中那個水壺一眼，心下洞明。

敢進地道來，又與她配合默契、值得她身陷險境的人，大概只有竺星河了。

但，她既不說，他便也不問，只命人將昏迷的梁壘拖下去，略帶責怪道：「不是讓妳遇事先和我商議過嗎？妳看妳又讓自己身陷險境，可知我會有多擔憂。」

阿南朝他笑了一笑，避開他的目光，說道：「江山易改本性難移嘛，誰叫我就是這樣的人。」

朱聿恆見她神情有些怪異，想要追問，卻又想她大概是要掩飾竺星河之事，心下掠過一陣無奈，便什麼也沒說，只抬手輕輕揉了揉她的鬢髮，表示自己的不滿。

阿南只做不知，在洞內看了一圈，問：「我看你們也沒找到雙胞胎啊，準備怎麼破陣？」

「我們破解出了銅片上的地圖，如今已有了入陣的所有落腳點。只要雙方控制好節奏，進入陣眼中心便大有可能。只是目前進去的幾批人依舊與薛氏兄妹一樣，非死即傷，沒有任何人能破解得了陣中機關。」

「是嗎？你給我看一下陣法地圖。」

朱聿恆向身後人示意，取過一份繪好的地圖交給她。那上面是三瓣青蓮形狀的洞窟道路，標注著疏疏密密的圓為落腳點，正是阿南在銅片上看到的路徑。

朱聿恆指點著那兩條相對分離聚合的路線，手指在火把下瑩然生暈：「妳看，這洞窟彎曲盤繞，相對分離擴散又收合聚攏，正形成一朵三瓣青蓮模樣。在蓮瓣聚合收縮之處，就是陣法最中心。只是目前進去的人，還不如薛氏兄妹，沒有一個能支撐到中心的。」

阿南垂眼看著他的手，問：「有地圖有落腳點，怎麼還會出事？」

「不知道，幾乎所有人都在途中便亂了節奏，我懷疑，洞窟之中或許有其他影響破陣的東西。」

阿南皺眉聽著，將地道路徑在心中默然記熟，見朱聿恆又下意識抬手撫上自己胸腹，便問：「你怎麼了？」

「有點不舒服，適才山河社稷圖似乎有異變。」朱聿恆壓低聲音說著，停了須臾，又以不經意的口吻詢問：「妳呢？身上傷勢還好？」

阿南知道他看到適才自己受傷的情形了，便也不隱瞞，說道：「我膝蓋被傷到了，還好躲避及時，沒什麼大礙。」

「讓隨行大夫看看妳的腿吧。」

「沒事，破了點皮而已，我們現在還有更重要的事情做呢。」阿南說著，扶著他的肩看向照影洞窟，低低與他商量道：「你的山河社稷圖既已有了反應，咱們得趕緊趁這陣法尚未發動之前，提前將其中的母玉取出，免得你這條經脈再損毀。更何況，這個絕陣一經發動後，龍勒水斷流，敦煌一帶便盡成死地，到時後果不堪設想。」

朱聿恆望著她，靜默片刻，問：「妳……要入陣去破這個機關？」

她望著火光下閃耀迷眼的雲母，輕聲道：「阿琰，你曾對我說過，敦意為盛大，煌意為輝煌。我想咱們一定能消弭這場浩劫，讓敦煌永遠盛大輝煌，讓西北永遠和平牢固，讓千千萬萬像秦老漢那樣的百姓，不用再半夜替親人去偷青麥吃……」

她的目光轉向朱聿恆，朝他微微一笑：「再說了，傅靈焰留下的陣法，我怎麼可以不去破一破？這回，咱們再去走一遭吧？」

朱聿恆尚未回答，便聽身後墨長澤緊張道：「不成，殿下金尊玉貴，身負山河重任，如何能入這般險境！還是我陪南姑娘吧。」

「可我公輸一脈手法、身法都與其他門派迥異，與墨先生和其他人怕是配合不起來。這世上唯一能與我配合得絲絲入扣的，之前只有……」阿南指指朱聿恆，對墨長澤道：「這位金尊玉貴的皇太孫殿下。」

朱聿恆點頭道：「是，我與阿南，一向都是共同進退，未曾分離過。」

這肯摯的話語，發自肺腑，落於耳中，令阿南的心口不由自主地微顫了一下。

輕吸一口氣定了定神，她合上地圖，交到朱聿恆手中，轉頭見皇帝此次並未下洞，便道：「你先回到地上去，問過聖上吧，看看他願不願意讓你這個好聖孫，和我這個女海匪一起去破陣。」

「胡鬧，堂堂皇太孫，如何能入那般險境！」

果然，皇帝一口否決，不肯讓朱聿恆親身去破陣。

朱聿恆與阿南並肩立於他面前，道：「孫兒之前與阿南一起下順天、出渤海，破陣已非一次兩次，陛下盡可放心，我兩人一向配合無間，定會安然無恙破陣歸來。」

皇帝目光落在阿南身上，見她神情沉靜，並無任何異常，沉吟片刻，又道：「可這陣法只能有兩人入陣，就算別人想保護你，也沒有辦法插手。你未來是要扛起這個天下的人，若在陣中發生了什麼意外，叫朕如何安心？以後這天下，該交予他人？」

周圍的人一片靜默，人人低頭不敢出聲。

皇帝一向威嚴的神情中，也顯出難以掩飾的疲憊與無奈。此刻的他，看來並不是那個酷烈的一國之君，而是這世間最為普通平凡的、執著記掛孫兒的一個祖父。

西巡本可以不來敦煌，但他來了。

月牙閣一局，他親手為孫兒披上黃袍，囑咐高壑相隨。

帝王不應身涉危境，可他還是親自到了沙漠中，為自己的孫兒壓陣。

他一向個性強硬，手段殘酷，可如今，在太孫要進這危險重重的陣法中心之際，他終於因為擔憂，緊緊抓住了孫兒的手，不肯答應。

在一片沉默中，有個聲音打破了寂靜，道：「請陛下屏退周圍無關人等，微臣有些話，願叮囑皇太孫殿下。」

說話的人正是傅准。他之前被阿南脅迫著下陣，一番折騰到如今氣色還未恢復，皇帝卻十分信任他，明知他心懷叵測，依舊讓他主持此次下陣。

此時聽到他說話，皇帝毫不猶豫便揮退了所有人，只剩下他們四人留在帳中，對傅准說話的態度也顯得十分和緩：「不知傅閣主有何發現，是否可指點此次破陣？」

「其實，微臣早已想奏請陛下，這個陣，怕是只有皇太孫殿下能破，無法作他人想。」

皇帝臉色鐵青，問：「何以見得？」

傅准的右手緩緩攤開，指尖有細微的晶光閃爍，細看去卻又不見任何實際蹤跡：「就在剛剛，『萬象』已有輕微異動。它對天下所有機關陣法的動靜最為靈敏，依我看來，怕是殿下身上的山河社稷圖，已有變化了。」

朱聿恆垂眼瞥了自己胸口一眼，見皇帝的目光落在他身上，便解開衣襟，將自己的胸膛露出些許，道：「確有異常，不過，並未到發作之時。」

皇帝一步跨到他的面前，果見胸腹正中的沖脈正在緩慢蠕動，似有一股力量正要衝破而出。

他抬手按在這跳動的血脈之上，急問傅准：「如何處置？是否可趁現在將其挖除？」

「不可，沖脈定五臟六腑百脈，如今山河社稷圖尚未發作，我們無法準確尋到毒刺，貿然下手不但尋不到根源，反而會令經脈受損，到時若有差池……怕是性命堪危。」

皇帝的臉色十分難看，問：「可之前，司南不是曾將太孫的毒刺取出嗎？」

「是，但只有在機關啟動、引動毒刺發作的一瞬間，才能定位到其準確位置，將其挑出清除。此外，這照影陣法如此艱難詭異，以微臣看來，縱然其他人能支撐到陣法中心，也定然沒有餘力尋出玉刺再擊破陣法。而這世上唯一能在陣法中迅速定位到毒刺的人，怕是只有身負山河社稷圖的皇太孫殿下自己，其他人，絕無能力海底撈針。」

皇帝緊咬牙關，額頭青筋隱現，竭力壓制自己的怒意：「難道說，只有讓太孫親自進內破陣這一條道了？」

傅准沉默不語，顯為默認。

朱聿恆將自己的掌心覆在祖父的手背之上，緊緊地貼了一會兒。許久，祖父的手指終於有了鬆動，慢慢地，將他的手握住。

他緊盯著面前孫兒，氣息凝滯，喉口再也發不出任何聲音。

「聿兒，事到如今，你……」

而朱聿恆望著祖父，嗓音與目光一般堅定，絕不含任何遲疑：「陛下，此事本就緊繫孫兒存亡，豈有他人代勞之理。更何況孫兒身為皇太孫，既受萬民供養，理當以此殘軀赴湯蹈火，定局山河！」

「可……這地下機關危險重重，在你之前，已經折損了多少江湖好手，你身為未來天子，哪有親身犯險的道理？」

「請聖上寬心，列祖列宗在天有靈，定會護佑孫兒安然返回。孫兒也定當小心謹慎，竭力而為。」朱聿恆跪在皇帝面前，深深叩拜，坦然無懼。「若孫兒已至天限，無法力挽乾坤，此番努力亦算不負這一副身軀。伏願陛下與太子殿下千秋萬代，山河長固，孫兒縱有險難，亦萬死無懼！」

皇帝緊咬牙關，悲難自抑，只能狠狠轉過頭去，看向阿南：「妳確定，妳與太孫能配合無間？」

阿南走到朱聿恆身邊站定，朗聲道：「我與殿下出生入死多次，對彼此的行動都再熟悉不過。若這世上只有一人能與我一起同進同退的話，定非殿下莫屬。」

「好！」皇帝終於痛下決心，道：「傅准，你可還有法子，助他們一臂之力？」

傅准略一沉吟，取出懷中藥瓶，倒出兩顆冰屑般的藥丸，說道：「這是拙巧閣研製的藥劑，能增加觸感與神識，對機括的敏感更會大大提升。最重要的是，能抵禦外來的雜念，相信對此次破陣必有裨益。」

見他的辦法只有兩顆藥丸，皇帝略感失望，抬手示意道：「你們先退下吧，朕還有話要吩咐太孫。」

阿南與傅准退出了帳篷，兩人站在荒野中，望著不遠處被炸出來的入口。

傅准抬起手，將藥遞到她面前：「南姑娘，請吧。」

阿南抬手拈起這顆小藥丸，看了看道：「傅閣主的藥越做越精緻了，不過這東西……不會是玄霜吧？」

傅准微微一笑，將藥往她面前又送近了兩寸：「怎麼會？這是新改進的，混合了冰片與雲母粉，還加了些雪花糖，口感很不錯的，妳嘗嘗。」

阿南翻他一個白眼，將藥丸捏在手指中看著：「陣法裡面有什麼？」

「不知道。」傅准收回手，撫胸輕咳。

「你祖母布置的陣法，你會不知道？」

「我若知道的話，怎會讓薛澄光他們毫無準備去送死？」傅准抬手招呼空中飛旋的吉祥天，語帶痛惜：「這兩次受朝廷徵召破陣，我拙巧閣傷亡慘重，若不是為了祖訓，我寧可不要瀛洲那塊地了……身為拙巧閣主，卻讓閣眾如此死傷，我回去後也不知如何對他們交代。」

阿南冷冷地瞥了他一眼，又看向手中的玄霜。

「吃吧，不然你們沒有任何希望。」傅准指著她所捏的玄霜，低低說道：「進去之後，務必收斂心神，心無雜念。」

阿南盯著手中的玄霜，許久，終於納入了口中，將它吞了下去。

「這就乖了。」傅准朝她拱手一笑。「那我就祝妳和殿下一舉破陣，全身而退。」

「多謝傅閣主祝願。可是……」阿南舉著自己的手肘，詢問：「我的舊傷，確定不會在陣中忽然發作？」

傅准抬手讓吉祥天落在自己肩上，詫異地望著她：「南姑娘指的是？」

阿南再也忍不住，捋起衣袖指著自己臂彎的猙獰傷口，一字一頓咬牙問：「你，當初斬斷我手腳筋的時候，在我的身上，埋了什麼東西？」

傅准似笑非笑：「喔……南姑娘可真沒有以前敏銳了，都這麼久了，妳才察覺？」

阿南甩手垂下袖子，憤恨地盯著他，眼中似在噴火：「所以我的手腳一直未能痊癒，是因為你在搗鬼！」

「唉，我還是心太軟了。」傅准在風沙中哀怨地嘆了口氣，說：「當時把妳擒拿回閣，一小半的人要我把妳殺了祭奠畢正輝，一大半的人讓我把妳手剁了以儆效尤。可我終究不忍心，頂住了閣內所有人的壓力，只挑斷了妳的手腳筋絡……誰知好心當成驢肝肺，妳非但不感激我，還這般咄咄逼人來質問，真叫人情何以堪！」

「少廢話！」阿南最煩他這般裝模作樣，狠狠剮他一眼。「我的手腳，為什麼始終恢復不了？」

「能恢復的話，我還會讓妳逃出拙巧閣？」他笑了笑，輕聲說：「不瞞妳說，南姑娘，我以萬世眼體用楚家六極雷，在妳身上埋下了六個雷。除了妳四肢關節外，還有兩個，妳猜猜在哪裡？」

阿南猛然一驚，手掌不受控制地顫抖著，撫上了在地道之中曾經劇痛過的心口，不敢置信地盯著他。

「一個在心，一個在腦。而妳身上六極雷總控的陣眼，在我的萬象之中。」傅准愉快溫柔地朝她一笑，朝她攤開自己清瘦蒼白的手掌，又緩緩地收攏，如一朵睡蓮夜合的姿態。「六極雷觸一處即發六處，所以妳千萬不要妄動，更不要嘗試去解除，畢竟……我可捨不得看到一個瞬間慘死的妳。」

一股寒意直衝阿南大腦，可身體又因為憤恨而變得灼熱無比。在這寒一陣涼一陣的戰慄中，她眼中的怒火不可遏制，一腳踢開帳旁灌木叢，就要向他衝去。

然而，傅准只抬了抬光芒微泛的手指，對她微微而笑。

「別擔心，南姑娘，只要妳不對我下手，我也不會捨得傷害妳的。畢竟，這世上若沒了妳，那該多寂寞啊，還有誰能與我匹敵呢？」

那遍體焚燒的怒意，彷彿被一桶涼水驟然潑散，她的手慢慢垂了下來。

「那麼……」她艱難的，但終於還是狠狠問出了口：「我身上的傷，與皇太孫殿下，是否有關聯？」

傅准睇起眼看著她，神情變幻不定：「我不是跟妳說過了嗎？妳身上舊傷，和殿下的山河社稷圖一起發作，只是巧合。」

「那這次呢？」阿南神情微冷，反問：「我膕彎在陣內受傷時，為什麼殿下的山河社稷圖也有了發作的跡象？」

「用妳的小腦瓜好好思索，別只急著為妳的殿下尋找真相，連基本的常理都不顧了。」傅准望著她笑了笑，聲音平淡中似夾雜著一絲溫柔，「南姑娘，殿下的山河社稷圖出現時，妳還沒出生，不要高估妳自己。」

阿南恨恨咬唇，對他這陰陽怪氣的回答，一時竟無法反斥。

「另外，聖上比你們，肯定都要更為瞭解我，然而，妳猜他為什麼始終讓我負責所有行動呢？」他貼近她，在她耳邊低低道：「記住自己的身分，記住自己是誰，記住，妳是司南，妳是妳。」

第十六章　乾坤萬象

火光熾烈，照影陣的雙洞窟被映得明徹，連四壁雲母都成了橙黃火紅的模樣，如骷髏終於從沉睡中醒來，張開了瀰漫血光之眼。

扯掉身上披著的鶴羽大氅，朱聿恆只著圓領玄色窄袖赤龍服，腰間緊懸日月。

阿南將頭髮以青鸞金環束緊，取了平衡體重的鉛塊綁於腰上，以免自己與朱聿恆的體重相差會影響到破陣。

一切已準備妥當，兩人手中握住她所製的火摺子，補好燃料，照亮面前螢光氤氳的洞窟。

朱聿恆轉頭看向身側的阿南，低低問她：「妳腳上的傷還好？」

阿南活動了一下雙腿，衝他一點頭：「皮外傷而已，你呢？」

「目前沒感覺。」他按了一下心口處，望著她的目光懷著淡淡歉疚與心痛。

「妳身上帶傷，又在月牙閣那邊一通忙碌，至今沒來得及好好休息，這一趟讓妳如此辛苦奔波，真是對不住。」

這溫柔繾綣，卻讓她心中大慟，如冰冷利刃劃過心間，黑暗中那些親耳聽聞的殘忍話語，又猛然湧上心頭。

她終究忍不住，聲音微啞地喃喃：「阿琰，你啊……」

朱聿恆凝望著她，等待著她問出後面的話。

她卻抿住了雙唇，狠狠轉頭，將後面所有的問話嚥下了喉頭。

望著洞口上方那一句「今日方知我是我」，她深深呼吸，閉了一會兒眼鎮定心神。

最後一次了，與阿琰並肩而戰的機會，以後再也不會有了。

她強迫自己將一切雜念擠出腦海，放空了自己，以免影響到自己入陣後九死一生的行動。

嗓音冷靜得略顯冷淡，她極為簡單地將節奏定了下來：「落腳處，換一息；拐彎處，換兩息，無論如何，不能有任何停頓。」

朱聿恆與她多次出生入死，她寥寥數語，他心領神會：「好，走吧。」

兩條身影同時躍起，進入照影陣中。

火摺子的光在圓球內微微一晃，恢復了平衡，照亮他們腳下的路，也照亮了雲母縫隙間他們彼此的身影。

雲母璀璨瑩潤的光芒，圍繞在他們周身。這一條道路上，如今遍布鮮血，都是之前破陣未能成功的人留下的，斑斑血跡在雲母微光之中越顯可怖。

但阿南與朱聿恆都是視而不見。

每踏上一個落腳點，便換一次呼吸，再次拔身而起。即使中間有些路段他們無法看見彼此、就算偶爾她的呼吸快了一絲，起身落地更快，他也能在壁上水霧冒出來的瞬間及時趕上，壓住她的力量，讓雙邊平衡。

拐彎處。落地，蓄勢，換兩息，足弓彎起。兩條人影如兩條躍出水面的魚兒，輕捷無比，落向前方青蓮。

他們的呼吸幾乎重合，身影如臨水照花，一人運動，兩邊偕行，不需任何停頓，亦無須任何思考，如同超越了意識，在面對阻礙時，自然而然便做出了與對方一模一樣的反應。

後方洞外，眾人站在皇帝身後，屏住了呼吸看著他們。

之前所有人進內，即使已經選了最為接近的體型與武功派系，但總會有些許閃失。

唯有他們面前這兩條身影，騰挪閃移，息息相通。

他們信任對方如同信任自己；熟悉彼此的能力如同熟悉自身，甚至根本不需考慮便已經做出了對方會做出的選擇與動作，無絲毫疑懼。

皇帝緊緊盯著他們，彷彿是第一次發現，原來他的孫兒，早已不是當年迷失在北伐戰場上的那個小少年。

他已經成長為堅定而有擔當的男人，矯健無比，不懼險難，血雨腥風中斷然前行，果毅決絕。

他長大了，是因為……身旁這個阿南嗎？

皇帝的目光，看向另一邊洞窟的阿南。

與他引以為傲的孫兒有著相同身手的女子，起落凌厲毫不遲疑，以無懼無畏的姿態，轉眼便撲向曲折的後方，與朱聿恆同時投入了黑暗中。

通道曲折，蓮花瓣的形狀，有巨大的轉折。

他們順著洞窟向外分散，中間再沒有可以看到對方的連通空洞。

但毫無變化的，他們依舊保持著均勻的呼吸，按照地圖上的指示，以相同的飛縱姿態落在相同的落腳處。

洞內始終保持著一片安靜，並無任何機關觸動的跡象。

再怎麼黑暗曲折的道路，畢竟有盡頭。穿過蓮花瓣尖，他們重新向中間聚攏，前方道路斜斜向前，在時隱時現的雲母空洞中，他們看見彼此的身影，心下更覺溫寧安定。

兩條洞窟越靠越近，直至匯聚成一條，他們兩人同時落於洞口的最後一朵青蓮上，停下腳步，看向了面前豁然開朗的溶洞。

陣眼中心，終於出現在他們的面前。

阿南知道此處凶險無比，躍出洞窟後立即向朱聿恆靠攏，扣住自己的臂環，低聲道：「小心！」

朱聿恆點一下頭，握住日月，與她一樣擺好了防守姿勢。

可出乎他們意料，面前無聲無息，只有巨大的溶洞上鐘乳如玉，靜靜瀉下一層輕薄水簾。

那水，與薛澄光印象中的血水並不一樣，與薛瀅光所看到的瀰漫煙雲也不一樣，只是一片薄薄的水珠瀑布，如同簾幕般隔開了內外。

火摺子的光穿透水簾，他們看到後方是藉著地下礦藏中五色雲母雕琢成的各色蓮花，正中是一朵盛開的巨大青蓮。在它的蓮房之上，一只雲母青鸞正翺翔垂下，它雙翼招展姿態輕盈，正伸長脖子，向蓮房正中的蓮子啄去。

滿池蓮華，水珠如簾，蓮房與鸞喙將觸未觸，似接未接，絕妙如一幅花鳥畫，綺麗且恬靜，美得令人心生詭異之感。

阿南警惕地望著面前一切，開口問身旁朱聿恆：「你看到了什麼？」

朱聿恆掃視著前方景象，謹慎開口：「滿池蓮花，一隻青鸞飛來，正要銜取蓮子。」

阿南見自己與他所見一般無二，反倒有些奇怪了：「我也是，咱們走近再瞧瞧。」

蓮花簇擁於蓮池中間，旁邊是煙霧藹藹的虛空之地。只有一行青碧雲母被雕琢出荷葉紋路，正如一條蓮葉鋪設成的道路，通往蓮池中心。

兩人相望一眼，擔心是別有用心的陣法。阿南抬手從洞壁上砸下一塊雲母石，向荷葉上投石問路。

荷葉安安靜靜，並無任何變化。

阿南向朱聿恆打了個手勢，率先落到荷葉之上，將上面那塊雲母石踢入荷塘之中。

荷塘下全是瀰漫的水氣，火摺子往下映照也只影影綽綽看不分明。這塊石頭落下去後，只見水氣波動了一下，隨即，是輕微的波波聲傳來，下方荷葉根部翻出了帶著油亮光澤的幾縷水氣。

「小心，千萬不要落在下面，下面全是毒水，阻止任何人潛入蓮花根部。」阿南提醒著朱聿恆，又道：「幸好毒水主要成分是綠礬油，毒性很難蒸騰。不過下面積著一汪總不是好事，咱們速戰速決。」

一片荷葉站不下兩個人，阿南率先踏上蓮葉，舉著手中火光，踏著荷葉向青鸞逼近。

前方便是水簾，她離得近了，水珠飄飛，沾溼了她的鬢髮衣襟。

水風徐來，阿南下意識抬手，要護住手中的火摺子時，耳邊忽然傳來輕微的「喀答」聲，在這空蕩幽閉的地下，顯得格外清晰。

她一生浸淫機關，立即聽出這是機括啟動的聲音。轉頭眼睛瞥到水簾後的青鸞時，頓時愕然睜大了眼睛。

水簾後，巨大的雲母蓮房之上，那只自天而降的青鸞，微微動彈了一下。

「阿琰……」阿南低低地問：「你……看到了嗎？」

「嗯，看到了。」朱聿恆亦盯著那只青鸞，聲音確定：「它的喙本來距離蓮房中心的蓮子還有三寸，但如今只有兩寸半許了。」

這青鸞正緩緩向前伸頭，眼看便要銜到面前那顆蓮子了。

「怕是機括在發動，走，趕緊去看看。」阿南立即穿透水簾，直撲裡面。

就在踏上蓮池的剎那，耳邊忽有風聲輕響，掠過臉頰。他們手中火摺的圓轉機構晃動起來，火光忽然明滅了一下。

在這般沉悶寂靜的地下，忽然傳來這詭祕的風，兩人立即抬起手中的火摺，警覺地查看四下。

依舊是安安靜靜的蓮池，蓮花與青鸞蒙著瑰麗雲母的光澤，似與之前並無任何區別。

只是不知道是阿南的眼睛適應了地下的黑暗，還是水霧增加了雲母的盈透度，在她的眼中，感覺雲母的顏色好像越顯深濃，豔麗奪目。

她壓低聲音，問朱聿恆：「阿琰，你有發現什麼嗎？」

「除了鳥喙之外，其他沒有。」朱聿恆對於萬物的細微之處總是能掌握得非常準確，因此他說沒有，阿南便也就將注意力放在了面前的青鸞之上。

漸漸逼近，她終於看清了青鸞的鳥喙。只見兩片青色雲母聚成的口中，正伸出一根尖銳通透的玉刺，就如徐徐吐出的舌頭，正向著下方的蓮子刺去。

而碧青的蓮子之上，有一個細小的孔竅，與蓮子正好相對。

她示意朱聿恆與她互為依仗，一起緩慢而謹慎地向著青鸞而去。

「這應該便是……能引動你身上毒刺的母玉了。」阿南沒有去觸碰喙中的那根玉刺，擔心機括震動會導致細細玉刺折斷，引發朱聿恆身上的山河社稷圖。「空懸的青鸞與靜待的蓮臺，已經在這裡數十年了，距離如此之近，卻又從未相碰。而如今你身上的沖脈有了感應，機括也同時啟動，我擔心青鸞銜到蓮子的那一刻，便是機關發動之時。」

「如此說來，機關應該會在下方這塊雲母蓮臺之內？」朱聿恆說著，見那根玉刺移動緩慢，與蓮子暫時還有兩寸距離，便俯身抽出鳳翥，輕敲雲母。

雲母疏鬆軟脆，此時被他敲擊，不但聲響顯得散亂，而且下方的聲響也很難被傳導過來。

阿南聽了好幾聲，才確定道：「石聲夾雜金聲，下方有機括在。」

「嗯。」朱聿恆點頭，將耳朵貼於蓮臺之上，仔細傾聽。按照她的指引，將鳳翥的刀背往下輕敲。

幽閉的洞穴內，他敲擊的聲音並不大，可那有節奏的勻速敲擊聲與水聲混合在一起隱約迴響，不知怎的令阿南覺得心口如水波蕩漾，難以抑制。

莫名的恐慌湧上心頭，她抬頭環視周圍，看向上方俯飛而下的青鸞。

這青鸞藉由上方突出的一塊巨大青碧色雲母礦鑿成，薄透的雲母被雕成片片通明羽毛，層層疊疊地生長在丈餘長的身軀之上，偶爾夾雜著其他五色光澤，絢爛奪目，幾能以假亂真。

耳邊輕微的敲擊聲忽然幻化成婉轉的柔曼音調，鼻尖微微一涼，阿南以為是水珠落下來了，抬手舉高火摺子，仰頭看去。

只見青鸞那栩栩如生的翅膀忽然緩緩地扇動了起來，毛羽輕拂，捲起大團絲絮也似的雲朵。

阿南定睛一看，那雲朵原來是片片白雲母的輝光，在穹洞之上如仙霧繚繞。耳邊絲竹之聲流轉，蓮池上水珠波光幻目，五色蓮花後緩緩轉出一條身影，向她走來。

他一襲白衣，皎白的肌膚映著墨黑的眉眼，淡淡一抹唇色，在這雲母蓮池中，如畫中人般飄渺幽遠，漫捲於煙霧之中。

「公子……」阿南錯愕地望著他，不明白他是怎麼通過外間重重的守衛和照影雙洞，安然無恙來到這裡的。

而竺星河朝她微微而笑，溫柔平和：「我還是放心不下妳，所以特地來帶妳走……跟我回去吧。」

花瓣飛過阿南的眼前，遮得她滿眼朦朧迷離，洞中的晦暗光線令她回到了少女時代，她恍惚看見無數個無星無月的夜晚，她站在乘風破浪的船頭，在濃霧瀰漫的大海上指引船隊前行。

那是她人生中最好的歲月，無懼無畏，滿懷希冀，迎面而來的全是燦爛的明天。

可如今的她望著面前與昔日一般無二的公子，卻只默默地搖了搖頭，低聲說：「可我已經回不去了。」

他的聲音轉冷：「妳不過是他們企圖馴服的鷹犬、是他們想要利用的工具而已。」

「我知道……」阿南打斷他的話，也不知是倔強還是虛弱，讓她的聲音嘶啞低沙：「可這與公子也沒有關係了，因為我們已經不是同路人了。」

隔著流瀉煙雲，竺星河面露不解地望著她，而旁邊花影中，方碧眠卻飄忽走來，站在竺星河身後，聲音尖銳而篤定：「司南，這輩子妳欠公子的，永遠也還不清！」

「我不欠他了。」阿南冷冷望著她。「一命還一命，我已經還了公子一條命，我們兩清了！」

隨著她的聲音落下，面前的竺星河忽然破碎了，化作無數的絹緞蜻蜓，隨著風沙飛轉，轉眼成了橫斜散亂的痕跡。

阿南心驚仰望，卻哪裡還有蜻蜓的蹤跡，只剩了雲母花雨紊亂，紛繁籠罩住她。

她正要抬手拂開它們，只聽得耳邊響起一聲「小心！」

即使在一片迷幻中，她也依舊能聽出那是阿琰的聲音。

如一箭寒氣直衝腦門，她額頭一片冰涼，驟然間被拉出幻覺。

面前已經恢復成那個地底礦洞，水霧籠罩下一片雲母炫光冷冷閃爍。朱聿恆伸臂將她緊緊攬住，面上滿是後怕：「怎麼了？妳為什麼對著空中說話？」

「我想……」阿南聲音略有些急促：「我知道薛澄光和薛瀅光看到的景物為什麼不一樣，無法相通配合了！」

朱聿恆警覺地查看四周，問：「雲母能改變人眼看到的東西？」

「不是。」阿南說著，忽然想起什麼，舉起手中的火摺子。

曾經裝過「通犀香」的火摺子，此時光焰微閃，殘留的香爆開，她的掌中嫋嫋升起詭異的藍紫色煙霧。

「這是……什麼？」

「廖素亭給我的『通犀香』，它能檢測到地底異常的氣息，從而改變顏色。你看，這紫色指示著周圍有霉爛毒氣。」阿南將火摺照向洞壁，氣息有些不穩。「潮溼的地下，常有黴粉菌類飛散，吸入便會致幻。而這邊地下如此密閉安靜，火光與四周的雲母散光相互映照，想必因此而引發了幻象，讓我們墮入迷境。」

她的聲音在洞中迴盪，讓朱聿恆覺得心口又飄忽起來，不自覺地收緊了擁著她的手臂。

阿南感覺有些喘不過氣，拍拍他的手臂，示意他定定神：「不過，我們已經服食了玄霜，如今又知曉了這洞中的詭異之處，只要堅持己心，不要陷入迷惑，應無大礙。」

朱聿恆點頭，慢慢放開了擁抱著她的手。

只是，他繼續敲擊探詢下方的機括時，感覺自己的知覺遲鈍了許多，眼前無數黑影飄搖，耳邊盡是雜音。

許久，他才艱難地在這重重干擾中竭力抽剝出些許實質來，對阿南描述下方的場景：「下方是槓桿加滑輪的裝置結構。上頭的極為細微，只如一根針尖般大小，下方逐漸增大，第二、三層的聲音聽來，便應該有筷子粗細了，滑輪也有雞蛋般大小。後面……越往下，機括越大，到地下十餘丈處，我聽到的已是尺粗重杵的聲音，再往下的地底深處……」

他貼著蓮房，竭盡全力再傾聽了片刻，最終搖頭道：「只靠上面這敲擊的回聲傳遞，到這裡已是極限，我只能根據推斷計算到這裡了。再深遠處的勾連縱橫，我能力窮盡，算不出來了。」

阿南心道：你這聽聲辨物的能力堪稱驚世駭俗，還說能力窮盡？你可知棋九步的能力，億萬人中獨一無二，令多少人豔羨？

恍惚間，她又想起自己與阿琰的那一場豪賭。

那時她對阿琰的雙手和腦子垂涎欲滴，贏得了他後感覺自己風光無限。

可誰知道，自以為贏了的她，其實卻是落入了他的彀中。現在想來，真是恍然如夢。

「所以我們面臨的，是一個『飛繩引渡』之法。」狠狠一咬牙，她強迫自己轉移思緒，指著蓮房下方道：「譬如兩岸建吊橋，先將最細的絲繩繫在箭上射到對岸，再在細繩上繫上略粗的繩索，以這細繩拉過略粗的繩子，再以略粗的繩子拉更粗的繩子……直至最後，粗繩索可以承載牛皮與鋼線編成的吊橋主繩，才能順利在上面搭建出牢不可破的一座空中橋梁。」

朱聿恆聽她的講述，立即便明白了，他的目光看向青鸞口中將吐未吐的那一根玉刺，問：「所以，這根刺，就是射向對岸的那支箭？」

「對，它的力量雖然極小，但這微末之力會層層引動地下的機括。機括越來越大，所施加的力量也越來越大，直至最終引動深埋地下足可排山倒海的那股力量，徹底截斷龍勒水。」阿南想著上次陣法震動之時，曾經短暫枯竭過的龍勒水，聲音也急促起來：「若地下這片謎窟通道確是龍勒水舊河道的話，我猜想，應該是土層下方存在著我們所不知的巨大空洞，到時龍勒水會改變流向，被徹底吸入地底深處，從此再也沒有出現在地面、滋養沿途綠洲與百姓的可能。」

朱聿恆問：「那我們是否可以摧毀下方的蓮房，進而將機關停止？」

「蓮房下方不過尺許口徑，我們肯定無法進入內部拆解。而且，一經觸動上面的微小機關，便會層層帶動下方的巨大機括，到時候，只會讓機關提前運轉，不可收拾。而外面呢，則全是毒水……」阿南指了指那一池毒水。「怕是我們潛下去後，還沒動手，就已經被消融成骨頭渣子了。因此，內外路徑皆被堵死了。」

朱聿恆垂眼看向蓮房上那顆蓮子，又轉而看向青鸞口中那根玉刺。它緩慢的，卻始終堅定不移地向著面前的蓮子移去，移動速度微不可查，卻確實在逐漸接近。

「如此說來，我們唯一的機會，在上方這只青鸞身上？」眼看玉刺便要刺入蓮子的孔竅，朱聿恆的手虛按在鳥喙之上，問阿南：「擊碎它，是否可以阻止？」

阿南略一思忖，搖頭道：「可這是山河社稷圖的母玉。一旦將其破壞，它崩裂之時，便是……」

便是他身上的沖脈赤血迸裂之際。

朱聿恆的手指尖懸在玉刺之上，僅有微毫之遙，卻終究不敢去觸碰它。「唯一的辦法，是讓玉刺停下來？」

阿南一點頭，定了定神，手撫上青鸞，在它的身上尋找。

「這青鸞既被設置成一甲子後自行啟動銜取蓮子，如此精密的手法，它的體內必有機關。」眼看玉刺離蓮子已不到兩寸距離，阿南心下急切，手下也尋得極快。「看看開口在哪裡，當初傅靈焰是如何將機括放置入體內的？」

她的手指在青鸞身上急促敲擊，示意朱聿恆與她一起搜尋。

層層疊疊的雲母被雕成片片薄透羽毛，青鸞根根羽色鮮亮，在搖曳火光下流轉出青藍紫黃各色，令人目眩神迷。

他們在這流光溢彩的毛羽之間搜尋，最終在招展的翅翼之下，發現了翅根有幾條羽毛的走勢略為散亂。

鳳翥的刀尖沿著羽翼劃開，下方果然露出了拼接裂隙。

這雲母青鸞製作得極為精巧，只破開了翅下一拳大小的空洞，體內被徹底掏空，裡面全是極為複雜的機括，立體縱橫，勾連於一起，層疊繁複。

機括內部的棘輪、扭槓、鈕釘……許是考慮到洞中瀰漫的水氣會影響到金屬，一應零件全由硬玉製成，被天蠶絲牽引著，一個個搭連相扣，轉的速度或快或慢，有條不紊。

阿南俯身看向機括中心，目光在上面迅速逡巡，隨即確定了中心點，順著青鸞的心臟部位，向外追溯而去。

玉刺的關節，正懸繫於心臟之上，與雙翼及尾部緊緊相連，所有天蠶絲都繃得緊緊的。

她的臉色變得十分難看：「阿琰，怕是有點麻煩。」

朱聿恆看著她，靜待她的下文。

「這青鸞內的機括層層，全都相繫於那一枚母玉之上。若是我們阻止機關時有一處阻滯，導致任何零件運轉紊亂，那麼，玉刺必將立即粉碎。到時候……你身上的子玉也必將相應而碎！」

朱聿恆抿脣沉默片刻，決絕道：「總得先試試，盡力制止機關。若實在沒有辦法將它完整取下，那……碎便碎了！反正我身上已有這麼多條血脈崩裂，再多一條，也不是什麼大事。」

阿南凝望著他在火光下堅毅的神情，如嘆息般道：「可我們這一路奔波，不就是為了阻止你身上的山河社稷圖，讓你身上的血脈，不至於崩裂嗎？」

「雖說如此，但，龍勒水決定敦煌存亡，也決定西北這大片防線，甚至是整個北方的安危。」朱聿恆毫不遲疑道：「阿南，孰輕孰重、如何取捨，我在進來之時便已經確定，相信妳一定也與我一樣。」

一路行來，阿南是這世上最知道他身負何等痛苦之人。可事到臨頭，他的抉擇如此毫不遲疑，讓她只覺雙眼一熱。

「我們先努力試試，務求將母玉完整取出。」不知怎麼的，心口那些梗塞的怨憤似消融了許多，她忍不住牽起他的手，五指相交用力握了握，說：「可是阿琰，這些構件縱橫交錯，牽一髮而動全身。你的手若進去拆解，稍有差池便將被捲入其中，你……切切小心。」

朱聿恆緊握著她的手，點了一下頭，看著內部那些銳利且堅硬的機括，心知只要自己一個疏忽，他的整隻手便會立即被捲進去，瞬間絞成肉泥。

可時間已經不等人，他只與她十指交纏，靜靜地貼著她的體溫一瞬，便定了定神放開了她的手，伸向了青鸞。

他的聲音鄭重而從容：「若有萬一，阿南，妳定要盡快擊毀玉刺，無論如何，確保地下機括不要啟動。」

阿南深吸一口氣，用力點了點頭，叮囑道：「這洞口只有拳頭大，你的手伸進去後，便看不見裡面的一切，只能憑著你的五根手指，摸出每個機括的用處了。切記……務必要避開關節，務必要小心。」

朱聿恆依言，將自己的手慎重而小心地探了進去。

阿南只覺得心提到了喉嚨，眼看著他的手探入了雲母鋒利的洞口，她緊緊盯著他的手，不敢移動半分。

他的手肘卡在絢爛晶羽簇擁的洞口，只能靠手掌的轉側與五指的伸展，在裡面無比艱難地動彈著。

阿南盯著他的手，正在急切關注之際，忽然之間眼前一花，青鸞的羽翼微動，鋒利的羽片立即在朱聿恆的手上重重絞旋，鮮血直湧而出。

她「啊」了一聲，下意識地倉促抬手，要將他的手立即拉出。

但，就在她手剛握住他的右手腕之際，他的左手已經伸過來，緊緊抓住了她的手。

「阿南，別動。」

他的聲音讓阿南猛然驚醒，暈眩中眼前鮮血淋漓的手已經消失，那只是，她眼前的又一場幻覺。

迷香是最能找到人心弱點的東西，關心則亂，多思成真。她知道自己不該如此執著緊張他的手，否則，只會疊加更多幻象。

朱聿恆亦是如此，越是擔心自己的手會出事，越是在這詭異氣氛下眼前幻象百出，耳邊盡是汩汩的血脈行走之聲。

面前的阿南幻化成了千個萬個，雨聲在耳邊簌簌敲打，面前瀰漫的水霧中盡是她轉身離去的身影。

西湖暴風雨那一日，在他的噩夢中曾一再出現的那一刻，驟然間再度降臨。

山河社稷圖的血脈在身上汩汩跳動，而他被她拋在暴風雨之中，如墜冰河，萬箭穿心……

祖父的逼問再度在耳邊響起——

你力保她，並且答應朕會馴服控制她。可如今，究竟是你試圖掌控她，還是她已經掌控了你？

對不起，皇爺爺，可能聿兒要令你失望了……

他一直沒有勇氣回答，或許他永遠也馴服不了阿南了。

他絕望咬牙，在撲面而來的暴風雨中狠狠閉上了眼睛。

黑暗摻雜著幻象，讓他的觸覺更為敏感。他的指尖緩緩穿過各式冰冷的機括，向著阿南所說的、機關的正中心而去，那裡，是掌控青鸞的心臟所在。

倏地間，他的指尖捕捉到了一縷飄過去的、流動的風，從他的肌膚上一掠而過，像一根蜘蛛絲一樣隱約浮現。

他略顯遲疑，阿南的聲音在他耳畔響起：「怎麼了？」

「在機括中，有一縷極輕又極薄，很細微的東西……」

「是天蠶絲，既然輕軟，那應該不是牽繫住機括的，而是鬆弛的……」阿南沉吟著，然後眉梢忽然一揚，問：「你再仔細探一探，它的連接處，是否是棘輪的中端，另一頭牽繫著緊繃的天蠶絲！」

朱聿恆勉強讓自己的思緒集中，努力照著她的指點，指尖前伸試探。

在密閉運行了六十年的機括中，他目不能視，唯一可以憑藉的，便是那機關牽引時，極為微弱的幾絲震動、甚至是風聲。

「是……有一個十六齒棘輪，大約一文錢大小，牽引出一條兩寸多長的天蠶絲。」

「阿琰，或許這機關是可逆轉的！」阿南驚喜的聲音立即在他耳畔響起：「只要你能準確定位到心臟與喉舌的連接處，將上面的天蠶絲反接，便能將玉刺往前探伸的力道轉為回縮！而且蓮房、青鸞配合如此縝密，它們很可能是上下連通，那麼青鸞退卻之時，這蓮房也大有可能會合攏退回，消弭下方陣法！」

她聲音如此篤定，朱聿恆的心也稍稍放了一些下來，睜開眼望向青鸞口中的玉刺。

玉刺距離蓮子，已經只有一寸不到。

他轉頭垂眼，正專心試探機括中的天蠶絲，眼前的世界卻忽然如水波動盪，身上的玄衣暈染出大片深濃的黑色，那上面夭矯飛舞的赤龍蠕蠕而動，噴吐火焰，盤旋飛舞著掙脫了錦繡束縛，向他猛撲而來。

龍，赤紅殷朱的龍。暴烈而慈愛，跋扈而溫柔。

它圍繞著他呼嘯而旋躍，俯頭緊緊盯著他，威嚴的聲音攜帶著風雷之聲，在這洞中不斷迴盪——

聿兒，為了天下、為了朕與你的父王母妃、為了蒼生社稷，不惜一切、不擇手段，活下去！

活下去……

活下去！

他只覺得心口劇痛，如受重擊的身軀向後一傾，下意識便要舉起雙手去阻擋那突如其來的攻擊。

就在他的手抽動之際，一雙手死死壓住了他的右臂，厲聲喝道：「阿琰！不能動！」

朱聿恆悚然而驚，面前的龍驟然向他猛撲而來，就在穿胸而過的一刻，散為猩紅血海，在他與阿南的周身久久震盪。

他一貫心志堅定，立即意識到自己正面臨著幻覺，差點親手引動青鸞內的機括。

抬頭看洞中已是波譎雲詭，滿池雲母蓮華在風雨中傾斜招搖，神光離合，形狀虛妄，如鬼影幢幢。

風雨大作，化為怒濤，幻象席捲而來的是阿南駕船離去的身影，化成猙獰黑影撲頭蓋臉向他猛撲而下。

他緊閉起雙眼，卻遮不住眼前晃動的影影綽綽，只能下意識地急促低喚：「阿南，阿南……」

「我在。」她緊緊按著他的手，企圖拉他回到真實中。

他聲音微顫，問：「阿南，我們滅掉火，閉上眼，能對抗幻覺嗎？」

「估計沒用，我們是整個神智被侵蝕了，黑暗只會讓我們更加無法控制……」

阿南的聲音也虛浮起來，面前整座溶洞驟然旋轉，滿池的蓮花青鸞扭曲顛倒，與頭頂水簾一起幻化出無數異彩魑魅。

她一咬牙，眼睜睜看著它們衝自己呼嘯而來，不躲亦不閃，只牢牢按緊朱聿恆的手臂，說：「玄霜的效果怕是已經過去了，如今幻象已抵不住了。我們只能橫下一條心，無論看見什麼，只當作不存在。阿琰，你萬萬不可分心，這洞中，絕無任何可怖的東西，就算有，全部交給我！」

朱聿恆一點頭，竭力將自己所有的注意力傾注於指尖，繼續去摸索那至關重要的一條天蠶絲。

可面前那些搖曳的影蹤，此時如同被漩渦捲入，在不斷扭曲閃爍。他的耳邊盡是暴雨怒濤，無論如何，也難以將自己全部心神傾注在手指之上。

波濤向下傾瀉，整個天地彷彿都壓在了他的身上，身軀失重地向下墜落，他明明沒有動，五臟六腑卻幾乎要從喉口擠壓出來。

「阿南……抱一抱我……」他的聲音低低的，帶著前所未有的虛弱顫抖。「拉住我！」

漩渦般的繽紛色彩在扭曲融合，異樣鮮亮的色彩飛濺於面前視野，向著阿南直衝而來。

她睜大眼睛看著這片不知是真是幻的世界，聽到了巨大雨簾聲響中，朱聿恆的呼喚聲。

她張開雙臂，緊緊地在動盪呼嘯的暴風雨中抱緊了他。

竭力收攏的雙臂，真實而溫熱的觸感，彷彿扯回了他最後一線神智，讓他抓住了一條蛛絲般纖細的繩索，從絢目又詭譎的幻境中抽身而出——

蛛絲垂墜於他的手上，緊繃著，牽引著青鸞的心臟與喉舌。

他的手微微一顫，隨即竭力控制住，明白自己已經牽引到了那一縷天蠶絲。

他的指尖避過重重疊疊的機括，將這條極短又極細的絲線，從極小又極緊的鈕釘之上，摸索著解下來。

阿南自他的身後緊緊抱著他，目光越過他的肩膀，看向前方的青鸞口中。

銳利的母刺，還在逐漸地向前伸去，距離那蓮子，已經不到半寸距離。

一定要破解這傅靈焰的陣法，一定要扭轉這根玉刺，一定要阻止山河社稷圖，一定要挽救盛大輝煌的沙漠之城……

「阿琰，你一定要……」

虛幻風沙呼嘯而來，阿南下意識地側了側頭，想要避開那些刺目的炫光，卻看見頭頂水霧中交織出無數霓虹光圈，托出一條迅速下墜的身影，直撲向她。

她仰頭看見這條懸浮於頭頂的身影，兩人如站在鏡子的內外，一個站立仰望，一個下撲俯視，一瞬間她們一起望進了對方的眼中。

那是傅靈焰，也是她的影子。

她的眼中映照著她的身影，和她殘破的人生。

今日方知我是我。

我是我。身不由己的人生，模糊的前路，跌宕的生涯，叵測的未來。

她如何能活成自己，可自己又該是什麼模樣……

她緊緊抱著阿琰，可她並不覺得歡喜。

眼淚自她的眼眶中大顆大顆湧出，落在他的背上。

被綁在木板上化為骷髏的父親；風暴之中站在礁石上的母親；牽著年幼時她的那隻殘缺右手，化成初次見阿琰時，拆解火銃那雙瑩然生暈的手。

阿琰，未曾看見他的臉，她便已為他的手而著迷，一路牽牽絆絆至此。

誰知他的手，卻在暴風雨中，將木板上的骷髏推向了遙不可知的深海，又伸向了礁石上搖搖欲墜、手指殘缺的女人……

她迷亂了意識，空中盤旋的傅靈焰化為血雨，籠罩住了她，與她合為了一縷幽魂。

我是我，我是誰……

耳膜處突突跳動，太陽穴的劇痛讓阿南在暈眩中抽出了鳳翥。她奔赴於暴風驟雨的大海之上，要以利刃阻擋那雙手——

那雙要將她的父母推下驚濤駭浪的手。

而朱聿恆的手正伸向前方。鳳翥吹毛斷髮無堅不摧，只需要一揮斬下，那隻手，便消失在這世間，永生永世，再也不可能傷害到母親和她。

她高舉鳳翥，向著下方狠狠扎下去。

「阿南！」她聽到朱聿恆的聲音，在耳邊如炸雷響徹。

鳳翥已經刺下，可他的手卻一動未動，不曾有任何躲避之意——

他無法躲避，因為他已經握住了最關鍵的那條天蠶絲。只要一個無序的動盪，青鸞體內的機括便會立即啟動，他的手掌會被碾為粉碎，攸關敦煌的陣法也會瞬間啟動，覆水難收。

他盯著阿南，一動不動，目光與他的手一般不閃不避。

黑暗中，如寒星般的雙眼，升起於無星無月的晦暗世界。在她被青蓮宗圍攻的那個暗夜，日月之光照臨於她絕望的逃亡前路，也照亮了這對一直凝望她的眼睛。

阿琰，這是與她生死相依、無數次豁命互救的阿琰。

僅存的一線清明如閃電劈過她的心間，那鳳翥扎下去之際，終於偏了一偏，從他的手臂上滑了過去，只留下一道血痕。

司南，妳要記得，妳是妳。

輕微的軋軋聲，在他們的耳畔響起。她的目光掃向青鸞與蓮房，看到那枚玉刺已經探入了蓮子上的小孔中，眼看著便要將它挑起，銜在青鸞口中。

她立即轉頭去看朱聿恆，卻看到他正竭力控制自己的手臂。他的眼神正惶惑而無焦距地在前面的虛空中逡巡。

幻象來襲，保證會幫他扛下一切的她卻動手襲擊，他再也控制不住，心神亂了。

可他們一定要清醒過來，從這幻境中抽身！

她竭盡最後的力量，往後仰身舉起鳳翥，朝著自己的左腿膕彎狠狠地刺了下去。

舊傷再度綻裂，劇痛捲襲全身。

尖銳的疼痛順著脊椎直衝天靈蓋，面前一切雲蒸霞蔚瞬間退卻，虛幻景象剎那截斷。

蒼白的雲母與朦朧的水簾在她面前傾瀉而下，將他們扯回了真實之中。

她看到眼前面容驟然慘白的朱聿恆，他左手重重按在胸腹之上，額頭的冷汗已顆顆沁了出來。

她的判斷是正確的。

她身上的舊傷，果然會牽動阿琰的山河社稷圖。

如今想來，除了順天第一次之外，第二次黃河決堤，她因為手腳舊傷發作而破陣失敗的同時，視察堤壩的阿琰也因山河社稷圖而墜河遇險。

第三次錢塘大風雨時，阿琰發作的同時，她亦沉入痛苦昏迷中，只是當時她以為，這是遭遇了玄霜的劇烈反噬。

第四次渤海之下，她提前將他的毒刺剜出後，便被捲入了漩渦失去意識，破陣後又在海島昏迷，對於自己手腳的舊傷隱痛更是未曾追究。

所以……她一直企圖揪出來的，那個長期潛伏在阿琰身邊的黑手，就是她自己。

如巨大的驚雷炸在腦中，這突如其來的真相，讓阿南幾乎要控制不住自己。

可，她狠狠一咬牙，強忍住臟彎的疼痛，一手按住朱聿恆的手臂，另一隻手扯開他胸前的衣襟。

只見他胸前縱橫交錯的瘀紫血脈之上，一條脈絡猙獰凸起，從小腹劈向胸口，直衝咽喉，正在突突跳動。

幸好的是，它的顏色還未變。

陡然被劇痛從幻境中扯出，若不是朱聿恆向來意志堅定，此時怕是早已失去意識。但他的手，也已失控痙攣著，差點被青鸞絞進去，只被阿南死死按住，不許他動彈。

他呼吸急促顫抖，胸腹之間的沖脈正在蠕蠕而動，如一條夭矯的巨龍要衝破心口飛出。

心房之上，赫然是一處最為劇烈的震顫。那是被母玉吸引而即將發作的子玉，眼看便要碎裂於他的心口處。

但劇痛也終於喚回了他的神智，讓他明白發生了什麼。

「阿南，朝這裡！」她聽到他顫抖的聲音，不顧一切的決絕。

他們兩人一向心意相通，一瞬間，她便立即知道了他想做什麼——

他要以自己體內的子玉為反振，引動母玉碎裂，阻止蓮房上的機括被啟動！

她不敢置信的目光，從他的面容轉移到心口，她的手，微微顫抖了起來。

「別猶豫，不然……來不及了！」

洞內的機括，發出繁雜混亂的怪響。

一池的蓮花已搖搖欲墜，雲母輕薄脆弱，只見無數花瓣在劇烈搖晃中破碎紛飛，如一池花落，競相墜於下方迷濛霧氣之中。

阿南倉促掃過朱聿恆心口那猙獰跳動的子玉，又看向青鸞口中那枚尖銳的母玉——它與蓮臺越靠越近，眼看便要探入蓮子上那微小的開口。

她狠狠咬住下唇，抬起手中鋒利無比的鳳翥，一刀向著朱聿恆的心口刺了下去。

刀尖破開表皮肌膚，她的手立即回轉，刀口斜跳挑起，刃尖上正是那顆血色毒瓔。

顧不上他心口的血流，阿南抬手抓住毒瓔，以刀尖將它狠狠扎在雲母蓮花之上。

微不可聞的破裂聲傳來，在她手中子玉碎裂的剎那，青鸞口銜的母玉亦應聲而碎，散成晶瑩的粉末，被水風捲入，瞬間化為無形。

心口的劇痛驅散了朱聿恆面前的幻境，他在疼痛中強行控制指尖前探，立即觸碰到了剛剛拈過的天蠶絲。

在這雲母溶洞的震盪中，青鸞雙翼被機關牽動，開始緩慢招展，似乎要向天宮而去。

而他的手指險險掠過已飛速運轉的體內機括，指尖輕顫，擦過一根根交錯碾壓的槓桿、鈕釘、天蠶絲，牽住了青鸞心臟與喉舌的兩根絲線。

母玉已碎，他也不再顧忌，五指狠狠一收，將天蠶絲扯斷，隨後中指捲著極短的那兩根天蠶絲在食指上一撚一轉——

這是她在海島上強迫他一再練習的手勢，他如今已經熟悉得如同與生俱來，足以將兩根最短的線緊緊連接。

喉口與心臟被反向重新連結，在所有機括一卡一頓後全部反向旋轉之際，他將自己的手迅速收回。

阿南一把抱住了他，扶著虛弱的他猛然後退。

青鸞體內的機括扭轉絞纏著，渾身發出怪聲，那凌懸於蓮房之上的身軀往空中緩緩退卻，晶燦絢麗的雲母毛羽承受不住逆轉的力道，頓時片片散落，散成半空一片晶瑩。

而下方的蓮臺，那些由雲母精雕細鏤而成的花瓣也彷彿逆轉了時間，從盛開的狀態緩緩閉攏，漸漸收合為一枝巨大的菡萏，向著下方緩緩沉去。

菡萏下陷的力量太過巨大，伴隨著洞中的震動，耀目的水簾忽然加大，而蓮池花瓣與青鸞飛舞的羽片在劇烈的震動中更是片片亂飛。

眩目的光彩中，他們腳下所踩的蓮池劇烈震盪，開始緩緩下沉。

「快走！」阿南看見朝外面延伸的蓮葉路徑也在震動中搖搖欲墜，立即拉起朱聿恆，向外跑去。

她一瘸一拐，朱聿恆心口流血劇痛昏沉，兩個傷患在此時的混亂局面之中，只覺得眼前一片昏暗，只能彼此倚靠著，勉強踩著荷葉往來時的洞窟奔去。

就在阿南躍向最後一片荷葉的剎那，她的四肢舊傷處忽然劇痛襲來。

半空中她那口氣一洩，整個身子一歪，腳下的荷葉傾倒，帶著她一起墜向下方。

洶湧毒水如翻騰的巨浪，眼看便要將她的身體吞噬。

就在阿南要閉眼的一刻，日月光華映著火光，緊緊束住了她的腰身與四肢。

她抬頭看去，阿琰一手緊按著胸口，一手死死拉住她。

按在胸口的手已盡成殷紅，指縫間鮮血滴滴墜落。他本就整條沖脈都受了損傷，如今想必是拉住她的力道太過凶猛，以至於傷口撕裂，血流如注。

而他本就山河社稷圖發作，正值劇痛纏身之際，此時緊抓住下墜的阿南，身體終於承受不住，被她的力道帶得跌跪於地，整個人撲在了地上。

但即使胸腹與雙膝的劇痛襲來，他依舊未肯放開阿南，只死死地抓著她，咬緊牙關放開了自己的胸口，緊握著日月，一寸一寸狠命將她拉上來。

阿南盡力縮起身軀，不讓下方的毒水沾染自己。

她仰頭看上方的朱聿恆，在洞內這一番出生入死，他面色慘白，鬢髮凌亂，早已到了絕境。

但他臉上並無任何遲疑。周圍地動劇烈，水簾如注，眼看便要傾覆，可他卻彷彿毫無感覺，只竭盡全力，固執地將她拚命拉出下方的絕境。

阿南只覺得眼睛灼熱，又覺得臉頰上一溫。

她抬手擦去，一看指尖，才發現是阿琰心口的血，滴落在了她的臉龐之上。

她用盡全力，強忍臟腑劇痛，抬腳狠狠蹬在池中的荷葉梗上，在它傾覆的同時，用力上躍，緊緊抓住了朱聿恆的手。

他死死握住她的手，將她從下方狠命拉出。

兩人都是受傷嚴重，跌跌撞撞向著洞窟而去。

後方的坍塌，揚起了巨大的水霧，可面前的洞窟，還有漫長曲折的道路。

可之前他們可以配合無間，順利進來，如今他們都身受重傷，而且一個傷在胸腹，一個在腳上，又都是呼吸凌亂的情況，能再度配合順利出洞的機會，已經極其渺茫。

但，待在陣眼中已經只有被活埋一條路了，他們不得不踏上照影歸途。

相對望一眼，他們放開了彼此的手，勉強站上了第一塊青蓮石。

兩人都是雙腳虛浮，而洞中的水霧也在瞬間噴灑了一絲，差點觸及他們身軀。

阿南立即調整重心，勉強壓住自己足下青蓮。

就在兩人竭力調試著氣息，要一起躍向下一朵青蓮石之際，洞外彼端忽傳來了裂帛般的羌笛聲，直穿過曲折洞穴，傳入他們的耳中。

正是一曲《折楊柳》。

外面吹笛之人，顯然將這笛曲做了改動，笛聲的高低起落極為明顯，引得他們紊亂的呼吸不由自主與其相合，形成了一致。

他們相對望一眼，頓時明白了，那是外面的人，在吹笛給他們指引歸路。

再不遲疑，他們朝著彼此一點頭，後方劇烈震動坍塌的同時，在相對蜿蜒的洞穴之中，他們向前盡最大的力量躍起，踏著青蓮石衝出這片瑰麗詭異的絕境。

笛聲起落，嗚咽轉側，洞內的轉折與落腳，隱隱竟是按照這曲折楊柳的節拍所設。

在他們竭力拔足之時，正是笛曲高昂之刻，在他們氣息隨笛曲鬆懈之時，正是洞窟轉折之際。

他們漸行漸遠，又漸貼漸近。這一縷笛聲，指引著他們的呼吸、他們的腳步，配合無間。

在最後一個轉彎口，他們看見了雲母洞壁透露出的對方身影。那一刻，胸臆似被笛聲所引而劇烈顫抖，因為死裡逃生的慶幸，也因為再度看見對方的強烈依戀。

他們踏過最後幾朵青蓮，撲出這片機關重重的洞窟。

隨即，身後的坍塌聲接續而來，地動山搖間，後方塵土如巨大的浪潮滾滾而來，推送他們向前面趔趄狂奔，洞中所有一切都恍惚起來。

他們看見了持笛吹奏引路的傅准，也看見了親自站在洞口翹首期盼的皇帝，還看見了滿臉緊張狂喜迎接他們的韋杭之、墨長澤、諸葛嘉……

兩人奔出洞窟，一起支撐不住，摔於迎接他們的攙扶懷抱中。

劇烈的震動中，後方照影洞窟徹底坍塌掩埋，洞內灰土瀰漫，連同入口石門也在震動中受損倒下，臨時炸出來的通道被土石堰塞。

幸好經過勘探，石門後堵塞的通道不到一丈，侍衛們清理一時半刻，確定便可通行。

朱聿恆被眾人攙扶到洞內開闊處，解下衣服，包紮傷口。

皇帝親自餵他喝水吃食，見他精神尚好，才放下心來，慢慢詢問著洞內的情形。

阿南靠在壁上坐著，慢慢喝了幾口水，正包紮好自己膕彎傷口，抬頭便看見了面前似笑非笑的傅准。

「南姑娘受傷了？這番破陣勞苦功高，真是受驚了。」

阿南有氣無力地翻他一個白眼，看看他手中的羌笛：「哪比得上傅閣主，不用勞累也立一大功。」

他捂胸輕咳，語帶幽怨：「這就是南姑娘對救命恩人的態度？」

阿南沒回答，只指了指自己被血染紅的膕彎處，冷冷問：「是指這個恩情嗎？」

傅准蒼白的臉上浮起莫測高深的笑容，俯身在她耳邊輕聲道：「別擔心，會影響到的人，又不是妳。」

阿南一揚眉，正要抬手揪住他的衣襟，他卻早已直起腰，朝著她笑了一笑，輕拂下襬：「既然能逃脫出這一番劫難，相信南姑娘也早已知道，自己該何去何從了吧？」

阿南沒吭聲，任由他離開。

她喝著水，撕了一塊饢塞進嘴巴裡，抬頭看照影雙洞已經淤塞，洞壁上傅靈焰所刻的字碎裂殘損，只剩下「知我」二字。

鬢髮淩亂，她抬手將青鸞金環解下來，撫摸著上面簌簌飛動光彩離合的寶石鸞鳥，陣心中的幻覺又再度湧到眼前。

她目光茫然地轉向不遠處的朱聿恆。

眼前幽暗的火光下，她看見他與皇帝低低說著話，祖孫倆如此和諧融洽。

兩個天底下最尊貴的人坐在一處，火光簇擁著他們，眾人敬仰著他們，而黑暗與算計，利用與馴養，全都只屬於她這種卑微低賤的海匪。

恍惚中一切景物全部消失了，只剩下傅靈焰徘徊於山洞的身影，在她的眼前久久不散。

如隔水的一枝花影，如雲母朦朧的螢光，扭曲波動，烙印心間。

呵……今日方知我是我。

她忽然笑了，用傅靈焰的首飾緊束自己的青絲，扶壁站了起來，取過身旁一支火把，慢慢向著後方的謎窟地道走去。

曲折紛亂的分岔，黑暗逼仄的地道，疲憊傷痛的身軀。

阿南走走停停，一直走到了銅板所在的地方，慢慢爬下洞口，盯著下方石柱上的「羌笛何須怨楊柳」一句看了許久。

上頭的火光忽然明亮起來，她聽到朱聿恆沙啞疲憊的聲音，問：「阿南，妳不好好休息，到這裡來幹什麼？」

阿南抬頭看去，朱聿恆竟也穿過地道，尋著她到了這裡。

他已包紮好了傷口，淨了臉梳了頭，只是身上衣服尚且破爛蒙塵。身後跟隨著韋杭之，他手中的火把熊熊燃燒。

她仰頭望著他，橘紅的火光將他照得明亮通徹，掩去了他的疲憊傷痛，使他動人心魄的面容越顯燦爛。

即使在這般壓抑逼仄的地下洞中，他依然是矯矯不群凜然超卓的皇太孫。

也是她心中，最好看的那個人。

她的聲音輕輕慢慢的，略帶著些恍惚：「哦，我想起自己從玉門關入口進來，廖素亭還幫我守在外面呢，我得……過去那邊，跟他說一聲。」

朱聿恆俯身伸出手，示意她上來：「好好休息吧，這點小事，我叫個人去就行。」

「沒事呀，我只不過受點小傷而已，早就沒事了。而且坐在山洞裡等著多悶呀，去玉門關不比這邊強？」

她語氣平靜地說著，目光下移，看向他伸向自己的手。

火光給他的手鍍上了一半灼眼的光，又給了一半陰影的暗。

這雙讓她一眼淪陷的手，為她破過困樓，解過牽機，也曾結下羅網企圖阻攔她離去，亦曾為她而皮開肉綻割出道道血痕。

暮春初夏那一日，隔著鏤雕屏風看見它的那一刻，她怎麼能想到，後來這雙手，牽過她，握過她，也緊緊擁抱過她，給了她一生中，無數刻骨銘心的痕跡。

她忽然仰頭，朝朱聿恆笑了一笑，那雙比常人都要明亮許多的眼睛，此時裡面跳動著燚燚火光，一瞬不瞬地盯著上方洞口的他，輕聲說：「阿琰，我有話跟你說。」

朱聿恆胸腹的沖脈尚在疼痛，不便爬下洞口，便單膝跪了下來，俯身將身體放低，專注地望著她：「怎麼啦？」

而阿南踮起腳尖，微微笑著看他。

他們靠得很近，近得幾乎呼吸可感，心跳可聞。

她與他身上都猶帶著塵土，鬢髮凌亂，也只夠用侍衛帶進來的水擦乾淨臉和手。

阿南定定地，睜大眼睛看著朱聿恆。黑暗擋不住他那比象牙更為光澤的面容，濃長的睫毛也遮不住他那寒星般的眸光，他直直地盯著她，像是要將她淹沒在他的目光中。

這樣的面容，這樣的眼睛，這樣的阿琰……以後，就再也見不到了。

她的心中忽然掠過激蕩灼熱的血潮，彷彿被那種絕望感沖昏了頭，突如其來的，她抬起手捧住了他的臉，在他的頰上親了一下。

她的脣灼熱而柔軟，酥酪般的甜蜜與溫暖，卻只在他的頰邊一觸即收，如風中誤觸旅人的蜻蜓翅翼，擦過他的耳畔便立即收了回去，羞赧於自己的失態，再也不肯洩漏自己的情意。

從未有過的緊張與惶惑湧上心頭，她不自然地抿了抿脣，眼睫也垂了下來：「那……我走了。」

就在她要轉身逃離之際，朱聿恆已經跪俯下身軀，一把抓住了她的肩，狠狠將她扯回自己面前，攫住了她的脣。

阿南身體一顫，下意識地抬手想要推開他。他卻更用力地托住她的後腦，輾轉吮吻她的雙脣，讓她幾乎窒息在他掠奪般的侵占中，連呼吸都跟著他一起急促凌亂起來。

韋杭之驚呆了，立即轉身急步退到洞內，不敢出聲。

直到她被他吻得無法呼吸，雙腳都幾乎支撐不住時，他才終於捨得放開她的脣。

他的手卻不肯鬆開她，始終貪戀地箝制著她的肩，心跳越發劇烈，胸腹的疼痛夾雜著巨大的歡喜，令他意識都有些恍惚。

他微微喘息著，雙眼緊緊盯著她，像是不敢相信自己居然可以恣意親吻她，分辨不出面前這幽暗又動盪的一切是否真實存在。

他望著離自己咫尺之遙的阿南，心頭忽然閃過一陣恐慌，害怕自己依舊沉在照影幻境之中，害怕下一刻便是夢境破滅，生死永訣的剎那。

他以顫抖的手緊緊抓著她，不肯放開，望著她低低地喚了一聲又一聲：「阿南，阿南……」

「我聽到了。」阿南不敢再看他的目光，別過頭去，將他的手指一根根掰開。「你趕緊回去吧，免得傷口又裂開。」

「那……我在這裡等妳，妳快點回來。」

「嗯。」阿南應著，走了兩步又回頭，指了指他所在的洞內，說：「那朵青蓮的花蕊很危險，你按一四七的順序將它關閉，免得傷到人。」

朱聿恆點了一下頭，盯著她離去的背影，目光定在她的身上不捨移開。

而阿南手持著火把，沿著洞穴往外走去，被火光照亮的身影，在拐彎處消融於黑暗中。

她抬手捂住臉，撫過灼熱的雙脣，也擦去那些正撲簌簌掉落的眼淚。

她聽到了阿琰按照她的指點，去關閉青蓮的聲音。

於是她也加快了腳步，以免在地道切換時，自己來不及走出這即將閉鎖的黑暗循環，來不及趕上地道轉換的那一刻，來不及抓住阿琰為自己創造的、最好的離去機會。

尾聲　雨雪霏霏

一場雪下過，敦煌城與周圍的荒漠沙丘，全都罩上了白茫茫一片。

雪霽初晴，日光遍照蒼茫起伏的大地。朱聿恆率眾出城，百餘騎快馬沿著龍勒水而行，查看河流情況。

龍勒水依舊潺潺流淌在荒野之上。近岸的水結了冰，但河中心的水流與平時相比，未見太大增減。

朱聿恆站在河邊，靜靜地駐馬看了一會兒。

距離他與阿南破解照影陣法已過了三天。目前看來，敦煌周邊的地勢與水脈並無任何異狀，這六十年前設下的死陣，應該是已經安全破解了。

胸腹之間的隱痛依然存在。當時在洞中，毒刺已經發作，儘管被阿南在最後時刻剜出，沖脈也不可避免顯出了淡紅的血跡。

但與之前各條猙獰血脈相比，這點痕跡已是不值一提。他的身體也未受到太大影響，不會再纏綿病榻十數天無法起身。

曠野風大，雪後嚴寒，韋杭之打馬靠近皇太孫殿下，請他不要在此多加逗留，盡早回去歇息。

「聖上明日便要拔營返程，殿下亦要南下，接下來又是一番旅途勞累。您前兩日剛剛破陣受傷，務必愛惜自身，不要太過操勞了。」

朱聿恆沒有回答，只望著面前被大雪覆蓋的蒼茫荒野，彷彿想要窮盡自己的目光，將隱藏在其中的那條身影給挖出來，不顧一切將她拉回懷中，再度親吻那千遍萬遍縈繞於魂夢中的面容。

「阿南……有消息了嗎？」

韋杭之遲疑一瞬，回道：「沒有，不過陛下已下令，將她的圖像傳到沿途各州府和重要路段隘口。只要南姑娘一出現，必定有消息火速報給殿下。」

朱聿恆聽著，心中卻未升起任何希望，只撥馬沿著龍勒水而行。

一開始，他還能控制住自己打馬的速度，可心口的隱痛彷彿點燃了他深埋的鬱積躁亂，他馬蹄加快，彷彿發洩一般地縱馬向前狂奔，一貫的沉靜端嚴消失殆盡，只想瘋狂地大聲呼喊，將堵在心口的那個名字大吼出來。

他拚盡了全力，費盡了心機，終於讓她放飛了屬於竺星河的蜻蜓，讓他有資格擁她入懷；他豁命相隨，生死相依，終於換得她在幽暗地下，貼在他頰上的輕顫雙唇，溼濡雙眼……

可，屬於他的極樂歡喜，唯有那短短一刻。

她引誘他旋轉了地道，拋下了被幸福沖昏了頭的他，消失於玉門關。而那個時候，他還以為自己未來在握，以為自己終於得到了她，以為心心念念一路渴求終有了圓滿結果，卻沒想到，一旦她冷漠抽身，他便是萬劫不復。

冷厲如刀的雪風在他耳畔擦過，令他握著韁繩的雙手僵直麻木。

他終於停下了這瘋狂的奔馳，將自己的手舉到面前，死死地盯著看了許久。

日光在他的手上鍍了一層金光，顯得它更為強韌有力，似乎擁有足以掌握世間萬物的力量。

這雙她最喜歡的手，有時她會以迷戀的神情細細審視它，讓他無法控制地生出一種類似於嫉妒的古怪情緒。

可，再有力的手，也無法將她把握住，留在身邊。

阿南，她是天底下最自由的人。她想來就來，當她要離開時，沒有任何人可以挽留。

那一日，他在地道等待她返回，等了很久很久。

直到聖上親自派人來催他，說石門已經清理完畢重新開啟，讓他立即返回地上。

那時，他才忽然如夢初醒，忍著傷痛抄起火把躍下地道，率領侍衛沿著地道一路尋找阿南而去。

可，地道已經轉成了閉環，他在裡面繞著圈，始終尋不到跟隨阿南的路徑。

心中升起不祥的預感，他只能將青蓮再度調試，終於打開了前往玉門關的通道。

他不敢相信是阿南騙他截斷道路，心口的狂亂執妄幾乎要淹沒了他的理智。

怎麼可能，他們剛剛出生入死，怎麼可能在攜手同歸的下一刻，她便如此狠絕地拋下了他？

甚至……在離開之前，她還與他熱切相擁，纏綿親吻。

她看著他的目光，比跳動的火光還要繾綣熱切……那該是他以後能永遠擁有的歡喜，怎麼可能只這一瞬便失去！

他不顧任何人勸阻，拖著身上傷勢，打著火把在地道中強撐到玉門關出口。

從枯水道中追出來，他只看到了神情錯愕站在面前的卓晏。

因為地下的黑暗窒息，也因為心口的焦慮，朱聿恆喘息沉重，胸口的傷口似有崩裂，染得繃帶滲出血跡來。

「阿南呢？」

卓晏顯然沒見過殿下這副模樣，慌忙一指身後，遲疑道：「她一出來，便上了馬，向那邊去了……大概有大半個時辰了。」

朱聿恆臉色蒼白晦暗，死死盯著她消失的地方，厲聲問：「其他人呢？為什麼不攔住她？」

「之前……之前有幾個海客和青蓮宗的人也從這邊脫逃，所以廖素亭他們追擊去了，至今還未回來。我一個人在這邊，看到南姑娘從枯水道出來……她臉色不太好看，拉過馬便要走。」卓晏猶豫著，似乎不知道自己該不該說後面的話。「我當時跑去攔她，問她一個人要去哪兒。她卻抬手揮開了我，跟我說……」

他關注著朱聿恆的神情，小心翼翼複述道：「她說，阿琰騙了我，所以，我要走了。」

騙了她。

心頭似被這句話灼燒，朱聿恆的傷處驟然襲來劇痛，讓他捂住嘴猛烈喘息著，喉頭一甜，血腥味便在口中瀰漫開來。

見他神情如此灰敗，卓晏聲音更低了：「我當時看南姑娘臉色不好，也不敢去阻攔，她翻身上馬，在要走的時候卻又回頭，跟我說……若是遇見了殿下，提醒您找傅准問三個字。」

朱聿恆聲音微僵，問：「哪三個字？」

「四個月。」

只這一句話，阿南便再也沒有其他的話，縱馬飛馳而去。

大漠殘陽如血，風沙淒厲如刀。她衝向蒼黃大地的彼端，未曾回過一次頭。

四個月……

這沒頭沒尾的話，連朱聿恆都沒有頭緒，更何況卓晏了。

而朱聿恆望著阿南遠去的方向，捂著心口緩緩倒了下來。

韋杭之忙搶上前去，將他一把扶住，聽到殿下口中，喃喃地似在說著什麼。

他扶著殿下，遲疑著將耳朵貼到他口邊，聽到他低若不聞的聲音：「也好……至少阿南……是自己離開，不是在地道中遇險……」

陷入昏迷的皇太孫被送到敦煌，皇帝親自帶了隨行御醫過來為他診治。可身體上的傷勢尚且可醫，心中的焦灼與煎熬，他們看在眼裡，卻無任何人能勸慰幫助。

皇帝與他商議，時值嚴寒，崑崙山闕冰封萬里，又在北元控制之下，這般情況縱然去了，破陣也是機會不大。更何況若是去了崑崙山闕再回轉，兩個月時間趕到橫斷山脈怕是十分緊迫，不如及早回轉南下，專心對抗四個月後的那一處陣法。

如今這局勢下，這番打算屬於不得已，但也是最好的選擇。

商議既定，皇帝查看過他的傷勢，叮囑他好好休養。朱聿恆目光看向他身後，道：「孫兒有句話，想要問傅先生。」

傅准神情平淡，等皇帝屏退屋內所有人後，他才走到床榻前，對他一施禮：

「殿下？」

「傅先生，阿南臨走前囑咐我，要問你三個字，還請為我解疑答惑。」

傅准微微一笑：「請說。」

朱聿恆審視著他的神情，道：「四個月。」

傅准略略一怔，微瞇起眼睛瞧了他片刻，未曾開口，卻先將目光轉向了皇帝。

皇帝淡淡道：「這般沒頭沒腦的問話，理她做什麼。」

朱聿恆道：「孫兒覺得，阿南既然留下此話，想必此事對孫兒至關重要，不可忽視。」

傅准掩唇輕咳，斟酌著開口：「南姑娘所指的，想必關於山河社稷圖。那日她誘使我帶她找到照影陣，在陣前逼我吐露內幕，因我對山河社稷圖所知有限，因此口誤說了四個月。可南姑娘似乎很介意此事，即使走了，還不忘告訴殿下麼？」

朱聿恆雖然身帶傷勢，但他思緒通明，立即問：「所以這四個月的意思，是說我剩下的時間，不是六個月，而是……」

「傅先生是口誤，聿兒，你不必多心。」皇帝卻忽然打斷了他的話，一貫威嚴的語調因為急促發聲，竟顯出一絲波動。

朱聿恆微微一怔，垂下了眼，應了一聲「是」。

驚覺自己失態，皇帝拍了拍他擱在床沿的手，語調中滿是對阿南不滿：「朕的意思是，你被那女匪影響太多了。她若真的關心你，絕不會丟下你，如此消失掉！」

朱聿恆默然搖頭，道：「是孫兒對不起她在先。流落海島之時，孫兒曾答應她，永不欺騙她，永不傷害她……」

「可是阿琰，你不許騙我，不許傷害我。我想走的時候，就能自由地走。」

那時她握著回頭箭，對他所說的話言猶在耳。

這世上所有人，包括阿南，永遠也不會知道，為了留下她，他故意讓海雕抓傷了背，泡在海水中吹了一夜冷風。他忍著傷口劇痛為她製作了那支回頭箭，才讓她打消去意，得到這一句許諾。

可事實是，他一直在騙她。

騙她說自己是宋言紀，與她達成了一年協定；騙她說自己不介意她所有過往，企圖潛移默化將她馴服；騙她說找到了她的爹娘，他們都只是普通人……

若不是這一路而來堆積的謊言與欺騙，他根本沒有辦法接近她、打動她，與她走到現在。

見他在這般境況下依舊執意維護阿南，皇帝不滿地訓斥道：「你身為皇太孫，有些事情不便告知她又如何？此女性子如此驕縱，走了也罷！」

見皇帝對阿南如此不滿，朱聿恆終究道：「聖上與我在地圖洞室中商議破陣之時，阿南可能正好沿著地道，過來幫我們破陣。」

地道中，黑暗裡。在某一時刻，他與祖父曾經揮退了所有人，在那個陳設地圖的洞室內，講了一些不適宜被人聽到的話。

關於破陣的設置、關於他身上的山河社稷圖、關於他們對阿南的利用、關於她父母的真相……

皇帝顯然也是想起了當時他們所說的事情，恍然記起自己曾說過，若是此陣不利，便將阿南等有嫌疑的人全部殺掉的話。

思忖片刻，他道：「你若要尋回阿南，朕可以替你安排。」

朱聿恆默然搖了搖頭，道：「不必了。」

阿南。

她來的時候，如烈焰般席捲而來，縱萬千人也擋不住；她走的時候，如逝水般決絕而去，即使他捨命相隨，也無法挽留。

他一路依靠著她、強行拖著她，才終於走到這裡。

如今她既已下決心離開他，他這樣的人，又有什麼資格去挽回，讓她繼續以性命、以傷痛，為他犧牲付出？

龍勒水邊積雪綿延，曠野中呼嘯的寒風似從他全身的骨縫間鑽了進去，冰涼透骨。

人，見他一動不動，一直盯著自己的手，韋杭之正不知所措，忽見前方來了一行人，忙打馬上前，對朱聿恆稟報：「殿下，墨先生來了。」

墨長澤一身褐衣，上面濺滿了泥點，正帶著弟子們背著幾捆蘆葦沿河而上。

「殿下這麼早便來視察河道，身體痊癒了？」墨長澤關切慰問。

朱聿恆伸手輕撫胸口，朝他一點頭：「好多了，多謝墨先生關心。」

見他的目光落在蘆葦上，墨長澤便道：「我們準備在這裡建一個過山龍，築堤引水，整治河道。南姑娘之前給我們出過圖紙，只是倉促之間不是很詳盡，因此我們還需探討數處細節關竅。」

過山龍，朱聿恆知道這東西。

在他們潛入拙巧閣尋找地圖線索時，他曾為了阿南而陷身於天秤機關。彼時阿南便是在千鈞一髮之際，調轉了拙巧閣玉醴泉的引灌水龍，將機關一舉沖毀。

當時她站在夏末豔陽中，丟開龍頭對他揚頭一笑，說「阿琰，我們走」的情形，還歷歷在目。

她牽著他的手，在迷失了前路的蘆葦叢中狂奔向前，與他一起踏平所有障礙，一往無前。

蔥翠如碧海的蘆葦叢在眼前搖曳，轉瞬成了蒼白。她留給他的已經只有這荒漠風雪，殘山剩水。

他跳下馬，拿過阿南手繪的圖紙，看著上面熟悉的線條與潦草標注，只覺得心口又隱約抽動，痛不可遏。

「是哪部分不明白？」

「殿下您看，這邊是圓筒打通去節，但這裡所標注的圓圈與三角，我們揣摩著，尚不知是何意思……」

朱聿恆不假思索道：「這是阿南習慣的標記符號，圓可表為雌，三角表雄；若圓圈為陰，則三角為陽；圓表凹則角表凸。這既是過山龍，你們將標三角的機括置於內，標圓處置為外，榫卯使其內外緊接即可。」

見他如此熟稔，墨長澤大喜，趕緊又問了幾處不解之處，朱聿恆一一解答，彷彿那圖是出自他的手中。

墨長澤讚嘆道：「殿下真是博聞廣識，居然對我們這行也這般瞭若指掌。」

朱聿恆將手中圖紙遞還給他，沉默了片刻，才道：「不，我只是……瞭解阿南而已。」

疑惑得解，墨長澤帶著弟子編織捆紮蘆葦。

後面有人製備好了膠泥，提過來與他商議薄厚，是否適合裹上蘆葦燒製。

他開口說話時，朱聿恆才發現，這個渾身上下糊滿泥巴的人，赫然竟是卓晏。

「阿晏，你怎麼會在這兒？」

卓晏忙見過了他，說道：「之前，墨先生與我探討過膠泥燒製渴烏的事情，這些時日我與墨先生和各位師兄弟一起研討，墨先生覺得我在這方面有點天賦……」

墨長澤笑道：「何止有點，卓少天資聰穎，之前只是沒有將心思放在正事上而已。如今他已拜入墨門，是我門下弟子了。」

朱聿恆倒是沒想到，當初那個憑著祖蔭在神機營混日子的花花公子，不久之前尚是倚紅偎翠的浪蕩生涯，如今卻滾得像個泥猴，在這西北苦寒之地，為改造河道而耗盡心力。

他抬手拍了拍卓晏濺滿泥巴的肩，問：「那你以後，不回江南了？」

「不回了，我在這裡，已經找到今後要走的路了。」卓晏說著，朝向後方示意，說：「卞叔現在有了我弟，也精神好多了。我們想在這邊好好過下去。」

朱聿恆回頭看去，卞存安左手拎著食盒，右手牽著一個瘦猴似的孩子，正朝這邊走來送飯。

他看著那個陌生孩子，認出正是當日入敦煌之時，被士兵們抽鞭驅趕的孩子，便問：「你弟？」

「他娘去世了，他如今在這世上，也是無依無靠的孤兒了。」卓晏說著，雙眼帶了溼潤，默然道：「雖然他還小，不記得自己從哪裡來，不過此心安處是吾鄉，以後我們就在這裡安家了。」

朱聿恆緊緊地按了按他的肩，說道：「好，阿晏，相信你定能幹出一番實績，為敦煌百姓造福。」

「嗯，我與阿南也談過。我這般消沉下去也並無意義，還是得做點什麼，至少，對得起我這有用之身。」

朱聿恆默默點頭，遙望玉門關的方向，看見綿延起伏的皚皚白雪，晦暗的雲朵低低壓在荒丘之上。

「是，人活於世，我們都得肩負起自己的責任。」

即使阿南已經離他而去，可身為皇太孫，背負山河社稷圖，他有自己必須要走的路、必須要前進的方向。

無論面前是萬千人，抑或是空無一人，他都得走下去。

告別了卓晏與墨先生，浩渺長空中，雪又紛紛下了起來。

龍勒水浩浩蕩蕩，曲折向前，回程中的朱聿恆聽到空中鷹唳聲，抬頭望去。

一隻蒼鷹自上而落，將一隻灰兔丟向下方的主人，再度振翼飛起，斜掠過了長空。

正是當初阿南曾借去夜探青蓮宗總壇的那一隻蒼鷹。

他的目光隨著牠的身影而向前，投向那遙不可知、但一定存在的遠方，彷彿看到了關山萬重之外，那條刻在他心口、永難磨滅的身影。

阿南，她如今在哪裡，身上的傷還好嗎？她留下的三個字，是否揭示了傅准與山河社稷圖的關係？

如今，他得奮力振作，一個人獨自面對這更顯嚴峻的局勢了。

被抹去了痕跡的那一個陣法、傅准口中只剩下四個月生命的他、一向對他關愛有加的祖父暗暗維護傅准，不允許他探詢真相……

他的手探入懷中，握住那已經殘破的「初闢鴻蒙」。它薄軟而明亮地躺在他的掌中，尚帶著體溫，熨燙他的手心。

雖然已經破損，但他提挈中心點，還是勉強可以讓它內裡相撐，形成一個圓球，托在自己的掌上。

這六面勾連的岐中易，牽一環而所有部件受控，無論如何轉換，它們都環環相連，不可分離。

他鬆手讓它再度縮成小小一片，緊緊地握著這個岐中易，彷彿握住阿南僅留的最後一線溫存，哪怕刺痛了手心，滴出了血珠，也不肯鬆開半分。

她說過，等回去後，會幫他修復。

萬水千山，他定要踏破傅靈焰的陣法，擊潰山河社稷圖的毒咒，然後，掃除一切艱難險阻，尋回她。

岐中易，總會有恢復完整之時；他和她，也總有相聚的那一刻。

視野最遠處，那頭蒼鷹的翅翼，正從高聳的峰頂一掠而過，直衝向湛藍刺目的天空。

妄圖馴鷹的人，終究被那隻舉世無雙的鷹隼所馴服。

那麼，在她振翅飛去之時，他也定要肋生雙翅，與她疾馳萬里，生死相隨，永不問歸期。

——乾坤　完——

司南

乾坤卷

司南乾坤卷（下）

作　　者／側側輕寒
執 行 長／陳君平
榮譽發行人／黃鎮隆
協　　理／洪琇菁
執行編輯／陳昭燕
美術監製／沙雲佩
美術編輯／陳聖義
國際版權／黃令歡、高子甯、賴瑜妗
內文校對／施亞蒨
內文排版／謝青秀

國家圖書館出版品預行編目資料

司南．乾坤卷 / 側側輕寒作 . -- 1 版 . -- 臺北市：城邦文化事業股份有限公司尖端出版：英屬蓋曼群島商家庭傳媒股份有限公司城邦分公司尖端出版發行 , 2024.01
冊；　公分
ISBN 978-626-377-500-8（下冊：平裝）

857.7　　112019448

出版／城邦文化事業股份有限公司　尖端出版
台北市 104 中山區民生東路二段 141 號 10 樓
電話：（02）2500-7600　傳真：（02）2500-2683
讀者服務信箱：7novels@mail2.spp.com.tw
發行／英屬蓋曼群島商家庭傳媒股份有限公司城邦分公司　尖端出版
台北市 104 中山區民生東路二段 141 號 10 樓
電話：（02）2500-7600　傳真：（02）2500-1979
劃撥專線：（03）312-4212
戶名：英屬蓋曼群島商家庭傳媒（股）公司城邦分公司
劃撥帳號：50003021
※ 劃撥金額未滿 500 元，請加付掛號郵資 50 元
法律顧問／王子文律師　元禾法律事務所　台北市羅斯福路三段 37 號 15 樓

台灣地區總經銷／中彰投以北（含宜花東）　楨彥有限公司
電話：（02）8919-3369　傳真：（02）8914-5524
雲嘉以南　威信圖書有限公司
（嘉義公司）電話：（05）233-3852　傳真：（05）233-3863
（高雄公司）電話：（07）373-0079　傳真：（07）373-0087
馬新地區總經銷／城邦（馬新）出版集團 Cite（M）Sdn Bhd
電話：603-9057-8822　傳真：603-9057-6622
E-mail：cite@cite.com.my
香港地區總經銷／城邦（香港）出版集團 Cite（H.K.）Publishing Group Limited
電話：852-2508-6231　傳真：852-2578-9337
E-mail：hkcite@biznetvigator.com

版　次／ 2024 年 1 月 1 版 1 刷